칼은 충을 품고
총은 역을 쏜다

칼은 충을 품고
총은 역을 쏜다

이신우 지음

좋은땅

목차

1. 이순신의 칼끝이 조정으로 향한다면 … 7
2. 임금이라는 자를 믿을 수 있는가 … 43
3. 조선 땅은 불타오르고 … 71
4. 인연 … 109
5. 류성룡과 이순신 … 135
6. 한산도의 굴기 … 171
7. 이순신을 용서할 수 없다 … 205
8. 반격 … 237
9. 충절도 반역도 허락되지 않는 땅 … 263
10. 이 땅에도 꽃은 피는가 … 293

1.

이순신의 칼끝이 조정으로 향한다면

덕수궁 내전의 밤은 깊어 갔다. 선조는 불안한 눈빛으로 비밀 장계를 다시 꺼내 들었다. 장계를 쥐고 있는 오른손이 미세하게 떨렸다. 가슴이 뛰는 소리가 들리는 듯했다. 글을 읽어 가던 선조가 왼손으로 가슴을 쓸어내렸다. 그래도 불안감은 가라앉지 않았다.

이 나라의 옥좌에 앉고 나서 이미 삼십여 년. 그동안 여러 차례나 역모의 기미를 포착하고 국문과 옥사를 겪어 왔지만 이번만큼 생명의 두려움을 느낀 적은 없었다. 만에 하나라도 이 보고가 사실이라면 어찌할 것인가.

역적 정여립이 무장 세력을 거느렸다고 하나, 그건 고작 자기네 고장의 무뢰배들과 그들이 손에 쥐고 있는 활이나 창 몇 자루 수준이었다. 하지만 삼도수군통제사 이순신은 다르다. 그는 지금 조선 최대의 군사력을 장악하고 있다. 힘으로만 따진다면 어느 누구도 범접할 수 없는 최강자다.

게다가 전쟁 기간 동안 타향을 떠돌던 수없이 많은 백성이 그의 주변으로 모여들고 있다지 않는가. 이순신, 그 인간은 그동안 과인이 자기를 얼마나 혹독하게 다뤄 왔는지도 가슴 깊이 새기고 있을 것이 뻔하다.

잠시 상념에서 깨어나 앞에 서 있는 내관을 보니 시선을 밑으로 내리간 채 말없이 기다리고 있다. 내관은 지금 과인의 생각을 읽고 있을지도 모른다. 아니, 일부러 모르는 척하는 걸까? 그런 몸짓이 오히려 교활하다는 생각이 잠시 뇌리를 스쳐 지나갔다. 그래도 몇 안 되는 충신이니….

선조는 애써 태연한 표정을 지으며 내관 쪽을 향했다.

"그래, 홍순욱은 지금 어디에 있느냐."

"지금 밖에서 대기하고 있습니다."

"주변에 시선은 없었느냐."

"아무도 없었습니다. 설령 누가 보더라도 홍을 정 상궁의 외가 친척으로 만들어 놓은 지 이미 오래입니다. 게다가 내수사 소속이라 들키더라도 왕실 소유 농장 문제로 안팎을 드나드는 것으로 설명하면 됩니다."

선조는 조용히 숨을 들이마신 뒤 말했다.

"불러들여라."

내관이 뒤로 물러나 문을 열고 나갔다. 계절이 계절이라선지 열린 문을 통해 찬바람이 훅 하고 들어왔다. 편전과 달리 온돌이 설치돼 있어 방 안은 잠시 후 다시 온기가 돌았다. 선조는 장계를 대충 접어 탁자 밑으로 내려놓았다.

'홍순욱'. 그의 이름을 되뇌자 선조의 얼굴에 슬며시 미소가 번졌다. 그에게는 홍순욱이라는 존재 자체가 위안이었다. 영상이건 당상관이건 조정 신료들 누구 하나 순욱만큼이라도 나에게 충성을 바치는 인간이 있단 말인가. 과인 앞에만 서면 간이라도 빼줄 듯 아첨을 늘어놓지만 뒤로 돌아서기만 하면 자기네들끼리 딴소리해 대는 것쯤은 다 알고 있다.

너희들은 경연에 나와 대학연의니 주역이니 춘추좌씨전이니 입에서 침을 튀기며 떠들어 대지만 언제 한번 한비자를 제대로 입에 올린 적이

1. 이순신의 칼끝이 조정으로 향한다면

라도 있었느냐. 한비자라는 말만 나와도 마치 흉측한 벌레를 보는 듯 얼굴을 찌푸리는 것이 우스꽝스럽기까지 하다. 하지만 내가 보건대 한비자의 혜안은 바로 너희들의 가슴을 꿰뚫어 보고 있다. 그가 말하지 않았나.

"군주의 이로움은 능력 있는 자를 얻어 벼슬자리에 등용하는 데 있고, 신하의 이로움은 무능하면서도 벼슬자리를 얻어 내는 것에 있다. 군주의 이로움이 일 잘하는 사람을 얻어 작위와 봉록을 주는 데 있다면, 신하의 이로움은 공이 없으면서도 부귀를 차지하는 것에 있다. 군주의 이로움이 호걸들로 하여금 능력을 발휘하도록 하는 데 있다면, 신하의 이로움은 패거리를 지어 사적 이익을 다투는 데 있다."

과인은 이 문장을 한시라도 잊은 적이 없다. 그렇다. 순욱처럼 능력 있고 일 잘하면서도 입이 무겁고 불평 한마디 없는 신하가 다섯만 있어도 과인의 옥좌는 두고두고 반석처럼 튼튼할 것이다.

순욱을 기다리면서 문득 그를 처음 봤던 장면이 뇌리에 떠올랐다. 내관이 입에 침이 마르도록 칭찬을 늘어놓아 한번 보기나 하자고 했지만 첫인상은 왠지 호감이 가지 않았다.

중간 정도의 키에 몸짓이 가벼워 보였다. 족제비처럼 작고 빛나는 눈이 첫눈에 다가왔다. 콧날이 날카롭고 입술이 얇은 데다 여자처럼 붉은 빛깔이 눈에 띌 정도였다. 첫인상이 전체적으로 어둡다는 인상을 줬다.

하지만 내관은 다른 무엇보다 그의 두뇌를 봐야 한다고 말했다. 그의 말이 맞았다. 상황 판단이 예리했고 말에 설득력이 있었다. 그가 수집하는 왜군에 대한 정보도 의외로 정확하고 상세했다. 부산 왜관을 오랫동안 들락거려 심지어 고니시 유키나가와도 대화가 가능하다고 했다. 고니시의 생김새나 버릇 그리고 개인적인 장단점과 주변 인물에 대한 평가에도 막힘이 없었다.

심지어 고니시의 여성 편향에 관한 이야기는 선조로 하여금 오랜만에 소리 내어 웃게 만들었다. 고니시의 성적 취향이 잘빠진 미녀보다 의외로 퉁퉁한 몸매에 주모 분위기가 풀풀 나는 중년 여성이라니.

홍순욱은 고니시의 부하들과 함께 술을 마시다 들은 이야기도 전해주었다. 고니시의 부인은 마른 몸매에 미인형의 얼굴이지만 성격이 모나서인지 둘 사이가 워낙 좋지 않아 오히려 정반대의 여성을 찾는 것이 아니냐며 자기네들끼리 낄낄대는 것을 들은 적이 있다고도 했다.

하지만 무엇보다 순욱의 진정한 가치를 깨닫게 해 준 것은 다름 아닌 조선 쪽 장수들에 대한 정보였다. 그들이 평소에 조정에 관해 무슨 말을 하고 다니는지도 상세히 들려주었다. 장수라는 놈들이 어쩌면 그렇게 불평불만만 늘어놓는다는 말인가.

우리 장수들에 대해 왜군 장수들이 내리는 품평도 꽤 들을 만했다. 특히 왜군 사이에서는 권율보다 이순신에 대한 평가가 파격적이었다.

"권율이 행주산성에서 용감하게 싸워 우리가 패하기는 했지만 그렇다고 그가 지모에 뛰어난 인물이라고는 보지 않는다. 우리 일본군은 당시 공성전에 실패했을 뿐이다. 평야에서 군진을 갖춰 맞붙는다면 언제라도 다시 겨뤄 볼 용의가 있다."

"조선에는 이순신만큼 지략과 용맹을 한꺼번에 갖춘 영웅이 없다. 그의 전략과 전투 능력은 도저히 따라갈 길이 없다. 이순신이 조선의 수군에다 육군까지 맡았다면 우리들은 아예 일본으로 돌아가지도 못하고 조선 땅에서 불귀의 객이 돼야 했을 것이다."

순욱은 이런 말까지 들려줬다. 충격적이었다.

"겐소라는 왜의 중놈을 잘 아실 것입니다. 그자가 저와 단둘이 있을 때 이순신 같은 장수라면 나도 부하가 되고 싶다. 그만한 지도자를 만나는 것도 무장으로서는 천운이다. 같이 몸 바쳐 나라를 세울 만한 인물이 아니겠느냐고 저에게 털어놓을 정도였습니다."

순욱의 정보 보고는 늘 정확했다. 이번 장계에는 정확할 뿐 아니라 선조가 가장 궁금해하는 내용까지 들어 있었다. 바로 이순신에 관한 주변 정황이었다. 선조의 손이 잠시 떨렸던 것도 그 때문이었다.

얼마 후 문이 열리더니 홍순욱이 조심스런 발걸음으로 다가왔다.

"전하, 옥체는 평안하신지요."

내관이 멈칫거리자 선조가 그도 자리를 같이 하라는 손짓을 보냈다. 내관이 조심스레 순욱의 옆자리에 섰다. 선조는 조급한 듯 안부도 묻지 않고 본론으로 들어갔다.

"장계는 잘 읽었다. 과인도 그렇게까지 심각하리라고는 생각지 않았다. 적힌 내용들은 전부 사실인가?"

"여부가 있겠습니까. 제 휘하들은 오랫동안 첩보활동을 해 온 정예들입니다. 그들이 천금을 뿌려 수집한 정보와 주변 인물들로부터 들은 내용을 전부 그대로 적었습니다."

순욱은 행동 자금이 더 필요하다는 말을 늘 '천금을 뿌려'라는 식으로 표현한다. 선조가 손을 들어 말을 끊고 길게 숨을 내뱉었다. 그리고 시선을 홍순욱의 숙인 머리로 향했다.

"과인을 봐라."

홍순욱의 표정 없는 시선이 선조의 턱밑까지 기어오르는 느낌이었다. 마치 개울가 한구석에서 물고기를 목으로 넘길 때의 왜가리 눈동자를 연상시켰다. 거기에서는 아무런 애증과 염오의 표징도 찾을 수 없다. 무표정, 그것이 더 잔인하게 보였다.

"과인이 평소에 염두에 뒀던 것도 네 보고서 내용과 별 차이가 없었다. 하지만 과인의 생각이 아니라 이렇게 객관적인 정보들을 접하고 보니 분노가 치밀어 오르는 것을 스스로도 어쩔 수 없구나."

"그렇습니다. 이젠 전하께서도 앞날을 생각하셔야 할 시기인 듯합니다."

홍순욱이 최대한 낮은 소리로 속삭였다.

"왜군이 물러간 후 이순신의 칼날이… 칼끝이… 만에 하나라도 조정으로 향하게 된다면 전하의 대응책은 무엇인지요?"

"그래서 과인이 자네를 불렀지 않은가."

"전하, 전하가 명심해야 할 일이 또 하나 있습니다. 전하께서 누구보다 잘 아시겠지만 통제사는 명량대첩의 공로로 명나라 황실로부터 도독 직책을 수여받았습니다. 이제 이 땅에서는 누구도 그에게 손을 대기 어렵습니다. 전하께서 마음대로 파직하실 수도 없을 것입니다."

선조가 짜증스런 표정을 지었다.

"그러니 자네를 불렀다고 하지 않은가."

내관이 선조와 홍순욱에게 번갈아 고개를 돌렸다. 어서 말씀 올리라는 몸짓이었다. 순욱은 여전히 무표정한 얼굴로 말을 이었다.

"그렇다고 통제사가 현재 독차지하고 있는 통치 구역을 그대로 내버려둘 수도 없습니다. 두고두고 화근이 될 것입니다."

순욱이 잠시 말을 끊었다. 누가 지켜보기라도 하는 듯 좌우로 시선을 돌리더니 더욱 소리를 낮췄다.

"왜군은 다행히 아직 물러나지 않았습니다. 왜군이 철수 움직임을 보인다 하더라도 한 번 아니면 두 번의 전투는 남아 있을 것입니다. 전하, 이제 결심하셔야 할 때입니다. 전투 상황을 역이용하는 수밖에 없습니다. 전하의 결심만 선다면 저희들로서는 모든 준비가 돼 있습니다."

선조는 아무런 답을 내놓지 않았다. 잠시 창 쪽으로 시선을 향하더니 내관을 돌아보았다. 내관이 불쑥 끼어들었다.

"전하, 밤이 너무 깊었습니다. 옥체를 뉘이실 때입니다. 침전으로 드시지요."

선조도 내관의 재촉에 어쩔 수 없다는 표정을 지으며 간신히 입을 뗐다.

"전쟁이 길어 조정은 물론 백성의 고통이 너무나 오래 이어졌다. 하루빨리 전쟁이 끝나 그동안 몸 바쳐 애쓴 신료들에게 공신 책봉할 기회가 왔으면 하고 바라는 마음은 어제오늘이 아니다. 내 어찌 그네들, 특히 자네의 공적을 한시라도 잊었겠는가."

순욱의 입술이 한쪽으로 쏠리는 듯했다. 보이지 않을 정도의 야릇한 미소였다. 그뿐이었다. 내관이 순욱에게 보라는 듯이 조심스럽게 손을 움직였다. 순욱이 미세하게 고개를 끄덕인 후 일어섰다. 다시 선조를 향해 깊숙이 고개를 숙였다. 선조가 그를 향해 고개를 끄덕였다.

"과인이 늘 자네를 생각하고 있다는 점을 명심하게. 자네의 충절도 익히 알고 있고…."

선조는 홍순욱을 눈으로 배웅했다. 홍순욱이 뒷걸음질했다.

지난 명량해전은 통제사 이순신과 조선 수군의 처절한 부활극이었다. 이순신이 전라도 땅으로 되돌아와 불과 사십일 만에 맨손으로 수군을 재건하고 진도 앞 명량해협에서 일본 수군의 주력을 격파해 제해권을 되찾은 것이다.

전투가 승리로 끝을 내자 이순신의 열두 척 함선은 물론 수군 뒤편에 바짝 붙어서 생사의 갈림길에 가슴 졸이던 조선 백성들 사이에서 절규에 가까운 기쁨의 함성이 터져 나왔다. 전투가 벌어지기 직전 장군이 피난을 가라고 해도 사라지지 않고 끝내 함대 뒤편에서 기다리던 크고 작은 배 수백 척엔 저마다 백성들이 가득 타고 있었다.

대첩 소식이 전해지자 조선 조정과 명나라 황실에서도 모두 기적이 일어났다는 반응을 보였다. 곧이어 통제사에 대한 찬사가 쏟아졌다. 조선이 죽었다가 다시 살아났으니 그럴 만도 했다.

반면 전투에 참가했던 왜군의 백여 척 함선은 겁에 질린 채 걸음아 나 살려라 하며 도망쳤다. 남해안 일대의 왜성에 틀어박힌 채 전황을 지켜보던 수만 명 왜군은 심장이 떨어져 가는 충격을 맛봐야 했다.

일본 나고야 성에서 초조하게 전황 보고를 기다리던 도요토미 히데요시에게는 완전히 사라졌다고 믿었던 악몽이 되살아나 매일 밤 그의 목을 조르는 듯한 기분이 들었다. 하루아침에 세상이 뒤집어진 것이다.

명량대첩의 소식이 조선 땅을 뒤흔들면서 피난길을 떠돌던 백성들은 물론이고 뜻 있는 선비들이 이순신 주위로 구름처럼 몰려들었다. 하지만 이순신은 여전히 침착했다. 아니, 조금이라도 정신 줄을 놓을 여유가 없었다. 일본 수군은 한 번의 전투에서 졌을 뿐이다. 그들의 수군 전력은 여전했다.

이순신은 곧바로 전북 부안 앞바다의 고군산도로 본진을 옮겼다. 명량해전을 치른 지 겨우 나흘 만이었다.

이순신은 조선 수군 재건에 온 힘을 기울였다. 당시 이순신 함대는 무기와 군졸이 부족하고 군량은 절대 부족이었다. 여전히 수군에게는 나라로부터 어떠한 형태의 병참 지원도 없었다. 말이 그럴듯해서 조선의 수군이지 실정은 그야말로 이름 없는 지방의 의병이나 다름없었다. 결국 이순신은 한산도에서 그랬던 것처럼 자신의 힘으로 병사들을 키우고 병참을 마련해야 했다.

이듬해인 선조 삼십일 년 이 월에야 겨우 강진 앞바다에 위치한 고금도로 본진을 옮길 수 있었다. 서해로 쫓겨났다가 겨우 남해를 바라볼 수 있는 곳으로 내려온 것이다.

고금도는 강진에서 남쪽으로 삼십여 리 떨어진 곳으로 옛 신라 시대 장보고의 청해진이 마주 보이는 곳이다. 산과 섬들이 첩첩이 둘러쳐져 지세가 복잡하고 외부에서 접근하기 어려운 천혜의 조건을 갖추고 있다.

고금도 섬 주변에는 조약도와 신지도 등 여러 섬들이 둘러싸고 있을 뿐 아니라 섬 안에는 개척 가능한 농지들이 널려 있다. 한 해 농사로 삼 년을 먹고산다는 말이 있을 만큼 섬들 모두 땅이 비옥했다. 이순신은 백성을 모아 농사를 짓게 하고 거기서 군량을 공급 받았다.

한산도에서처럼 다시 소금을 굽고, 물고기를 잡아 말려 내륙 각지에 내다 팔았다. 이런 것들이 군자금 마련에 절대적인 역할을 했다. 이 자금으로 사들이거나 모은 구리와 쇠로 무기를 만들고 판옥선도 잇따라

건조했다. 날이 갈수록 함선의 숫자가 늘어났다.

군사의 위세가 강성해지면서 고금도 주변에서만 통제사를 의지해 사는 백성이 십만여 명에 이르렀다. 고금도에서는 조선 수군의 병력이 만 명을 넘어섰고 전선이 대폭 증강됐다. 원균의 조선 수군이 칠천량에서 전멸당한 이후 반년 만에 한산도 수군 전력의 절반을 넘어설 정도로 회복 속도가 빨랐다.

한산도에서 과시했던 옛 위엄이 되돌아오고 있었다. 하지만 옥에 갇혔다가 풀려난 이순신은 이전과 이후가 완전히 달라졌다. 작전회의 때마다 말수가 크게 줄어들고 무표정한 모습에 참모진들까지 적지 않게 눈치를 봐야 했다. 이순신은 이미 내적으로 다른 사람이 돼 가고 있었다.

그는 정유년에 옥사를 겪은 이후 한산도에서 매달 초에 치르던 망궐례를 완전히 잊었다. 망궐례는 궁궐로부터 멀리 떨어져 있는 신하가 임금에 대한 충성을 맹세하는 의식이다. 하지만 언젠가부터 이순신에게서 망궐례는 자취를 감추고 말았다.

그는 분노의 감정을 철저히 내면화하면서 묵묵히 자기의 일을 수행해 나갔다. 통제사의 참모들 역시 서로 말을 하지 않았을 뿐 그들의 충성 대상은 통제사였지 이 나라의 임금이 아니었다. 그들의 대화에서 임금이나 조정이라는 단어는 눈에 띄게 사라져 버렸다. 설령 언급하더라도 그것은 늘 부정적인 의미였다.

그러면 그럴수록 조선 수군의 본영은 이 나라 조정에서 관심의 초점으로 부상했다. 조선 수군이 주둔하고 있는 고금도는 고려 조정에 대항했던 삼별초의 도읍지인 진도와 그리 멀리 떨어져 있지 않았다. 청해진이 자리 잡았던 완도는 아예 이웃 섬이다.

삼별초가 어떤 군사 조직인가. 고려와 몽골 조정도 이를 감당하기 어려워했던 힘의 결정체였다. 청해진이 어떤 곳인가. 신라는 물론 왜와 당나라에 걸치는 해상 권력을 장악하고 삼국에 걸쳐 위세를 떨쳤던 군사 패권의 중심지였다.

청해진과 삼별초…. 강한 군사력을 지닌 인물이나 정치 조직이 남해안을 장악했을 때 역대 왕조는 늘 부담을 느껴야 했다. 능력이 출중한 장수에 이를 따르는 강한 병사들, 게다가 헤아릴 수 없는 피난민들이 구름처럼 모여들고 있지 않은가.

피난민들 가운데는 조선 조정에 반감을 품고 있는 뜻 있는 선비들이 섞여 들고 있다는 소식이 매일처럼 선전관이나 선조의 촉수들을 통해 조정으로 날아들었다. 게다가 이순신은 조정이 자기를 내쳤다는 사실을 결코 잊지 않을 것이다. 만에 하나 이순신과 수많은 두뇌 집단, 그리고 새로운 세상을 두 눈으로 확인한 백성들이 힘을 합쳐 칼날을 겨눈다면….

이순신의 현실적인 힘은 임금인 선조와 그가 이끄는 조정에 결코 뒤지지 않았다. 그의 군령이 미치는 고을은 조선 전체 삼백육십 개 고을 중 이 할에 해당하는 칠십여 고을이었다.

비록 고을 숫자가 적을지는 몰라도 칠년 전쟁으로 황폐화한 대부분의 조선 땅에 비하면 이순신의 통치를 받는 고을들은 왜군의 손길 바깥에 있어 아무런 손상을 입지 않았다. 인구는 계속 늘고 있으며 당시 식량을 비롯한 공산품 생산력은 조선 최강이었다.

이순신의 함대와 수군 병력은 왜란 칠년 전쟁 시기에 급조된 중앙의 훈련도감이나 전체 육군의 힘을 능가하고 있었다. 그의 군사는 혹독한 훈련과 실전으로 단련된 최고의 정예병이었다. 그를 따르는 충성스럽고 유능한 장교단은 육군의 어느 장수에게도 찾아볼 수 없었다.

한산도 통제사 시절 이순신이 거느린 군사는 조선군 전체의 절반 혹은 삼 분의 일 규모였다. 그들 중 상당수가 다시 이순신 밑으로 돌아왔다. 만약 이순신이 함대를 몰아 서해로 북상해 간다면 임금은 이를 저지할 힘이 없었다.

군사적 잠재력 면에서 이순신의 존재는 공포 이상이었다. 조선 수군은 수군임에도 수천 필의 병마를 확보하고 있었다. 이순신이 자신의 지휘 하에 두고 있는 남해안의 섬들은 바로 군마를 기르는 목장이었다.

제주도를 비롯한 수백 개의 크고 작은 섬마다 목장들이 있고 목장마다 적게는 수십 마리에서 많게는 수백 마리의 말들이 사육되고 있다. 육군 장수들 가운데 어느 누가 그만한 병마를 지니고 있는가.

이 말들을 키우고 다루는 목부는 매일같이 말을 타고 다니며 말들을 기르고 있다. 이들이 칼을 차고 활을 매기만 하면 그대로 뛰어난 기병으로 변신할 수 있다. 여차하면 조선군 최대 규모의 기병대가 한양으로 치고 올라올 수도 있는 것이다. 수십 척 판옥선에 배치돼 있는 총포들은 육지에 올라서도 그대로 가공의 살상 무기가 될 수 있다.

전쟁에서 무엇보다 중요한 것은 대의명분이다. 백성들은 이미 통제사 휘하로 들어가면 살 수 있다는 가능성을 온몸으로 확인한 마당이다. 조선 어느 곳을 간들 제대로 밥을 먹을 수 있고, 안심하고 논밭을 가꿀 수 있는 곳이 어디 있겠는가. 도대체 누가 백성으로부터 뜨거운 지지를 얻고 있으며, 도대체 누가 백성의 원한을 사고 있는가.

이 등골 오싹한 반역의 기운을 어찌할 것인가. 선조의 위기의식은 날이 갈수록 커질 수밖에 없었다. 이순신이라는 인간이 이 땅에서 사라져야만 조정의 안태를 가능케 할 수 있다. 그의 존재를 말끔히 지우지 않는 한 임금은 결코 편안히 잠자리에 누울 수 없었다.

그렇다고 이순신을 탄핵할 수도 없다. 이순신은 이미 임금이 벌할 수 없는 지위를 획득하고 있었다. 명나라 조정이 이순신을 높게 평가해 수군도독이라는 명의 고위 장군직을 부여했다.

명의 경리 양호는 면사첩(免死帖)을 보냈다. 명나라 조정에 반역하지 않는 한 이순신은 결코 누구에게서도 죽임을 당할 수 없게 된 것이다. 그러잖아도 명량대첩 이후 경리 양호는 붉은 비단 한 필을 보내면서 배에다 붉은 비단을 걸어 주고 싶으나 멀어서 갈 수 없었다고 했다. 붉은 비단은 주로 황실 행사에서 사용하는 귀한 천이다.

명나라 수군 도독 진린은 신종 황제에게 올린 글귀에서 "이순신은 천지를 주무르는 재주를 지녔고, 나라를 바로잡은 공을 세웠다"는 극찬의 뜻을 담기까지 했다. 그렇다. 나라를 바로잡았다고 했다. 이제 이순신은 임금과 비교해도 크게 뒤지지 않을 정치적 위상을 확보한 것이다.

이순신에게 이제 어떤 죄도 물을 수가 없다는 사실이 선조를 절망케 하고 두렵게 했다. 홍순욱이 보낸 비밀 장계도 선조가 무슨 생각을 하고 있는지를 꿰뚫어 보고 있었다. 홍순욱은 일부러 남서쪽 바다에 기지를 둔 채 신라 조정에 대항했던 장보고를 꼬집어 예로 들었다.

"무력으로 진압하기에는 그 힘이 너무 강대해지자 경주 조정에서는 염장이라는 장사를 청해진에 투입하여 장보고를 암살했습니다."

선조는 홍순욱이 물러간 뒤에도 한참 동안 제자리에서 움직이지 않왔다. 그는 장계를 다시 집어 들어 장보고 부분을 읽고 또 읽었다. 밤이 깊었는데도 잠은 오지 않았다. 선조의 방에는 여전히 촛불이 밝았다.

그믐이라선지 주변은 온통 흑빛이었다. 통제사 이순신의 부관 김희도는 강진의 마량포구에 있는 마방에 말을 묶은 후 포구 가장자리에 있는 경비대 초막으로 걸어갔다. 문을 살짝 두드리자 낯익은 얼굴의 초병 하나가 문을 비집고 얼굴을 내밀었다.

그가 고개를 돌려 방 안의 동료들에게 엄지를 들어 손짓을 하자 또 다른 초병이 아는 척을 하며 문밖으로 나왔다. 초병은 아무 말도 건네지 않고 김희도를 정박해 놓은 연락선으로 안내했다.

바다로 나서자 시선이 가는 곳마다 한양의 비좁고 복잡한 골목길 속으로 들어선 것처럼 온갖 섬 그림자들이 저마다 진을 치고 있는 형국이었다.

덕동포구에 배가 닿자 김희도는 곧바로 관노 출신인 강막지의 초가를 찾아갔다. 포구에서 걷기에 약간 멀기는 하지만 수군 본영을 벗어나 야산 너머에 살짝 숨겨져 있어 웬만해서는 눈에 띄지 않는 것이 장점이었다. 게다가 관노의 살림집이라 눈여겨보는 사람들도 없었다.

김희도를 맨 처음 반긴 청년은 초가에서 대기하고 있던 그의 부하인 장호인이었다. 그가 물었다.

"집에 들렀다 오시는 건가요?"

"아니, 아직…."

"그럼 지금이라도 사람들을 불러올까요?"

"그러자. 낮에 모이기보다는 지금이 나을 테니까."

호인이 "네" 소리와 함께 어둠 속으로 사라졌다. 김희도는 건넌방에 깔아 놓은 거적 위에 벌렁 누웠다. 저녁나절에 불을 때서인지 따끈한 아랫목이 엉덩이와 허리, 어깨를 달궈 온다. 피로감이 한꺼번에 쏠려왔다. 눈이 저절로 감길 정도다.

애써 잠을 쫓으려는 듯 다시 고개를 들고 벽에 기대앉자 방바닥에 호인이 읽고 있던 '신무비결(神武祕訣)'이 눈에 들어왔다. 두만강 근처 육진에서 여진족 병사들과 싸우면서 틈틈이 읽던 책이다. 책을 훑어보자 호인이가 읽어 보기 쉽도록 훈민정음으로 훈을 달아 준 흔적이 여기저기 남아 있다.

김희도는 슬며시 미소를 지었다. 호인이 녀석, 언제 보아도 아까운 미남이다. 약간 그슬렸을 뿐, 태생적으로 흰 얼굴에 짙은 눈썹이 매력적이다.

그뿐인가. 이따금 짓는 그윽한 눈빛이 당장이라도 젊은 처자의 마음을 사로잡기에 충분하다. 그런 놈이 산속에서 화적질이나 하고 있었다니, 어디에서 그토록 사내 기질이 뿜어져 나오는지 궁금할 정도다.

김희도가 호인을 만난 것은 한산도 시절이었다. 그날도 영상인 류성룡에게 사신을 전하기 위해 한산도를 출발해 한밭을 거쳐 청양군 쪽으로 접어들고 있었다.

모시고 있는 전라좌수사 이순신은 조정에 보내는 장계 외에 영상에게도 따로 개인적인 편지를 보내곤 했다. 영상도 조정의 동정을 알려 주거나 자문 편지를 전하기 위해 늘 김희도와 그의 인맥에게 의존했다.

한 번도 편지 내용을 들여다본 적은 없지만 장군이나 영상 두 분 다 편지의 존재에 대해 민감할 정도로 조심하는 편이었다. 김희도 역시 한산도를 출발해 류성룡이 체류하고 있는 황해도와 평안도 곳곳을 찾아다니면서 가능한 한 남의 눈에 띄지 않게 조심을 다했다. 그래서 가능한 한 혼자 움직이곤 했다.

청양 길은 많이 익숙해졌다지만 그래도 꽤나 산이 높고 골이 깊은 곳이다. 가는 길이 좁고 험해지면서 더 이상 민가도 나타나지 않았다. 숲이 깊어 햇빛을 보기 어렵고 주변은 어둑했다.

그때였다. 빠른 걸음으로 걷던 말이 '히힝'거리며 앞으로 나가기를 거부했다. 숲속에서 불쑥 창과 낫을 손에 쥔 젊은 남자 네 명이 길을 막고 있었다.

이들은 익숙한 몸짓으로 앞뒤 좌우로 자리를 잡았다. 유일하게 긴 칼을 쥔 자가 앞으로 나섰다. 혼자 칼을 잡고 있는 것을 보니 무리를 이끄는 두목인 듯했다. 초라한 옷차림이었지만 의외로 잘생긴 얼굴이다. 이십 대 초반으로 키는 비교적 커 보였지만 무술로 단련된 몸매가 아님을 경험으로 알 수 있었다.

김희도가 짜증 섞인 투로 설득했다.

"갈 길이 바쁜 사람이다. 너희들과 시비 붙을 일도 없지 않느냐. 길이나 비켜라."

"길이나 비키라니. 오우, 멋있어 보이려고? 그럴 필요 있나, 응? 엉덩이 실룩거리는 처녀들도 없는 마당에."

한 친구가 대신 엉덩이를 실룩거렸다. 낫을 든 반대편 젊은이가 반했다는 표정을 지으며 헤롱거렸다. 칼을 쥔 젊은이가 고개를 좌우로 흔들더니 여태까지의 미소를 싹 지워 버렸다.

"어이~ 쌍통을 보니 관의 녹을 처먹는 인간인 듯하네, 맞지? 자네 같은 놈들이라면 더욱이나 그대로 보내 줄 수가 없지. 그냥 이 자리에서 목을 싹둑 잘라 버리고 싶지만 나도 매양 살인이나 짓고 살 수는 없구나. 잘 먹고 잘살라고 더러운 목숨 살려는 보낼 테니 가진 거나 다 내려놓고 가라. 그리고 그 옷도 너보다는 내가 더 잘 어울리겠다. 안 그러냐? 애들아."

타고 있던 말을 건드리려는 움직임이 없는 것으로 보아 말까지 빼앗을 요량이라고 김희도는 판단했다. 그는 어쩔 수 없다는 표정으로 천천히 말에서 내렸다.

왼편에 서 있던 험상궂게 생긴 젊은이가 경고도 없이 김희도를 향해 낫을 번쩍 들어 공격해 왔다. 반대편 젊은이는 말이 가로막아 잘 보이지 않았다. 김희도가 칼집에서 칼을 빼내 낫을 쳐내는 동시에 칼등으로 상대방의 어깨를 내려쳤다. 그가 '악' 소리를 내며 앞쪽으로 몸을 숙였다.

김희도가 쓰러지는 자의 목덜미를 왼손으로 잡아 두목 쪽으로 밀어 던지면서 동시에 피하려는 두목의 칼을 내려쳤다. 손목에 가해지는 금속성 충격으로 두목의 칼이 튕겨져 나가 땅에 떨어졌.

순식간의 일이었다. 창과 낫을 들고 있던 다른 두 명은 김희도의 바람 같은 동작에 온몸이 정지된 듯 멍하니 서 있을 뿐이었다.

김희도는 두 명이 마치 나무 그루터기처럼 서 있음을 눈치채자 땅에 떨어진 자신의 칼을 집기 위해 몸을 숙인 두목의 목에 칼끝을 갖다 댔다.

"젊은이, 화적질이라고 아무나 하는 게 아니네. 네 자네들이 왜 이런 외딴곳까지 숨어들어 지나가는 나그네의 주머니를 털어서 먹고 살아야 하는지를 잘 알고 있으니 이만하고 가겠네."

그런데 반응이 의외였다. 칼날에 밀려 동작을 멈추고 있던 두목이 갑자기 고개를 쳐들어 김희도를 노려봤다. 목덜미의 살 끝이 칼날에 뒤틀리면서 피가 살짝 흘러나왔다.

"뭐? 잘 알고 있어? 네깐 놈이 뭘 잘 알고 있다는 거야. 정작 남의 주머니를 털어 먹고 사는 놈들이 누군데 네놈이 내 앞에서 판소리를 하고 자빠졌어, 엉? 되먹지 않은 양반 새끼들이, 뭐? 이만 물러가겠다고? 물러가지 않으면 죽이기라도 해 볼래? 그래, 죽여 봐라."

김희도를 노려보는 두목의 눈에 살기가 돌기 시작했다. '어라, 보기와 달리 강단이 있는 놈이네.'

김희도가 칼을 거뒀다.

"내가 왜 널 죽여야 하나? 죽이고 싶었다면 벌써 죽였겠지, 고작 칼등으로 네놈들 어깨나 내려쳤겠느냐? 그리고 나보고 양반 놈이라고 했냐? 불행히도 양반이 아니라서 미안하구나."

김희도와 두목의 대화가 심상치 않다고 생각했는지 나머지 세 명은 아예 무기를 땅으로 향한 채 둘의 모습만 멍하니 지켜보고 있었다. 두목이 고개를 들고 일어서면서 말했다.

"그럼 뭐 하는 인간이요? 복장을 보면 필시 나랏일 하는 사람 같은데."

김희도는 다시 말을 타기 위해 고삐를 손에 쥐었다.

"나랏일은 나랏일이지, 하지만 그 잘난 임금님을 위해서가 아니라 그냥 어느 이름 없는 장수를 위해서 하는 일이다."

"그게 무슨 말이요? 나랏일은 나랏일인데, 나랏일은 아니라니."

어깨를 두들겨 맞아 여전히 상을 찌푸리고 있는 젊은이가 무슨 귀신 씻나락 까먹는 이야기냐는 듯이 되물었다.

김희도가 너털웃음을 터뜨렸다. 더 이상 적대적인 분위기는 없었다.

그저 순진한 얼굴로 되돌아간 젊은이들의 호기심 띤 얼굴이 귀엽고 웃길 뿐이었다.

"몰라도 된다. 너희들이나 이 짓 하지 말고 제대로 살길이나 찾아라."

김희도가 진지한 표정으로 그들을 바라봤다.

"내 너희들이 왜 이렇게 됐는지 충분히 알 사람이다. 양반이라고 했나? 아까 말했듯이 양반이 아니다. 양반의 더러운 피를 흘려 받은 천출일 뿐이지. 하지만 난 너희들처럼 삶을 낭비하려고 하지 않아. 나 역시 한때는 너희들처럼 절망하고 죽고 싶었지만 사내라면 뜻 있게 살다 죽는 게 나쁘지 않다고 생각했지. 지금은 그렇게 살고 있다."

두목이 목덜미를 손으로 쓱 문지르다 피 묻은 손가락을 내려다보면서 말했다.

"이 더러운 세상에 그런 길이라도 있다면 우리에게도 가르쳐 주쇼. 이놈의 세상 뒤집어 버릴 수만 있다면 그것도 뜻 있는 길이니까."

김희도가 두목을 보며 웃음을 지었다. 용광로처럼 끓어오르는 세상에의 증오가 갈 길을 찾지 못해 방황하는 모습이 흡사 자신의 과거를 닮아 있었다. 그가 두목에게 말했다.

"가르쳐 줄까? 그럼 넌 나한테 뭘 해 주겠느냐."

두목의 얼굴에 그동안 감춰져 있던 지적 호기심이 뿜어져 나오는 게 역력했다.

"우리 같은 놈들이 해 줄 게 뭐 있겠습니까. 보아하니 저녁은 아직 들지 않은 듯하니 원한다면 따뜻한 밥 한 그릇은 대접할 수 있습니다. 마침 멧돼지 다리도 하나 남아 있으니 섭섭하지는 않을 것입니다."

"오호~! 멧돼지 고기라. 그거 반가운 소리네. 그럼 자네들 머무는 곳으로 가세. 어차피 하룻밤 머물 곳을 찾아야 할 참이었으니 오늘 밤은 자네들한테 신세를 지기로 하지."

그들은 곧바로 의기투합했다.

네 명이 머무는 살림방은 고개 길에서 오리쯤 떨어진 곳에 숨겨져 있는 토굴이었다. 산적질로 빼앗은 것이 분명한 값있어 보이는 물품 몇 가지가 구석 깊이 놓여 있었고 다른 한쪽에는 곡식 자루와 무쇠 솥, 놋쇠 숟가락 등이 어지럽게 흩어져 있었다. 토굴 한가운데는 군불 때는 자리가 있고 주변에 펼쳐진 가마니는 잠자리로 이용되고 있었다.

졸인 된장에 보리밥 한 그릇씩 치운 데다 구운 멧돼지 고기까지 배불리 먹고 나자 다섯 명에게는 토굴이 마치 궁궐이라도 된 듯 세상 부러움이 없었다. 장호인이라고 이름을 밝힌 두목을 비롯한 다른 세 명은 김희도가 예상한 대로 그저 논밭이나 갈아 먹고사는 양민의 자제들이었다.

아까 칼등으로 어깨를 맞아 멍든 자국이 남아 있는 청년은 자기를 '최만철'이라고 소개했다. 듬직한 몸매에 왼쪽 이마에 선이 굵은 상처 자국이 완연했다. 별 것 아니라면서도 갑자기 고향 관리에 대해 분에 찬 욕설을 늘어놓는 것을 보니 관아의 짓이 분명해 보였다. 그는 창을 들고 있던 청년도 같은 고향인 대천 출신이라며 그를 바라보았다. 그러자 구석에서 마실 물을 가져오던 자가 고개를 끄덕이며 "최헌익입니다"라고 말했다.

그들은 지방 관료들의 착취로 쥐떼기 만한 논밭을 강제로 빼앗긴 뒤에도 여전히 계속되는 수탈을 견디다 못해 도망쳐 유랑생활을 하다 산속으로까지 기어 들어왔다고 했다. 나머지 한 명은 "인중이요"라고 소개한 후 "성이 없습니다"는 말과 함께 희죽 웃었다.

"음성에서 머슴살이 하다 보니 성도 없는 놈입니다. 정처 없이 떠돌다 우리 두목을 만나 같이 생활하게 됐습니다. 거지같은 놈들한테 시달리지 않으니 지금이 내 평생 가장 행복합니다."

장호인이 맞다는 듯이 고개를 끄덕여 주었다.

몇 마디 나누지도 않았는데 배가 불러서인지 다른 세 명은 곧 토굴 한 구석에서 곯아떨어졌다. 그래도 장호인은 김희도의 말 한 마디, 한 마디에 귀를 쫑긋 세우고 있었다. 김희도 역시 장호인의 호기심 어린 표정과 그의 또렷한 말주변에 묘한 매력을 느끼고 있었다.

장호인이 흉금을 털어놓은 것은 그로부터 얼마간 세월이 지나서였다. 그의 고향은 함양의 작은 산골 마을이었다. 논밭들은 어디나 작은 규모였다. 그의 집은 양민이라고 해도 소유 논밭이 작아 틈만 나면 남의 땅에 품을 팔아야 했다.

그나마 온 가족이 하루 종일 일을 해 소작료를 바치고 나면 손에 떨어지는 것은 거의 없었다. 봄철에 지주들에게 빌린 쌀은 가을에 거의 두 배로 물어줘야 했고 나머지 곡식에도 다시 온갖 명목의 세금이 뒤따라다녔다.

공물세는 방납으로 풍습이 바뀐 지 오래였다. 방납이야말로 백성을 가장 괴롭히는 조세 제도였다. 민간에서 공물로 바치는 물건은 아무리 품질이 좋아도 갖가지 핑계를 대 퇴짜를 놓고 방납인들이 준비한 물건을 사서 바쳐야만 관청에서 받아 줬다.

고을 수령들은 늘 방납인 편에 서 있으니 힘없는 백성은 방납인들이 아무리 횡포를 부려도 호소할 길이 없었다. 자연히 꿩 한 마리나 생선

한 마리 값이 쌀 한 말을 부르니 백성이 생계를 꾸려 가는 것 자체가 기적에 가까웠다.

조선 초기에는 달랐다. 왕조를 창업한 이들이 애초 꿈꿨던 부국강병과 대동사회는 상당한 성과를 거뒀다. 실제로 조선 초엔 토지를 소유한 농민이 칠 할가량이나 됐고 삼천 평 토지를 가진 농민도 상당수였다. 이뿐인가, 양반 자제들도 군역을 지게 해 강력한 국방을 이루도록 했다.

하지만 세월이 흐르면서 조선 왕조에 금이 가기 시작했다. 권세가들의 탐욕이 왕조 초기의 창업 정신을 갉아먹으면서 백성들은 가난해지기 시작했다. 백성의 처지가 곤궁해지면서 전국적으로 나타나기 시작한 사회현상이 양민의 노비화였다.

선조조로 접어들어서는 전체 백성의 절반 이상이 노비로 전락한 상태였다. 차라리 노비의 처지가 양민보다 나았기 때문이다.

양민들이 땅을 버리고 떠돌거나 노비가 되는 가장 큰 이유는 사채와 부역이었다. 지방 관리와 지주들이 서로 짜고 고리사채를 놓아 부를 축적한 결과 그들의 농장이 산야를 두루 덮었고, 쌓아 둔 곡식은 군현의 곡식 창고에 버금갈 지경이었다. 이자율은 일 년에 오 할이었고 심한 경우 두 배를 넘기도 했다.

이 같은 사채놀이의 후원자가 바로 지방 수령들이었다. 지주들이 가진 것 없는 양민들을 상대로 사채를 놓고 원리금을 회수하려면 자연히 공권력의 도움을 받아야 했다.

흉년이라도 들면 백성은 고리채에 의존할 수밖에 없어 결국엔 가지고 있던 손바닥만 한 땅조차 힘 있는 자들에게 빼앗기기 일쑤였다. 결국 이자를 견디지 못한 양민들은 제 발로 권세가를 찾아가 노비가 되겠다고 자청했다.

이렇게 양민이 권세가의 노비가 되는 것을 투탁(投託)이라고 했다. 권세가의 노비로 들어가면 나라에서 부과하는 여러 가지 부역 특히 과중한 공납이나 병역을 면제받을 수 있다. 권세가들은 투탁해 오는 자의 재물은 물론이고 도망간 자의 재물까지 차지하면서 기하급수적으로 부를 축적해 갔다.

수령들은 자신의 관할 지역에 부과된 공물이나 부역을 차마 갈 곳을 찾지 못한 채 남아 있는 양민들에게 모조리 뒤집어씌웠다.

양민의 논밭이 줄어들면서 국가에서 세금을 거둘 수 없게 되자 자연히 나라의 재정이 바닥났다. 재정이 없으니 외적을 방어할 군대를 기를 수도 없게 됐다. 중종 때까지만 해도 국가가 평소 비축한 곡식이 이백만 석을 넘었으나 선조가 즉위할 당시에는 비축 곡식에 전혀 여유가 없었다.

방납이나 세금만이 문제가 아니었다. 병역의무를 져야 하는 양민들로서는 관청의 군적이야말로 지옥불이나 다름없었다. 장호인의 집이라고 예외가 아니었다. 할아버지가 돌아가셨는데도 할아버지의 군적은 지워지지 않았다. 그러니 집안의 누군가는 할아버지 대신 군역을 짊어져야 했다.

군역을 짊어지지 않겠다면 대신 면포를 내놓으라는 독촉을 받았다. 힘없는 양민들은 심지어 사라진 이웃집 대신 자기 가족 모두가 대신 군적에 오르는 최악 상황을 견뎌야 했다. 장호인의 집안도 세상을 떠난 할아버지는 물론 어린 자식들의 이름까지 군적에 올라 있었다.

아버지가 도저히 견디다 못해 고을 관아로 호소하러 찾아갔지만 문지기 포졸은 들여보내기는커녕 시끄럽게 군다며 끝까지 저항하는 아버지를 방망이로 두들겨 팼다. 그날 늦게 비틀거리며 집으로 돌아온 아버지의 머리에는 피가 흉하게 굳어 있었다. 관아에서 두들겨 맞아 저렇게 됐다고 동네 이웃들이 수군거렸다.

며칠 후 아버지를 돌보고 있던 어머니가 동네가 떠나가도록 외마디 고함을 질렀다. 어느 때처럼 김매기를 하다 동네 어른들의 재촉을 받은 호인과 어린 형제들이 집으로 뛰어갔는데 어머니의 두 손이 온통 피투성이였다.

방 안으로 뛰어 들어가자 머리를 심하게 다쳐 몸져누워 있던 아버지는 이미 숨져 있었다. 아버지의 바지는 그대로 벗겨져 있었고 바지자락은 온통 검은 핏덩어리가 고름처럼 달라붙어 있었다.

어머니는 실성한 듯 두 손에 이상한 살덩어리를 들고 있다가 갑자기 관아로 달려갔다. 옆에 따라붙어 보니 쭈글쭈글한 채 피로 얼룩져 있었지만 분명 남자의 성기였다. 문득 죽어 쓰러져 있던 아버지 옆에 낫이 떨어져 있었던 것을 기억해 냈다. 호인은 그제야 무슨 일이 벌어졌는지를 눈치챌 수 있었다.

관아 정문에서 포졸이 보이자마자 어머니가 외쳤다.

"자, 봐라. 이놈들아, 이게 내 남편 양근이다. 다시는 아이를 낳지 않겠다며 스스로 양근을 잘랐다. 네놈들이 내 남편을 죽인 거다."

포졸 둘은 어머니의 미친 모습을 흘겨보며 귀찮다는 듯 창으로 어머니를 밀어내기만 했다. 어머니는 몇 번이나 항거하더니 마침내 관아 앞에 주저앉은 채 통곡을 했다. 포졸들이 험악한 표정을 지으며 협박하자

보다 못한 동네 주민들이 힘을 합쳐 어머니를 일으켜 돌아갔다. 호인은 멀리서 지켜보기만 했다. 그의 얼굴에는 이미 슬픈 표정조차 찾아볼 수 없었다.

시아버지가 돌아가신 지 얼마 지나지 않아 남편까지 잃은 어머니는 완전히 살 기력을 빼앗긴 듯했다. 그렇게 얼마가 지났을까. 툇마루에 함께 앉아 산 사람은 살아야 할 것 아니냐며 한참을 설득하던 동네 어른의 충고를 받아들였는지 평소 땅을 부쳐 먹던 지주집의 노비로 들어간다는 것이었다. 동생들도 함께였다.

호인은 일언지하에 거부했다. 그는 어머니의 간곡한 만류에도 불구하고 가족을 떠났다.

늘 그렇듯 동네 사람 하나가 사라져도 아무도 그의 행방을 알 수 없고 굳이 알려고 하지도 않았다. 왜놈들한테 가면 먹고 살게는 해 준다고 했는데 혹시 장호인도 남쪽으로 내려갔는지 모른다는 이야기를 하는 축도 있었다. "하긴 이렇게 살 바에야 왜놈들에게 붙어먹고 살다 죽는 게 더 낫지 안 그래?"라는 푸념이 공공연히 떠도는 세상이었다.

반 년 가까이 지난 어느 날, 관아에서 좀 떨어진 산속 시냇가 그늘에서 기생들과 주연을 즐기던 고을 현감과 방납인, 그리고 곁에 붙어 있던 아전까지 모조리 살해당하는 사건이 발생했다. 아전들의 현장 감식에 따르면 여러 명의 괴한이 덮친 것이 틀림없었다. 시체들의 상처 자국이 저마다 달랐기 때문이다.

특히 수령의 머리통은 여러 번에 걸친 몽둥이질 탓인지 완전히 으깨지고 골수가 여기저기 흩어져 있었다. 방납인의 머리도 잘려 나간 채 개울 가장자리에서 물결을 따라 흔들거리고 있었다. 범인은 끝내 오리무중이었다.

호인의 어머니가 지나가는 행인에게서 자그마한 보따리를 받은 것은 그로부터도 한참 시간이 지난 가을이었다. 메주콩 수확이 한창이라 밭에서 고개를 숙이고 있었는데 옆에서 일을 돕던 딸이 어머니의 옷자락을 흔들었다.

고개를 드니 두어 발짝 앞에 이름 모를 젊은이가 서 있었다. 그가 아들과 딸의 이름을 대면서 아느냐고 물었다. 어머니가 놀란 표정을 짓자 청년이 불쑥 작은 보따리를 내밀었다. 장호인이 보낸 것이라고 했다.

그리고는 전남 여수 앞바다에 돌섬이 있는데 경상도에서 건너간 피난민들이 많이 살고 있다며 그쪽으로 도망가면 먹고살수는 있다는 말을 남기고 급히 사라졌다. 보따리 안에는 여비로 쓸 만한 패물들이 들어 있었다.

얼마 후 장호인의 연락을 받은 사람들이 하나둘 강막지의 방으로 들어왔다. 김희도 외에 세 명이 자리를 함께했다. 모두들 긴장한 표정이었다. 김희도의 시선을 받고 나서 장호인이 조용히 물러났다. 이제부터 모임이 파할 때까지 집 주변을 감시해야 했다.

김희도가 입을 열었다.

"잘 다녀왔습니다. 한양은 조금씩 안정을 되찾아 가는 분위기입니다. 어전회의도 점차 정례화하고 있습니다. 하지만 류성룡 영상대감은 갈수록 정치적 수세에 몰리는 느낌입니다. 일본군의 철수 정보가 퍼지면서 특히 서인 쪽의 공세가 갈수록 강화되고 있습니다. 전시 기간 내내 영의정을 맡아 왔으니 책임공방에서 자유롭지 않을 듯합니다."

세 명 중 한 명이 고개를 들었다. 원균이 경상우수사를 지낼 때부터 원균의 지휘 능력을 비판하다가 만호 직에서 파직당했던 선의봉이었다. 통제사 이순신 밑으로 와서 종군하다가 나이가 들자 지금은 고금도 둔전 책임관을 맡고 있다. 작은 키에 촛불에 반사된 탓인지 눈빛이 반짝였다.

"고생이 많았소. 영상에 대한 공세야 당연하겠죠. 마찬가지로 임금이나 조정 신료들 사이에 우리 통제사를 견제하는 목소리가 나올 때가 된 것 같습니다. 이럴 때일수록 양쪽을 왕래하는 김 형도 더욱 몸조심해야 할 것입니다."

옆자리에 앉아 있던 윤영현이 고개를 끄덕였다. 윤영현은 선조 이십구 년 충청도 홍산현감으로 있을 때 불행히도 이몽학의 반란군에 패했다. 그러자 선조는 역적에게 굴종했다는 이유로 의금부에 투옥하고 파직했다. 하지만 윤영현이 과거 한 때 정여립과 같이 지내면서 세상사를 논의하기 좋아했다는 소문이 파직에 더 큰 역할을 했다는 소문이었다.

윤영현은 평소에도 험한 말을 내뱉기 일쑤였다. 고금도이니 망정이지 육지에 있었다면 관에 잡혀 들어가 능지처참을 피하기 어려웠을 것이다. 그는 술이 들어가면 반드시 중얼거리는 버릇이 있었다.

"천하는 공물인데 어찌 정해진 임금이 있겠습니까. 임금이 도를 잃어 정령이 제대로 통하지 않고 민생이 도탄에 빠졌다면 혼매한 군주는 폐하고 밝은 군주를 세우는 것이 고금의 통의라고 정여립이 기회 있을 때마다 말했습니다. 내 지금도 똑똑히 기억합니다."

다른 한 명은 평양 사람으로 젊은 시절 여진족을 다루는 역관 생활을 지냈던 박이량이었다. 한때 황해도 지역의 정여립 일파와 깊은 관계를 맺었으나 기축옥사를 피해 중노릇을 하며 전국을 떠돌다 한산도 시절 이순신의 휘하로 들어갔다.

그가 평소에 펼치는 여진족 담론은 누구에게나 감탄을 자아낼 정도였다. 그는 조선이 다시 일어서기 위해서는 주변국 정세부터 제대로 파악하고 그에 대처할 자세가 확립될 때까지 기다리지 않으면 안 된다는 지론을 폈다.

그의 만주에 대한 설명은 젊은 시절을 만주에 쏟아부었던 김희도와 또 다른 차원이었다. 박이량의 평소 주장에 따르면 조선의 힘이 약화될 결정적인 이유는 백은(白銀)이 만든 주변국 정세 변화에 제대로 대처하지 못하는 데서 비롯된다.

그의 설명은 이랬다.

백은의 주산지는 일본이다. 일본의 은 생산량은 수십 년 전부터 크게 늘고 있었다. 조선의 양인 김감불과 노비 김갑동이 함경도 단천 은광에서 처음 개발한 연과 납을 분리하는 법이 그대로 일본에 전수된 덕분이었다. 가토 기요마사가 함경도를 훑고 다닌 것도 바로 단천 은광을 장악하기 위해서였다는 이야기가 파다했을 정도다.

은광석에는 은과 함께 다량의 납이 포함돼 있는데 은과 납을 분리하지 않고서는 은 생산을 늘리기 어렵다. 그런데 김감불과 김갑동이 소나무 태운 재를 이용해 은과 납을 분리하는 기술을 개발해 냈다.

하지만 상공업을 억누르던 조선은 은의 필요성을 별로 느끼지 않는 사회였다. 덕분에 조선의 대표적인 단천은광은 폐쇄됐다. 조선에서 홀대당한 이 신기술이 일본으로 전수되면서 일본 광산은 천지개벽을 만날 수 있었다. 놀랍게도 김감불과 김갑동이 일본 시마네 광산에서 일하고 있었다.

시마네 은광산에 연과 은을 분리하는 기술이 도입되면서 이곳의 은 생산이 폭발적으로 늘어났다. 일본에서 김감불과 김갑동은 이미 양인이나 노비의 신세가 아니었다. 그들은 사무라이 대접을 받으면서 다수의 일본인 기술자들을 부하로 거느렸다.

서양에서 온 붉은 털의 상인들은 조총 등 자기네 공산품을 일본에 수출해 백은을 확보한 다음 그 은으로 중국의 차와 비단, 도자기를 구입하여 자기네 나라로 실어 갔다. 덕분에 중국에 은이 대량으로 쏟아져 들어갔다.

중국경제에 대한 의존도가 높았던 여진족과 몽골 사회도 은의 영향을 받기 시작했다. 중국이 벌어들인 은의 엄청난 양이 북방의 군비와 이민족을 달래기 위한 외교비용으로 들어갔기 때문이다.

명나라는 건국 후 초기 백 년만 몽골이나 여진족에 대해 군사적 우위를 지녔을 뿐, 이후엔 국경 방어에서 늘 북방 민족에게 밀리는 처지였다. 명은 이들 부족의 침략을 막기 위해 세폐라는 이름으로 사실상의 조공을 바쳐야 했다. 명나라가 북방으로부터 평화를 사기 위한 비용은 엄청났다.

게다가 명나라 상류사회에 호화사치 풍조가 번지면서 여진족은 무역으로 큰돈을 벌기 시작했다. 귀족 사회에서 건강에 좋다는 인삼과 녹용, 방한과 과시효과가 큰 모피 소비가 급증했다. 이들 상품의 주산지가 바로 여진족이 살고 있는 만주 땅이었다.

특히 강장제로 인기가 높은 인삼은 백은과 비슷한 무게로 교환될 정도였다. 인삼은 한반도와 만주 지역이 원산지다. 명나라 귀족들 사이에서 인삼 수요가 급증하면서 조선과 여진족 심마니들이 국경을 넘나들며 삼을 캐는 데 열중했다. 귀한만큼 인삼채집과 판매를 둘러싼 양쪽의 신경전도 점차 가열됐다.

조선과 여진 간의 인삼전쟁이었다. 수십 년간 지속된 인삼 전쟁은 그러나 이미 상업에 눈을 뜬 여진족의 승리로 귀결됐다. 이후 여진족은 거만의 백은을 확보할 수 있었고 그 은의 힘으로 군비 확충에 나선 건주 여진의 추장 누르하치가 일어서기 시작했다.

왜와의 전쟁이 한창이던 중에 기병대 수만 명을 전선으로 보내 조선을 도와주겠노라고 호언장담한 인물이 이 누르하치였다. 누르하치는 '멧돼지 가죽'이라는 만주어다. 그의 할아버지가 "멧돼지 가죽만큼이나 질기고 그만큼 뜨거움과 차가움을 잘 이겨 내라"는 의미에서 붙여 준 이름이었다.

누르하치가 일본을 치겠다며 진짜로 기병대를 보내온다면 조선 땅은 왜와 여진, 즉 남북의 외적을 동시에 상대해야 하는 사면초가에 빠질 수도 있다. 조정은 제의를 받아들이지 않으면서도 이런 거절 행위가 자칫 건주 여진과의 불화로 번질까 걱정해 전전긍긍했다.

자신의 주변국 중 가장 낮춰 보던 여진족마저 조선을 능멸하기 시작했음을 조선은 그때 깨달아야 했다. 하지만 박이량은 조선이 그저 몸이나 낮춘다고 여진족의 위협이 사라지지는 않을 것이라고 예언했다.

세 명 다 세상사에 밝고 체제 비판적인 지식인들이었다. 서로 말은 하지 않아도 낡고 퇴행적이며, 바깥의 정세 변화에 눈을 감고 살아가는 조선이 바뀌어야 한다는 생각에 일치하고 있었다. 그리고 그 변혁의 지도자는 이순신밖에 없다고 여겨 그의 곁으로 모여든 사람들이었다.

이순신 역시 당시 무능하고 부패한 조정에 진절머리를 내고 있었다. 더군다나 누구도 부정할 수 없는 사실은 조선 최강의 이순신 군단이야말로 낡아빠진 성리학 정치를 혁파하고 실사구시로 백성들의 꿈을 현실화할 수 있는 실질적 능력과 힘을 갖추고 있었다는 점이다.

날이 밝자 김희도는 이순신이 있는 덕동에 있는 본영으로 들어갔다. 섬 어디를 가든 주민들은 활기에 차 있었다. 낮은 산 주변에는 옛날에 없던 논밭이 줄지은 채 추수를 끝냈는지 황토 빛깔을 드러내고 있었다. 한쪽에서는 선박 건조에 필요한 재목들을 운반하는 모습이 보였다.

장군은 휘하 참모들로부터 일일 보고를 듣고 있었다. 이순신이 김희도를 보자 잠시 기다리라는 눈짓을 보냈다. 막료들이 물러가자 이순신이 김희도를 가까이 불렀다.

"아침은 먹었나?"

"네, 강막지 집에 갔다가 집에 들러 자고 오는 길입니다."

집사람인 제아는 오랜만에 돌아오는 남편에게 언제나처럼 아침 밥상에 청국장을 정성스레 끓여 내놓았다. 어린 아들 녀석은 매번 냄새난다며 코를 쥐어짜는 흉내를 내면서도 요즘엔 그래도 한두 숟가락씩 떠먹는 모습이다.

아들 이름은 통제사 이순신의 신과 김희도의 도를 각각 따서 신도라고 지었다. 신도라는 아들 이름을 들은 통제사는 환하게 웃으며 "이 녀석, 알고 보니 내 손자구만"이라고 농담을 했다.

집에 들렀다 오는 길이라는 김희도의 말을 듣고 나서 이순신이 일어날 채비를 했다.

"그래? 그럼 내 곧 조선창으로 갈 생각인데 같이 가세."

이순신은 부관인 김희도와 함께 말을 타고 나지막한 언덕길로 접어들었다. 산기슭을 따라 논밭이 가지런하고 어디든 사람들이 사는 흔적이 역력하다. 포구 가까이에는 군선은 물론, 포작선을 비롯한 크고 작은 민간 선박들이 빼곡했다.

한양에서 강진까지 오는 길의 그 황폐함과는 전혀 다른 모양과 색깔이었다. 황토의 누런색과 울창한 나무숲의 초록색, 앞바다와 하늘의 푸른색이 절묘한 조화를 이루고 있다. 사람의 흔적이라고는 찾아보기 어려운 폐허화한 읍락들과 가는 곳마다 여전히 치워지지 않은 채 방치돼 있는 시체와 백골들도 여기서는 찾아볼 수 없었다.

장군이 고하도에서 수군 팔천여 명을 인솔하고 고금도로 옮긴 것이 선조 삼십일 년 초였다. 이제 겨우 일 년 가까이 될 뿐인데 이토록 사람 사는 곳이 달라질 수 있는 것일까.

그렇다, 사람 사는 곳은 결국 그곳에 사는 사람들이 만드는 것이다. 고금도가 아니라 조선 삼천리 방방곡곡도 이렇게 달라질 수 있다. 단지 그곳을 통치하는 사람들이 어떤 사람들이냐가 문제일 뿐이다.

김희도가 주변을 둘러보는 이순신을 돌아보며 조심스럽게 말을 꺼냈다.

"영상의 편지에서 보셨겠지만 한양 조정이 또다시 전쟁 전의 파국적인 상황으로 빠져드는 분위기입니다. 조선 땅 전부가 뒤집어지는 참혹한 전쟁을 치렀음에도 여전히 나아질 기미는 보이지 않습니다."

"그렇겠지, 사림정치가 어디 가겠느냐. 임금은 어떻다던가?"

김희도가 씨익 웃었다. 그러더니 먼 바다로 시선을 돌린 채 흘리듯 내뱉었다.

"여전하십니다."

여전하다는 말에는 깊은 의미가 담겨 있었다. 이순신도 알겠다는 듯 한숨을 내쉬면서 역시 같은 방향의 바다를 바라보았다. 변함없는 임금에 변함없는 신하들이다. 비참하게 죽어 나가는 것은 백성들뿐이다.

김희도가 조용히 말을 꺼냈다.

"위에서 바꿀 수 없다면 밑에서라도 바꿔야 하는 것 아닌지요. 이건 제 말이 아니라 장군 휘하 모두의 생각입니다. 지금 이 순간도 육지에서 뜻 있는 선비들이 고금도를 찾아오고 백성들도 꾸역꾸역 몰려들고 있습니다. 어느 누가 그 흐름을 거역할 수 있겠습니까."

"그렇더라도 말은 조심하게."

"알고 있습니다. 제가 어디 가서 이런 말씀을 드리겠습니까. 장군께서는 이제 혼자 몸이 아닙니다. 그리고 그렇게 운명이 정해져 있다면 피하기는 어려우실 겁니다."

"허허, 네가 나를 포승줄로 포박하려는 게냐? 그럼 너는 네 운명을 받아들일 준비가 돼 있느냐?"

"여부가 있겠습니까. 저는 장군이 북방 육진에 계실 때부터 마음에 굳힌 바가 있다고 말씀드리지 않았습니까."

이순신이 아무런 응답 없이 조선 병기창의 바삐 돌아가는 모습을 지켜봤다. 자기네들끼리 장난치며 달려가던 대여섯 명의 어린 개구쟁이들이 장군의 모습을 발견하자 가까이 다가와 일제히 꾸벅하며 절을 올렸다. 이순신이 아이들을 향해 만면에 웃음을 지으며 고개를 끄덕였다.

"저기 저 활기찬 병사들과 백성들을 보십시오. 모두가 밝은 표정입니다. 하지만 육지는 전혀 다릅니다. 가는 곳마다 병들고 굶주린 백성들이 하늘을 원망하고 있습니다. 하루도 통곡이 그치질 않습니다. 모두가 조정을 향해 손가락질하고 있습니다. 전쟁이 끝나면 이들 백성은 또다시 고통의 질곡으로 빠져 들어갈 게 뻔합니다. 보십시오. 조선 삼천리 방방곡곡이 저렇게 배를 곯지 않고, 밝고 희망차게 살아갈 수도 있지 않습니까."

이순신이 조용히 내뱉었다.

"체제에 저항은 할 수 있겠지. 하지만 이 땅에서 우리의 행동이 초래할 결과는 정해져 있다."

"정해져 있어도 좋습니다. 하지만 전쟁이 끝나면 선조가 어떻게 나설 것이라는 것은 뻔히 정해져 있지 않습니까. 어젯밤의 논의도 그랬습니다. 어차피 이래 죽으나 저래 죽으나 마찬가지라면 죽는 순간이나마 사람답고 싶습니다. 저나 여기 모여든 모두의 마지막 남은 꿈입니다."

2.

임금이라는 자를 믿을 수 있는가

광활한 논이 황금빛으로 물들어 장관을 이루고 있다. 가을의 따가운 햇볕을 받아 익은 벼이삭들이 모두 제 무게를 이기지 못해 축 늘어져 있다. 이만하면 주둔군 병사들 한 해 먹을거리는 걱정이 없을 것이다. 조산보에서 권관으로 근무하는 김희도는 목책 너머로 펼쳐진 논들을 지켜보며 한동안 흐뭇한 기분을 만끽했다. 함께 서 있는 조산보 만호 겸 녹둔도 둔전 책임자인 이순신 역시 감개가 무량한 듯했다.

두만강 하구 위쪽에 위치한 녹둔도는 길이만 십여 리에 달하는 광활하고 비옥한 둔전이다. 여진족의 침입을 막기 위해 섬 안에 토성을 쌓고 높이 육 척의 목책을 둘러 병사들이 방비하고 있다. 경작 농민들은 배를 타고 섬을 오가며 농사를 지었다. 여진족이 언제 갑자기 약탈전을 벌일지 몰라 농민들에게는 상주가 금지돼 있었다. 그들은 춘경과 김매기, 추수기 등에 한해서만 출입이 허락됐다.

하지만 녹둔도가 개간 이래 늘 이렇게 풍년 농사를 기록했던 것은 아니다. 사실은 제대로 수확을 거둬들인 적이 드물었다. 최근 몇 년간도 벼이삭이 제대로 여물지 못해 전임자가 문책당하고 이순신이 새로 감독관으로 오면서 처음으로 풍년을 맞보게 된 것이다.

"희도, 이만하면 대풍 아닌가?"

이순신은 제 눈으로 풍작을 확인하면서도 김희도에게 자신의 발언에 맞장구쳐 주기를 바랐다. 김희도가 오랜만에 활짝 웃었다.

"혹여나 니탕개가 쳐들어오지 않을까 늘 걱정하셨는데 다행히도 별다른 움직임을 보이지 않아 추수 때까지는 별일이 없을 것 같습니다."

"다행 중에도 천만다행이지."

"하지만 벼를 거두기까지는 일이 끝나지 않은 것이죠. 만에 하나 저들이 쳐들어온다면 이런 허술한 방어기지로 과연 제대로 막아 낼 수 있을지 모르겠네요. 이일 장군은 도대체 무슨 속셈으로 그토록 줄기차게 녹둔도 방어를 위한 병사 증원 요청을 거부하는 것일까요?"

그러면서 김희도는 목책의 나무 기둥을 이리저리 흔들어 보였다. 어느 기둥은 비틀거려 한 번 더 흔들면 그대로 뽑힐 기세였다. 토성 위에 설치했다고는 하나 목책은 여전히 임시방편일 뿐이었다.

그는 화가 치민다는 듯이 오른 손으로 잡은 통나무를 더욱 세게 흔들었다. '우두둑' 하는 소리와 함께 통나무가 옆으로 쓰러졌다.

"여태까지 아무 일이 없지 않으냐는 게 말이나 되는 겁니까?"

이순신이 통나무를 바로 세우면서 말을 이었다.

"병사 수가 모자란다지 않는가."

"모자라는 게 아니라 자기 주변만 강화하고 있지 않습니까. 자기가 칼을 들고 여진족 얘들과 싸울 것도 아니면서. 보십시오. 섬 한가운데 덜렁 둥그렇게 목책을 둘러놓고 이렇게 넓은 논밭을 지키라는 게 말이 되는 소리인지."

"말소리가 너무 크네."

"여기 병사들 모두 다 똑같이 말하고 있습니다."

"이십사 일 추수 날까지라도 잘 버텨야지 별수 있겠나. 추수는 가능한 한 빠른 시간 안에 끝내야 할 테니까 소속 농군 말고도 추가로 인부를 모집해 놓도록 하게. 속전속결이어야 하니까."

추수는 순조로웠다. 벌써 논의 반쯤이 낫에 의해 잘려 나가 땅을 드러내고 있었다. 김희도는 추수꾼들이 열심히 벼를 자르는 모습을 지켜보면서 다시금 사주방어에 나서고 있는 병사들을 둘러봤다. 숫자가 적어서 너무 띄엄띄엄 배치돼 있다. 초병을 파견하긴 했지만 임무를 제대로 수행한들 여진족이 대규모로 쳐들어온다면 전투에 별로 도움이 되지 않을 듯싶었다.

그때였다. 북쪽 방향에서 달려오는 초병들이 소리를 쳐 댔다.
"온다! 여진족이다!"
김희도가 논 한가운데 서 있다가 목책 쪽으로 달리면서 소리쳤다.
"적군이다!"
목책 안에서 일대 소동이 벌어졌다. 함경도 경흥부 부사 이경록과 김희도의 직속 상관인 이순신이 목책 문 쪽으로 달려와 손을 이마 위에 올려놓은 자세로 북쪽을 바라봤다. 아니나 다를까, 니탕개가 추수 날을 공격 날짜로 잡은 것이다. 눈으로만 봐도 엄청난 규모의 기병들이었다. 그동안 가장 걱정하던 일이 벌어진 것이다.

적군은 두 갈래로 갈라서 쳐들어왔다. 한쪽은 목책 안의 조선군을 공격하고 다른 쪽은 병사들이 보는 앞에서 마치 추수하듯 추수꾼들을 납치해 갔다. 추수꾼 일부는 잡히지 않기 위해 들판 끝으로 달아나고 극소수의 조선 군사만 급히 목책 안으로 모여들었다.

방어 구조라고는 들판 가운데서 둥그렇게 둘러쳐져 있는 목책뿐이었기에 전투는 조선군에 결정적으로 불리했다. 다행히 사격 지점을 배당한 후 몇 번씩 모의 훈련을 거듭한 덕분에 병사들은 모두 제 위치에 서서 사방을 둘러싼 여진족 기병들을 향해 화살을 날렸다. 날아오는 화살 덕분에 목책 위로 뛰어오르는 기병들은 별로 없었다. 그저 목책을 둘러싸고 먼 거리에서 원을 돌며 화살을 쏴 댔다.

다행히 조선군의 애기 살이 먹혀 들어갔다. 크기와 달리 강력한 살상력을 발휘하는 바람에 최전방에서 공격을 이끌던 추장 마니응개를 비롯한 여진족 전사 여럿이 말에서 굴러 떨어져 나갔다. 자기네 군사가 피해를 입자 여진족 병사들은 서서히 목책으로부터 큰 원을 그려 나가기 시작했다. 곁눈으로 추수꾼 납치 상황을 확인하면서 최적의 퇴각 시점을 찾는 동작이 분명했다.

하지만 다른 쪽 기병대가 조선인 추수꾼들을 무려 이백여 명이나 끌고 간 이후였다. 이대로 주저앉을 수 없을 만큼 큰 피해였다. 이순신이 김희도에게 추격 신호를 보냈다. 이경록도 말에 올라탔다. 몇 명의 군사들이 이들을 따라 나섰다. 아무리 날고 기는 여진족 기병대라지만 포로들을 도보로 끌고 가다 보니 후퇴 속도가 늦어질 수밖에 없었다. 포로를 끌고 가는 부대도 많은 숫자는 아니었다.

추격대는 말을 타고 짓쳐 들어가는 속도에 힘입어 쫓기는 여진족 병사들에게 화살을 날려 그들을 말에서 추락시켰다. 빠른 쪽은 벌써 그들의 등을 칼로 후려치기도 했다. 여진족 병사들이 흩어져 달아나기 시작했다.

추격대는 조선인 포로 오십여 명을 되찾는 한편 여진족 병사 상당수의 머리통을 들고 철수했다. 추격대의 숫자가 워낙 적은 데다 여진족 지역으로 너무 깊숙이 들어갈 경우의 위험을 방지하기 위해 이경록이 추격을 중단시켰다.

녹둔도로 돌아와 피해 상황을 점검해 보니 그래도 백오십여 명의 조선인이 포로로 끌려갔다. 조선군 전사자도 열한 명이나 됐다.

전투 소식을 보고하자 북병사 이일이 이경록과 이순신을 불러 놓고 노발대발했다. 여진족으로부터 녹둔도를 지키라고 보내 놨더니 그들로부터 철저히 당하고 말았다는 투였다. 북병사는 이순신과 이경록을 관아에 설치돼 있는 옥에 가뒀다. 패전의 죄를 낱낱이 고하라는 지시였다.

관아까지 따라온 김희도는 직속상관이 갇혀 있는 꼴을 목격하면서 어처구니가 없었다. 북병사의 간사한 처사에 분노가 끓어올랐다. 누구보다 상관인 이순신을 옆에서 지켜본 그가 아닌가. 그동안 녹둔도 방어병사를 증원해 달라고 여러 번이나 요청했음에도 그때마다 별 문제 없지 않느냐며 거절한 장본인이 북병사 자신이었다.

그래, 맞다. 이일은 자신이 그동안 묵살해 온 것이 이런 엄청난 결과를 초래한 원인이라는 사실을 누구보다 잘 알고 있을 것이다. 나중에 자신의 잘못된 조처가 밝혀질 경우 자기까지 연루돼 처벌당하게 될까 봐 더욱 사납게 굴고 있는 것이다.

이 인간은 벌써 조정에 올릴 장계를 걱정하고 있는 것이 틀림없다. 치졸한 인간이다. 저런 비겁한 상관을 위해 목숨을 내놓고 적과 맞서 싸워야 하다니. 옥에서 돌아서는 김희도는 주먹을 꽉 움켜쥐었다.

아니나 다를까, 북병사의 장계를 받은 한양의 조정이 발칵 뒤집혔다.

긴급 어전회의가 열렸다. 앞자리에 선 병조판서 정언신이 심각한 얼굴을 하고 있었다. 뭔가 깊이 생각하는 눈치였다. 회의가 시작되고 얼마 후 정언신이 선조 앞으로 나가 자신을 처벌해 달라고 자청했다.

"녹둔도 둔전은 신의 요청으로 시작됐는데 이런 전투가 벌어졌으니 먼저 신을 다스려서 조야에 유감을 표명해 주시기 바랍니다."

역시 노련한 정언신이었다. 문관 출신이지만 오랫동안 무장으로 지내 온 정언신은 나름 장수를 평가할 수 있는 안목이 있음을 자부해 왔다. 그는 자신이 과거에 데리고 있던 이순신이 만만치 않은 무장이라는 점을 잘 알고 있었다.

이순신이 그렇게 맥없이 패할 인물이 아니다. 필시 곡절이 있을 것이다. 하지만 지금 이순신의 패전을 낱낱이 고한 장계가 올라온 마당에 일방적으로 변호만 할 수도 없다. 다른 설득 방법을 찾는 수밖에 없다. 그래서 자신을 먼저 처벌해 달라고 요청한 것이다.

정언신은 조정에서도 남다른 신료였다. 선조로서도 함부로 대할 수 없는 무게감이 있는 신하였다. 조정은 이제 이순신을 처벌하기 위해서는 정언신도 함께 처벌할 수밖에 없게 됐다. 선조는 정언신의 수를 눈치챘음에도 어쩔 수 없이 한발 물러섰다. 어떤 경우든 패장은 참형에 처한다는 관례를 꺾은 것이다.

"이순신을 장형에 처한 다음 백의종군으로 공을 세우게 하라."

옥에서 풀려난 이순신을 위해 김희도는 그날 저녁 조산보 관사에서 조촐한 술자리를 마련해 주었다.

이순신은 침착했다. 술잔을 기울이는 내내 불평 한마디 늘어놓지 않았다.

'무서울 정도로 침착하다.'

참으로 이해할 수 없는 상관이라고 김희도는 생각했다. 북방 육진에서 여러 상관들을 모셨지만 이순신은 특별했다.

머리가 비상하고 무장으로서 과감무쌍할 정도로 용맹했음에도 그 나이 또래에 비해서는 출세가 늦은 편이었다. 그런데도 자신의 계급에 대해 불만을 늘어놓는 법이 없었다. 심지어 지금처럼 별 잘못 없이 억울하게 죄인 신세가 됐음에도 입에서 욕 한마디 내뱉지 않는다.

이순신은 평소에도 늘 조용한 편이었다. 하지만 낭중지추라 했던가. 뾰족한 송곳은 가만히 있어도 반드시 주머니를 뚫고 나오듯 뛰어난 재능을 가진 사람은 결국 남의 눈에 띄게 마련이다. 김희도와 가까운 여진인들 가운데 이순신에 관해 묻는 자들이 의외로 많았다.

김희도가 이순신을 알고 가까이하게 된 것도 실은 주변 여진인들의 관심이 컸던 때문이다. 김희도는 어린 시절부터 여진인들과 친밀한 관계를 맺고 있었다. 아니, 여태까지의 삶 자체가 그들과 이어져 있었다.

친한 여진인 친구가 아버지의 생신이라며 김희도를 송화강 깊숙이 자리 잡은 그들의 마을로 초대했을 때였다. 마을 족장인 아버지를 비롯해 그의 친지들 모두가 한자리에 모여 있었는데 여진족과 조선의 관계로 관심사가 옮겨 가자 자연히 이순신이 주제로 떠올랐다. 친구의 아버지가 김희도에게 물었다.

"이순신과는 가까운 사이인가?"

"예? 아니, 뭐 가까운 사이는 아니지만 모시고 있는 관계입니다."

"그래? 자네도 알겠지만 그분의 명성은 여기까지 자자하다네. 니탕개나 우을기내 등 여기 추장들도 그에 관한 이야기를 많이 해. 니탕개는 이순신을 자신과 비교하려고 하는데 내가 보기에는 오히려 니탕개보다 우리의 먼 선조인 아골타 장군과 닮은 점이 많은 것 같아."

　백두산 천지를 넘어 북으로 올라가면 백두산에서 발원한 송화강(여진족은 이 강을 숭가리강이라고 불렀다)과 송화강의 지류인 아십하(阿什河)가 만나는 지점에 말갈의 후예인 완안이라는 이름의 여진 부족이 살았다. 그들이 살고 있는 터가 아지고촌이다.

　고려 시대 완안부 세력은 두만강 북부에서 함경도 지역까지 세력을 미치고 있었다. 완안부의 우야소는 자기 세력을 키우면서 전체 여진을 통합하여 거란과 같은 제국을 건설하겠다는 야심을 노골적으로 드러냈다. 우야소의 뒤를 이은 것이 바로 친동생으로 걸출한 무사인 아골타였다. 그가 바로 금나라의 창건자다. 거란은 바로 이 아골타에 의해 멸망했다.

　친구 아버지가 조용히 말을 이어 갔다.

　"나라가 일어서려면 반드시 뛰어난 지도자가 필요한 법이지. 금나라가 망하고 나서 여진족이 이렇게 지리멸렬한 것도 지도자를 만나지 못해서 그런 거다. 조선이라고 다를 게 없어. 왕이 있다고 해도 지도자가 지도자답지 못하면 우리처럼 없는 거나 마찬가지지. 조선도 이제 이백 년이 다 되어 간다며? 고인 물은 썩게 마련이야. 새로운 지도자가 이끌어야 할 때가 온 거지."

　족장은 자기 아들을 보며 훈계하듯 말했다.

　"백성이 잘 먹고 잘살려면 지도자를 잘 만나야 하듯 너희들도 상관을 제대로 만나야 제 뜻을 펴 나갈 수 있다. 희도 군은 그 점에서 너보다 낫구나."

김희도는 아버지가 평생을 육진의 권관으로 보내는 것을 옆에서 지켜보며 자랐다. 어렸을 때는 조선 정부에 귀속해 국경 주변에서 번호(番戶)를 이루며 살고 있는 여진족들의 마을에 종종 놀러가곤 했다. 그곳 친구들과 같이 말을 달리며 만주 땅 깊숙이 들어간 적도 많았다.

김희도는 만주의 끝없이 펼쳐져 있는 벌판이 좋았다. 말달리며 나무칼을 휘두르면서 맛보는 그 호쾌함은 결코 잊을 수가 없다. 겨울에는 여진의 친구들과 떼 지어 흰 벌판을 달리며 늑대 사냥에 나서기도 했다.

자신도 아버지처럼 권관이 되고, 나아가서 만호가 되고 장군이 되고 싶었다. 틈만 나면, 바람처럼 달리는 기병대를 지휘하면서 적군을 무찌르는 장면을 상상하고는 했다.

하지만 그것이 불가능한 꿈이라는 사실을 김희도는 너무나 어린 시절부터 깨달아야 했다. 그는 서얼 신분이었다. 조정에서 실시하는 무관 시험이 그 같은 인간 부류를 받아 줄 리 없었다. 그런 그의 아픔을 잘 알고 있는 아버지는 늘 말했다.

"희도야, 너도 잘 알 것이다. 남들이 밟는 과정을 그대로 밟아서는 출세를 할 수 없는 몸이라는 것을. 옳건 그르건 그것이 네가 짊어져야 할 운명이다. 하지만 이런 운명을 극복할 수 있는 길이 있기는 하다. 남들이 가려고 하지 않는 험한 길을 택해 성공을 거둔다면 그것이 너의 신분적인 한계를 극복하는 한 가지 방편이 될 수는 있을 게다. 이곳 육진 변경은 여진족과의 갈등이 일상사다. 그러니 이곳에서 무인으로 성공을 거둬라. 그저 활이나 창을 잘 다루는 그런 무인에 그치지 말고 머리로 상대 군사들을 정복할 수 있는 지혜로운 무장이 돼야 한다. 나는 너에게 물려줄 것이 아무것도 없지만 네가 무인이 되겠다면 병법 서적들은 몇 권 네게 줄 수 있다. 열심히 공부해 봐라. 파고들다 보면 전술이 무엇인지 전쟁이 무엇인지 깨달음이 올 것이다."

어린 김희도에게는 그렇게 처음부터 갈 길이 정해져 있었다. 그에게 주어진 운명은 육진 방어에 종사하는 무인이었다. 출세 자락의 끝까지 올라가 봐야 초급 장교인 권관이었다.

하지만 전투 장면마다 그는 상관들의 눈에 띄었다. 용감성과 전술의 교활함이 소규모나마 그에게 승리를 안겨 주었고, 다른 병사들에게는 김희도를 따라가면 살아남을 확률이 높다는 확신을 심어 주었다.

김희도가 초급 장교로 근무하게 되면서 두만강 주변 여진족들의 분위기가 서서히 험악해져 갔다. 여태까지의 순종적인 자세에서 점차 반항적인 태도로 바뀌기 시작한 것이다. 결국 선조 십육 년 정월 하순에 여진족 대추장인 니탕개가 일만 명의 기병대를 이끌고 반란을 일으켰다.

이보다 앞서 정월 초 경원부 아산보의 번호 추장인 우을기내가 주변 여진족 부락마다 격문을 뿌렸다. 조선군이 번호를 탄압하면서 땅을 빼앗으려 한다고 헛소문을 낸 것이다.

흩어져서 서로 반목하는 여진족들을 규합해 자기 세력을 키우고 싶었던 우을기내가 가뜩이나 사이가 틀어져 가고 있는 여진족과 조선군 사이에 불을 질러 버린 셈이다. 공동의 적을 부각시켜 자기네들끼리의 분규를 종식시키겠다는 복안이기도 했다.

종성의 여진족 율보리와 회령의 여진족 니탕개 등이 우을기내가 보낸 전령을 받고 일제히 내응해 한꺼번에 조선을 배반했다. 육진 근처의 번호들 가운데 상당수가 이들을 따랐다.

조선 개국 이래 여진족과 조선은 충성과 배반이 반복되는 관계였다.

여기에는 명나라의 이간질도 단단히 한몫했다. 조선 초기만 해도 두만강 인근의 야인여진 부족은 자기네들끼리 조선의 지배를 받기로 회맹했다.

하지만 이 소식을 접한 명나라가 사신을 따로 보내 이들을 회유했다. 그래도 야인여진인들은 명나라 사신을 거부하고 조선에의 충성 맹약을 유지하기로 했다. 명나라보다는 지리적으로 조선이 더 가까운 것도 중요한 이유였다.

그러자 명의 조정이 무력으로 이들에게 압박을 가하는 한편, 명나라와의 교역을 허가하는 면허증까지 발급하면서 여진족을 유혹했다. 늘 생필품 부족을 겪으며 사는 여진족에게 명나라와의 교역은 대단한 유혹이었다. 결국 약소 부족인 여진인들 상당수가 조선의 질서에서 벗어나 명나라의 권유를 받아들이기로 방침을 바꾼 것이다.

어느 시대나 약자나 약소국의 운명은 서글픈 법이다. 강대국 사이에 낀 약소국이라면 더욱 그렇다. 더구나 그들은 분열돼 있었다. 그렇지 않겠는가. 씨족별로 부족별로 흩어진 채 고위 문명의 습격과 농간 앞에서 스스로를 감당해 낼 수가 없었다.

그들은 늘 그렇듯 눈치보고 분열하고, 섬기고 배신하고, 채이고 약탈하는 서글픈 운명의 길을 걸어갔다. 그럴수록 협정과 약속은 파괴되기 일쑤였다.

명나라의 유혹에 넘어간 여진족을 둘러싸고 조선 조정이라고 가만히 있지 않았다. 곧바로 보복 공격에 나섰다. 길주 주재 도체찰사 조연이 이끄는 천여 명의 조선군 기병 부대가 가장 뚜렷하게 배신의 움직임을 보였던 올량합 부족을 겨냥해 무자비한 공격을 가했다.

올량합 부락의 가옥과 논밭 대부분이 불태워졌고, 현장에서 부락민 남녀노소 수백여 명의 머리를 자르는 잔혹한 보복이 자행됐다. 저항하던 여진족 군사 백육십여 명도 포로로 잡아 조선 땅으로 끌고 온 후 보란 듯이 참수해 버렸다.

조선군의 잔인한 공격에 아연실색한 여진 부락들은 다시 북방 육진에 투항하고 주변에 번호를 이루며 한동안 평온한 관계를 유지해 나갔다. 그러나 여진족의 가슴속에 뿌리 깊게 자리 잡은 조선에 대한 원한의 감정은 언제든 다시 불타오를 기회만 엿보고 있었다. 니탕개와 우을기내가 여기에 다시 불을 지른 것뿐이다.

어느 날 우을기내는 조선군 병사를 유인해 체포해 끌고 가면서 조선 쪽에 이 사실을 퍼뜨렸다. 일부러 조선군을 자극하고 도발하려는 의도였다. 그러자 경원부사 김수와 판관 양사의가 평소에도 늘 그랬듯이 가볍게 무장한 병사들을 데리고 두만강을 건너 여진족 부락으로 들어갔다. 조선군 병사를 데려오는 한편 체포한 자들에게 책임을 묻기 위해서였다.

이번에는 달랐다. 여진족들이 마을 한가운데서 이들을 포위한 다음 무기와 인마 등을 빼앗고 심지어 살상을 가하기 시작했다. 다행히 내금위 호위 병사가 죽을힘을 다해 싸워 포위를 뚫는 바람에 김수와 양사의가 탈출에 성공할 수 있었다. 조선군은 당황했다.

그로부터 이틀 뒤 니탕개가 각 부족에서 규합한 기병 만여 명을 데리고 경원부성을 포위 공격했다. 상황은 걷잡을 수 없이 심각해져 갔다. 너무나 갑작스런 급습인데다 병력 규모 또한 전례가 없었다. 조선군으로서는 완전히 의표를 찔린 격이었다.

함경북도 육진 중 하나인 경원부성은 완전히 곤경에 빠졌다. 조선군의 아홉 배가 넘는 여진족 기마 전사들의 공격을 받은 경원성은 낮 동안에 잠시나마 성의 일부를 함락당하기까지 했다. 서문을 지키던 병사들이 적군의 위세에 눌려 우왕좌왕하다가 진영이 무너지면서 여진족 병사들이 왈칵 성안으로 쏟아져 들어온 것이다.

이들은 닥치는 대로 민간인을 살상했다. 그 바람에 시체가 성안에 가득했고 가는 곳마다 유혈이 낭자했다. 다행히 경원부사 김수가 지키던 무기고와 식량 창고 그리고 관아는 방어에 성공했다. 김수의 목숨을 건 저항과 뒤늦게 도착한 증원군이 가세한 힘이 컸다. 니탕개는 이날 경원진 산하 부속 진보 네 곳에까지 공격을 가했다.

다음 날 여진족은 경원성 창고에 식량이 가득하다는 첩보를 확인하고 다시 성을 포위했다. 여진족은 성을 세 겹으로 포위했다. 성안의 병사들은 죽음이 다가왔다는 공포를 느껴야 했다.

경원성이 간신히 살아날 수 있었던 것은 때마침 달려온 온성부사 신립 휘하의 정예군사들 때문이었다. 이들 기병대가 여진족의 포위망을 측면공격하면서 장수 한 명을 쓰러뜨리자 여진족 병사들이 갑자기 기세를 잃어버리고 뒤로 물러났다.

급보가 한양에 닿자 선조와 조정의 신하들은 경악했다. 조정은 경희궁 편전에서 비변사 대책회의를 열고 주둔군 방어체제 정비 및 구원군 파견 방식 등을 둘러싸고 격렬하게 논쟁을 벌였다.

그런데 선조가 이상했다. 회의 내내 입을 굳게 다물고 있더니 회의 중간에 매우 파격적이고 잔혹한 지시를 내렸다. 경원성 일부가 일시 함락당했음을 물어 "경원부사 김수와 판관 양사의를 즉각 체포해 군진 앞에서 참형에 처하라"는 것이었다. 너무나 갑작스런 지시라 비변사 신료들이 말렸으나 선조는 들은 척도 하지 않았다.

이 때문에 두 장수의 처형을 통보할 조정의 선전관이 육진을 향해 급하게 달려갔다. 급조된 구원군이 한양을 떠나기도 전이었다. 두 무장은 부하 군사들이 보는 앞에서 목이 잘려 버렸다.

군사들은 경악했다. 처형 장면을 지켜봐야 했던 김희도는 선조의 특별 지시라는 소식을 듣고 전율했다. 일시 함락당했다 해도 끝내 물리친 조선군이지 않은가. 아무리 일벌백계라지만 일선 병사들의 사기에는 매우 부정적인 신호였다. 김희도와 동료 권관들은 고개를 저었다. 도대체 무엇이 패배이고 무엇이 승리란 말인가.

경원성 전투를 기해서 여진족 내의 분위기도 예전과 확연히 달라졌다. 조선군의 비호 아래 조선 조정에 충성을 바치던 번호 추장들의 순종적인 태도는 완전히 사라져 버렸다.

특히 니탕개는 이번 반란을 통해 육진 주변의 번호들을 자신의 세력으로 끌어들여 크게 힘을 키울 수 있었다. 깃발은 우을기내가 가장 먼저 들었지만 세력 확대 측면에서는 니탕개가 훨씬 앞서갔다.

선조는 경원성 전투 이후 김우서를 함경북도 방어사로 임명하고 경원부사로는 임응룡을 대신 파견했다. 몇 달 되지 않아 임응룡이 떠나고 경원부사는 다시 이일로 교체됐다.

김희도가 당년 삼십팔 세의 훈련원 무관 출신인 이순신을 만난 것이 그때였다. 함경남도 병마절도사에 임명된 무장 이용이 당시 훈련원 무관으로 재직 중이던 이순신을 달라고 조정에 특별 요청해 자신의 군관(참모장교)으로 삼았던 것이다. 하지만 이순신이 육진에 도착한 삼 월

쯤 전쟁은 소강상태에 접어들고 있었다.

소강상태가 끝난 것은 그해 음력 단옷날이었다. 강한 햇살이 내리쬐는 한 여름이었다.

이날 니탕개는 이만여 기의 대군을 이끌고 다시 조선 땅으로 침략해 들어왔다. 이번에는 두만강 상류의 종성진이 공격 대상이었다. 상황은 지난겨울의 침공 때보다 훨씬 나빴다. 여진족 군대의 규모는 두 배나 커진 반면 조선군 내부는 극심한 분열 상태였다. 북병사 교체에 따른 후유증이 육진을 덮치고 있을 때였다.

"김수 등을 즉각 처형하라"는 명령을 단지 사흘 연기했다는 이유로 당시의 북병사를 체포해 한양으로 급송한 다음 후임으로 온 인물이 김우서였다. 자신이 후임 북병사가 되기를 원했던 신립은 김우서에게 하극상적인 반항을 했고 다른 무장들도 신립에 동조하는 분위기였다. 김우서는 현지 조선군들 사이에서 철저히 외톨이 신세였다.

니탕개는 이백여 기병을 종성 옆 두만강 가에 모아 놓고 조선 백성과 가축을 약탈하면서 일단 조선 측 정세를 탐지하는 작업을 벌였다. 그래도 조선군으로부터의 반격 조짐이 보이지 않자 자신감을 얻은 율보리와 니탕개는 이만여 명의 기병을 거느리고 산골과 산 봉오리를 거쳐 세 갈래로 종성을 쳐들어갔다.

여진족은 성을 몇 겹으로 포위한 채 하루 종일 공격을 퍼부었다. 한편으로는 기병대를 종성부 앞 들판으로 보내 농민들을 잡아들이고 소, 돼지 등 가축을 대거 약탈했다.

이튿날이었다. 다시 종성진을 포위한 채 일진일퇴를 거듭하다 해가 질 무렵 조선군에서 화살이 떨어진 기미를 보이자 여진족이 마지막 총

공세를 펼쳤다. 조금만 더 밀어붙이면 성 전체가 함락될 절체절명의 위기였다.

신임 북병사 김우서가 하필이면 육진 순시 중 크기가 작은 종성진 성 안에 들어가 있었다. 그가 여진족 이만여 기의 포위 공격을 받는 동안 조선군에서는 아무도 그를 도와주지 않았다. 용맹한 기병대를 지휘하던 온성부사 신립조차 끝내 모습을 보이지 않았다.

김우서는 서서히 막판으로 내몰리고 있었다. 그때 휘하 토병들이 김우서에게 달려와 이젠 승자총통이라도 쓸 수밖에 없다고 보고했다. 조선의 새 무기인 승자총통은 오래전에 개발 배치를 끝냈음에도 병사들에게 익숙하지 않다는 이유로 그냥 무기고에 방치돼 있었던 것이다.

개인화기로 개발된 승자총통은 청동제로 무게가 일곱 근이나 돼 오래 들고 있기에는 버거운 편이었다. 하지만 이는 적과의 백병전이 벌어질 때 곤봉으로도 쓸 수 있게 함이었다. 무엇보다 승자총통의 장점은 사거리였다. 무려 칠백보로 조총보다 훨씬 길었다.

김우서가 승자총통을 모조리 내오라고 한 뒤 성벽 곳곳에 나눠 줬다. 다행히 사용법은 복잡하지 않았다. 조선군은 성벽 위에 올라 멀리서 말을 달리는 여진 기병들을 향해 일제히 승자총통을 난사했다.

"쾅, 쾅" 하고 천지가 울리는 소리가 나면서 화살의 사정거리를 훨씬 벗어나 있다고 안심하던 기병과 말들이 갑자기 추풍낙엽처럼 떨어져 나갔다. 더 놀란 것은 성벽 가까이 접근하던 여진족 병사들이었다. 이들이 아비규환을 이루며 도망치기 시작했다.

평소 이처럼 큰 폭음을 접해 본 적이 없던 말들도 크게 놀라 저마다 날뛰는 바람에 여진족 진영에 일대 혼란이 일어났다.

이날의 승전은 남달랐다. 종성진은 당시 육진 중에서도 최북단이었던 데다 종성진 후방 쪽으로 방향을 틀면 두만강 하류까지 통할 수 있는 주요 길목이다. 이곳이 함락되면 여진족이 남쪽의 함경평야까지 일거에 진출할 수 있다. 이날의 승리가 북방 육진 전체를 보전한 셈이었다.

종성진 전투가 한창일 때였다. 김희도는 과거부터 알고 지내던 호정이라는 이름의 여진족의 옛 벗을 만났다. 다행히 호정의 부락은 니탕개와 사이가 좋지 않았다. 그로부터 니탕개 부족 마을의 위치 정보를 얻은 김희도는 상관인 이순신의 허락을 얻어 휘하 장병 여러 명을 거느리고 니탕개 세력의 부락으로 쳐들어갔다.

부락에는 젊은이들이 거의 없었다. 반농반목 생활을 하는 여진족은 아이 적부터 활을 잘 다뤄 그것으로 새와 쥐를 쏘고 청소년이 되면서 활을 잡고 말을 달려 수렵을 일상화한다. 그러니 마을 사람 누구나 활을 메고 칼을 휴대한 채 말을 타면 그대로 기병으로 변신한다. 이들이 모조리 전쟁터로 달려간 것이다.

대신 산과 들에 분산되어 사는 바람에 여진족이 사는 모든 주거지에는 성책이 없는 것이 특징이었다. 부락 안으로 짓쳐 들어간 김희도가 부하들에게 외쳤다.

"모조리 불태우고 닥치는 대로 부셔라!"

김희도의 병사들은 부락 여기저기를 불태우고 가축우리들을 들쑤셔 양, 염소 등을 도망치게 했다. 어린아이들 몇이 말을 타고 전속력으로 마을을 빠져나가는 것을 일부러 못 본 척했다.

아니나 다를까, 얼마 후 니탕개의 병사들이 퇴각해 자기네 부락으로 달려가는 것이 목격됐다. 김희도와 병사들은 먼 길을 우회해 조선 땅으로 돌아왔다.

이제 조선과 여진족은 완전히 적대관계로 진입하기 시작했다. 육진 주변부의 번호들도 대부분 니탕개 쪽으로 넘어갔다. 다시 친린관계로 접어들기에는 서로 간에 너무나 많은 전쟁과 살육이 저질러졌다. 상대방을 완전히 굴복시키기 전에는 다시 평화가 찾아올 수 없는 적대적 심리 관계가 형성됐고, 갈수록 악화일로였다.

니탕개가 다시 세력을 정비하여 오 월 초 종성진을 공격했다. 축차 공격이 계속됐다. 중순경에 여진족 약 오천 명의 기병이 동관진과 방원보를 공격했으나 실패하자 하순경에 이만, 또는 삼만 여에 달하는 병력을 모아 동관진 한곳에 집중적으로 공격을 퍼부었다.

하지만 이번에는 번호 중 하나인 투을지가 조선 측에 공격 일정을 밀고한 덕분에 미리 험지를 장악하고 군사들을 배치한 조선군이 여진족 기병대를 방어하는 데 성공할 수 있었다.

니탕개는 물러났지만 언제 다시 공격해 올 지 예상할 수 없었다. 연일 계속되는 전투에 조선군 병사들 사이에 피로감과 염전 분위기가 확산되고 있었다. 게다가 지금처럼 소모전이 계속된다면 수적으로 열세인 조선군이 육진을 하나둘 포기하는 수밖에 없다는 패배 의식까지 번지고 있었다.

삼백년 전 고려의 윤관이 개척했던 함경북도의 아홉 개 성도 결국은 여진족에게 패해 반환한 적이 있지 않은가. 아홉 개 성을 빼앗은 아골타는 곧이어 대금제국을 열었고 그의 아들 태종이 북송의 수도 개봉을 함락하고, 송 황제인 휘종을 잡아간 것도 고려가 아홉 개 성을 빼앗긴 지 딱 18년 만이었다.

니탕개는 이미 조선군 장수들이 어느 누구도 서로를 돕지 않는다는 점을 눈치채고 있었다. 이제 그들이 각개격파 전술을 펼치는 것은 시간 문제였다. 조선 조정은 전선에서 너무 멀고 전선에 나가 있는 장수들은 서로를 의심하고 경계했다. 증원 병력과 군비 강화가 절박함에도 조정에서는 갖가지 핑계를 대며 현재 상태에서 승리만을 요구하고 있었다.

반면 여진족은 자신들의 터전에 대한 위기의식으로 똘똘 뭉쳐 있고 이를 집단 에너지로 승화시킬 수 있는 지도자들이 여기저기서 머리를 들고 있었다. 뭉치면 강해질 수 있다는 새로운 신념이 여진족 부락을 지배하기 시작했다.

이대로 두면 육진은 무너지고 만다는 데 김희도와 이순신의 의견이 일치했다. 전방 초소들의 점검을 끝내고 막사로 돌아오는 길에 김희도가 아무런 표정이 없는 이순신을 바라보면서 말을 꺼냈다.

"뭔가 돌파구를 마련하지 않으면 안 됩니다."

이순신은 고개를 끄덕였다. 하지만 여전히 말이 없었다.

"제가 여진족 친구들이 몇 명 있습니다. 그동안 제 곁에서 떠나간 녀석들도 있지만 여전히 관계를 유지하는 놈들도 있죠. 투을지도 그중 한 명입니다. 투을지는 우을기내와도 원한 관계입니다. 우을기내가 투을지 부락을 접수하는 과정에서 부족장인 아버지와 삼촌이 저항하는 바람에 아버지가 목숨을 잃었습니다. 삼촌은 어쩔 수 없이 그 밑으로 들어갔고요."

이순신은 이야기를 계속하라는 듯 고개를 끄덕였다. 김희도가 말을 이어 갔다.

"투을지에 따르면 니탕개와 이인자인 우을기내의 사이가 별로 좋지 않다고 합니다. 반란의 깃발을 처음 든 것은 우을기내인데도 지금은 니탕개가 전 세력을 장악해 가고 있습니다. 니탕개도 우을기내의 불만을 눈치챘는지 조금씩 우을기내와 거리를 두고 있다는 것입니다. 우리가 하기에 따라서는 우을기내를 끌어낼 수도 있을 것입니다."

"우을기내를 우리 편으로 끌어들인다?"

"아니, 그건 불가능하죠. 만일 그렇게 되면 우을기내 쪽 번호는 배신자 집단으로 낙인찍혀 여진족 전체로부터 작살이 나고 말 것입니다. 우을기내도 그 정도는 알고 있겠죠. 우을기내를 유괴해 처리하자는 겁니다."

"그럼 니탕개에게만 좋은 일을 시키는 것 아닌가?"

"대신 니탕개가 정적인 우을기내를 조선 쪽에 팔아먹었다는 소문을 그쪽에 퍼뜨리면 됩니다. 니탕개의 지도력에도 상처를 입힐 수 있습니다."

이순신이 막사 안 한구석에 있는 물그릇을 집어 들었다. 물병을 들고 흔들더니 김희도를 보며 오랜만에 미소를 지었다.

"오호라, 병법의 요체는 적군을 속이는 것이라."

김희도가 웃으며 이순신의 그릇에 물을 따라 줬다.

"이로운 것으로 적을 꾀어내고, 친한 사이는 이간질해야죠."

김희도가 갑자기 심각한 표정으로 돌아갔다.

"그러나 하나 덧붙일 게 있습니다. 차병가지승 불가선전야라, 계책이 성공할 수 있는 요결은 적이 결코 미리 알아서는 안 된다는 점입니다."

"하지만 우리 쪽은?"

"마찬가지입니다. 아군의 누구도 알아서는 안 됩니다. 우리 진영 쪽에도 일부 여진족이 있고 그들 전부가 우리에게 충성한다는 보장도 없지 않습니까. 소문이 번지기 시작하면 오히려 역습의 빌미를 줄 수도 있습니다."

이순신이 시원하게 들이키던 물그릇을 내려놓았다.

"만일 작전이 성공을 거둔다면 정상참작이 가능하겠지만 만에 하나라도 실패로 끝나면 위에서 가만히 있지 않을 게야. 월권행위로 무슨 처벌을 받게 될지 알 수 없어."

"알고 있습니다. 하지만 이대로 가다가는 우리 쪽이 먼저 주저앉을 수밖에 없습니다. 그렇다고 언제까지 이런 전투 방식을 고집할 생각입니까. 저네들은 뛰어난 기동력을 갖춘 유목민 전사들입니다. 조선군의 뛰어난 무장이라도 전투에서 죽일 수 있는 적군은 기껏 졸개 몇 명 내지 수십 명이 고작입니다. 적군은 늘 대규모 인해전술을 펼치니 그네들 수뇌부에는 아예 접근이 불가능하고 졸개 몇 십 명 죽여서는 전쟁에 끝이 없습니다. 지도부 타격 외에 돌파구는 없습니다. 모험을 감행할 수밖에 없는 게 우리 쪽 처지입니다."

이순신이 팔짱을 끼었다. 그리고 조용한 시선으로 김희도를 쳐다보았다. 한숨이 절로 나왔다.

"위에서 어찌 나올까 모르겠네. 그래, 좋아. 어찌 됐든 각오는 돼 있다는 거지?"

"물론입니다. 저 하나가 아니라 육진의 병사들 모두가 사는 길입니다."

"…해 보세. 책임은 내가 지겠네."

당시 니탕개 군대의 최고 수뇌부는 대추장인 니탕개를 비롯 우을기내, 율보리 삼각 체제로 이루어져 있었다. 이순신은 일단 우을기내를 접촉할 여진인을 물색했다. 그를 통해 조선군에서 비밀리에 우을기내에게 편지를 보내는 형식을 취했다.

내용은 조선군도 살고 우을기내도 살 수 있는 방 안을 함께 논의해 보자는 것이었다. 우선 니탕개에 대한 조작된 소문을 제시했다. 니탕개가 이번 반란을 통해 전체 여진 부락을 통합한 다음 껄끄러운 부족장들을 차례로 제거할 계획임을 증명할 정황 증거들도 함께 담았다. 그 가운데서도 우을기내 제거가 우선 순위였다. 가뜩이나 자신의 공을 빼앗겼다는 사실로 인해 울분에 차 있는 우을기내를 자극하기에 충분한 내용이었다.

며칠 후 김희도의 여진족 친구로부터 연락이 왔다. 우을기내가 만나도 좋다고 소식을 알려왔다는 것이다. 다만 비밀 회합인 만큼 자기도 많은 부하를 동원할 수 없으니 자신의 안전을 확실하게 보장해 달라는 조건을 내걸었다.

음력 칠월이면 연중 가장 뜨거운 때다. 밤이 돼도 더위는 가실 줄 몰랐다. 이순신은 권관급 무장이 지휘하는 병사들을 미리 경원진 부속의 건원보 앞에 복병으로 묻어 두었다. 건원보 근처 폐가를 방문하는 이순신과 김희도는 부하들을 가능한 한 여진인들로 꾸몄다. 자연히 만주어가 여기저기서 들려왔다.

긴장한 표정이 역력했던 우을기내는 여진인들이 상당수라는 사실을 확인한 후 마음이 놓였는지 부하 한 명만 대동한 채 방 안에 마련된 주연 자리에 앉았다. 술잔이 몇 순배 돌자 우을기내도 차츰 경계를 풀었다. 어차피 방 안에서는 두 명 대 두 명이었다. 여차하면 너 죽고 나 죽자가 가능한 것이다.

니탕개에 대한 우을기내의 분노는 사실이었다. 분위기가 어느 정도 무르익어 가자 우을기내가 흥분한 나머지 니탕개에 대한 분노를 토로했다.

이순신이 말을 꺼냈다. 통역은 김희도가 맡았다.

"우리도 우리만 살자는 게 아니다. 당신네들이 함께 뭉쳐 설령 이번 전쟁에서 최후의 승리를 거둔다고 하자. 그다음엔 어떻게 할 건가. 이미 당신에게 알려 줬듯이 니탕개는 승리 이후까지도 염두에 두고 등 뒤에서 정치공작을 펼치고 있다. 필요한 부족장들을 자신의 참모진으로 영입하는 한편 껄끄러운 상대에게는 전후 처리과정에서 획득한 새 땅을 나눠 주겠다는 약속을 내걸고 있다. 우리 정보에 따르면 당신은 열외로 알고 있다. 그러니 열외로 떠밀리는 부족장들과 조선군이 제휴하자는 것이다. 니탕개가 꺾이고 나면 그때는 여러분들끼리 땅을 분배하면 된다. 우리는 우리네 육진 외에 관심이 없다."

"그 자식~"

우을기내가 벽 쪽으로 고개를 돌려 피식 웃으면서 술잔을 입에 갖다 댔다. 니탕개에 대한 분노가 아니라 비웃음일 뿐이라는 태도였다.

"그럼, 조선 쪽이 갖고 있는 방안은 뭐요?"

김희도가 끼어들었다.

"오늘은 양쪽에서 의기가 투합하는지를 확인하는 자리로 삼고 싶소. 당신네가 과연 우리와 함께 일할 수 있는지에 대해 우리도 확신이 필요하니까."

김희도의 교묘한 심리전이었다. 우리도 아직 너희들에 대한 확신을 갖고 있지 않다. 그 이야기는 우리는 이미 당신네들과 협력할 각오가 돼 있는데 문제는 당신들 쪽이라는 유도성 발언인 셈이었다.

역으로 우을기내로 하여금 조선 쪽은 진실이구나라는 믿음을 주는 방식이기도 했다. 아니나 다를까, 우을기내가 처음으로 수세적인 입장을 보였다.

"여부가 있겠소? 나는 한다면 하는 사람이오. 좋소, 우리를 믿어도 됩니다. 그럼 다음 모임을 주선하시오. 그때 우리를 믿어도 된다는 물증을 가지고 올 테니까."

이순신이 만면에 웃음을 띠며 말했다.

"좋습니다. 서로 의지만 확인한다면 그다음부터는 문제될 것이 없을 게요. 빠른 시일 내에 다시 만납시다. 그때 우리도 우리의 계획을 설명하겠소. 이제 술이나 한 잔 더 하고 내일을 준비합시다. 오랜만에 남자들끼리 자리를 함께한 기분입니다."

우을기내도 기분이 좋아진 듯 "자, 한잔합시다" 하며 술잔을 들어올렸다.

하지만 우을기내가 기분 좋게 술잔을 기울이는 동안 김희도 휘하의 여진족 젊은이들은 매복 중인 조선군 병사들과 힘을 합쳐 우을기내의 휘하 병력을 조용히 처리하고 있었다.

우을기내가 헤어지기 위해 문밖으로 나설 때는 이미 김희도 휘하의 여진족들밖에 없었다. 김희도가 정해진 신호를 보내자 병사들이 잽싸게 우을기내를 포위했다. 멍한 표정을 짓던 우을기내가 김희도를 돌아보았다. 김희도가 말했다.

"어쩔 수 없소이다. 당신은 포로가 됐소."

생포된 우을기내는 즉시 북병사 김우서에게 보내졌고 북병사는 그의 머리를 베어 한양으로 올려 보냈다. 며칠 후 니탕개가 우을기내 체포에 대한 복수전으로 이만여 기의 대군을 모아 공격했다. 자기가 팔아먹은 게 아니라는 것을 애써 증명이라도 하듯 그들의 공격은 격렬했다.

하지만 저들의 복수전을 짐작하고 대기하고 있던 북병사 김우서가 잘 막아 낼 수 있었다. 니탕개가 우을기내를 팔아먹은 것 아니냐는 소문이 퍼지면서 니탕개 군도 마침내 자신감을 잃어버렸다.

니탕개가 가슴에 품었던 애초의 전략적 목표는 육진 점령이었다. 그까짓 녹둔도는 안중에도 없었다. 하지만 늘 식량 부족으로 고통 받는 다른 여진족 부락에게 녹둔도는 황금알을 낳는 거위였다.

여진족 연합군 중 일부 추장들이 녹둔도 점령을 꾀하려 하지 않는다는 사실에 불만을 품고 연합에서 빠져나가려 하자 여진족 지도부는 이제 어쩔 수 없다는 듯 녹둔도로 고개를 돌리기 시작했다.

추수 날에 맞춘 공격이 바로 그것이었다. 게다가 녹둔도 감독관이 다름 아닌 이순신이다. 김희도 또한 이순신과 함께 있었다. 이 두 조선 놈에 대한 보복을 가할 수 있는 천재일우의 기회이기도 했다. 여진족 병사들은 녹둔도로 향하면서 이를 갈았다. 하지만 이순신이 그토록 용감하게 대처할 줄은 미리 예상치 못했다.

우을기내의 목을 한양성 문에 걸어 놓은 선조는 크게 안도의 한숨을 내쉬었다. 국경 전쟁에서 아군의 분발을 유도하느라 패장을 현지에서 참형에 처하는 등 군기 확립에 그토록 애썼음에도 전황은 갈수록 불리해졌고 아군의 사기는 갈수록 추락하는 상황이었다. 군량 확보에도 심한 차질을 빚어 조선군 최고사령관으로서 타개책이 보이지 않던 시점에 이순신의 '우을기내 생포 작전'이 성공을 거둔 것이다.

하지만 선조는 승정원을 통해 이상한 전교를 내렸다.

"적의 괴수를 잡아 죽인 것은 다행한 일이라고 하나 그 처사가 의로움과 어울리지 않는다. 꾀어내어 같이 술을 마시고 위협해서 사로잡아 목을 베었다 하니 비록 병법에 속임수를 싫어하지 않는다고 하지만 이것이 곧은 선비로서 할 일인가. 앞으로는 그와 같은 일은 꾀하지 말라."

그러면서 작전을 성공시킨 이순신을 무관 최하위 벼슬인 종구품인 건원보 권관으로 좌천시켰다. 이순신은 여전히 말없이 좌천 조치에 따랐다. 하지만 부관인 김희도는 크게 분노했다.

이순신이 여진족 반란군의 제 이인자인 우을기내를 유인해서 체포한 현장이 건원보 앞이었는데 하필 그 건원보 권관으로 좌천시킨 것이다. 여진족이 본래 복수심이 매우 강한 부족임을 안다면 결코 취할 수 없는 잔인한 조치였다.

이때 이순신의 부친이 별세했다는 소식이 건원보에 도착했다. 십일월 십오 일, 충청도 아산 본가에서 별세했으나 도중에 차질이 생겨 이듬해 정월에야 부음이 도착한 것이다. 이로써 니탕개로서는 복수할 기회를 빼앗긴 것이고, 이순신 개인으로는 불운 중 다행이라고 해야 할까. 그는 즉시 벼슬을 내놓고 삼년상을 치르기 위해 본가로 돌아갔다.

이순신이 떠난 이후 육진은 또다시 무기력한 과거로 돌아가고 말았다. 적군을 생포하는 등의 기발한 전술은 완전히 자취를 감추었다. 그저 요새 안에 눌러앉아 적을 기다릴 뿐이었다. 조선군 병사들 사이에 전쟁 기피 심리도 여전했다.

장수들은 장수들대로 하루하루 아무 일이 없기를 빌었다. 적이 오면 성벽 위에 숨어 활을 쏘아 대는 것이 고작이었다. 여진족이 공성전에 약한 기병들이기에 천만다행일 뿐이었다. 조선군 장수들 간의 반목과 상호 대립도 변함이 없었다.

선조는 "의로운 방식으로 싸우라"는 명령을 내린 이후 한참 지나도록 적군을 평정했다는 소식이 들려오지 않자 이번에는 자신의 숨겨진 복심을 드러내는 참으로 놀라운 명령을 내렸다.

"니탕개의 반란이 그칠 줄 모른다. 장수들은 우을기내를 유인해 체포한 방식으로 니탕개를 잡아 죽이는 작전을 펼치도록 하라."

육진으로 날아온 선조의 전교 내용에 김희도는 아연실색했다. 그리고 이를 갈았다.

"이런 자가 백성이 받드는 소위 임금이란 말인가. 나라를 바로 세우고자 한다면 반드시 이런 간사한 자들부터 처리해야 한다. 임금 같지도 않는 것들이."

3.

조선 땅은
불타오르고

여수 전라좌수영을 떠난 김희도와 장호인은 하루라도 빨리 이순신 장군의 옥포해전 승리 소식을 전하기 위해 말을 치달았다. 하지만 가는 길은 내내 불안했다. 일본군은 충주에서 신립 장군의 기마병 부대를 전멸시킨 다음 파죽지세로 한양성을 점령했다. 선조를 비롯한 조정이 평양으로 파천했다지만 일본군의 진격 속도를 감안한다면 언제 이들에게 추격당할지 모를 지경이었다.

전라북도를 지나 충청도로 접어들면서 두 사람은 더욱 긴장했다. 가는 곳마다 일본군의 약탈 흔적이 나타나고 웬만한 읍락에는 사람 사는 모습이 드물 정도로 괴기하기 이를 데 없다. 가는 길에 조총을 든 일본군 병사들이 불쑥 튀어나올 것 같은 섬뜩함이 장호인의 머리를 쭈뼛하게 만들었다.

"형님, 좀 더 서쪽으로 방향을 틀어야 할 것 같습니다. 어차피 한양도 저들이 점령하고 있다면 좀 더 서해안 쪽으로 우회해야 할 것 아닙니까."

긴장의 끈을 풀지 않고 있던 김희도가 고개를 끄덕였다.

"생각보다 상황이 심각하구나. 달리면서 방향을 조금씩 틀어 보자. 우리로서는 일본군의 흔적을 탐색하는 작업도 필요하니까."

일단 말이 쉴 수 있도록 인적이 드문 산길로 접어드는데 저 앞에서 조선인 청년 둘이 초라한 형색으로 걸어가고 있었다. 젊은이들답지 않게 축 늘어져 비틀거리며 걷는 모습이 측은할 정도다. 주변 정황을 물어봐야겠다는 생각에 이들을 따라잡았다. 말들이 소리를 내면서 달려오자 두 청년은 크게 놀라 길가 숲속으로 도망쳤다.

장호인이 말을 달려 그들의 가는 길을 차단했다. 공포에 질린 두 청년이 장호인을 올려다보며 말했다.

"왜 그러십니까. 우린 아무 잘못이 없습니다요. 보시다시피 아무 것도 가진 게 없고요."

"그럼 왜 도망쳤느냐."

김희도가 말을 내리면서 그들에게 물었다. 평복을 입고 있지만 눈빛이 날카롭고 도포 끝에 칼끝이 튀어나온 것으로 보아 만만치 않은 사람임을 직감한 두 젊은이는 고개를 숙인 채 "저희는 그저 살고자 도망친 것뿐입니다"라는 말만 반복했다.

몇 마디 말을 건네 보니 충주에서 신립 장군과 함께 싸우다 패전하는 바람에 죽어라 도망쳐서 간신히 목숨을 건졌다는 해명이었다.

"배고프냐?"고 묻자 둘은 번쩍 정신이 드는 듯 고개를 들어 장호인을 바라보았다.

"아이고, 지금 며칠째 아무것도 못 먹고 있습니다. 아무 것이라도 있으면 좀 나눠 주십시오."

두 청년은 건네받은 주먹밥을 허겁지겁 삼키면서도 "병사들이 다 죽었다던데 너희는 어떻게 목숨을 건졌느냐"는 질문이 나오자 갑자기 먹는 것을 중단하고 변명하기 시작했다. 좀 더 나이 든 청년이 말했다.

"예, 저희들은 신립 장군 쪽의 기병이 아니라 이일 장군 소속 보병이었습죠. 그런데 싸움이 극렬해질 때 이일 장군이 갑자기 방향을 틀어 인근 산 쪽으로 치달아 가는 모습을 보고 우리도 죽어라 하고 쫓아갔죠. 나중에 알고 봤더니 이일 장군을 쫓아간 몇 사람만 목숨을 부지하고 나머지 병사들은 떼죽음을 당했습니다."

"이일 장군이라고 했나? 그 얼굴이 좀 사납고 덩치가 큰 분?"

"예, 맞습니다. 워낙 무서운 분이라."

김희도의 얼굴에 미소가 스쳐 지나갔다. 녹둔도 둔전에서의 어처구니없는 패전에 가장 큰 원인을 제공했음에도 이순신에게 모든 책임을 뒤집어씌운 채 제 살길만 찾으려 했던 자 아니던가. 김희도가 하늘을 바라보며 조용히 중얼거렸다.

"이일이라. 그럴 줄 알았다. 그 인간…."

두 젊은이는 이일을 따라 상주에서 진을 치고 있을 때의 이야기를 들려주었다.

이일이 군사를 이끌고 경상북도 상주로 접근해 갔을 때 일본군은 이미 선산에 이른 상태였다. 저녁 무렵 개령현 사람이 막사까지 찾아와 일본군이 가까이까지 왔다고 알려 주었으나 이일은 여러 사람을 미혹시킨다고 소리치며 사람들이 보는 앞에서 그의 목을 베어 버렸다.

그사이 일본군은 상주에서 이십 리 가까이 접근하고 있었다.

김희도가 물었다.

"이일의 부대에는 척후병도 없었나?"

"그런 거요? 아무도 관심이 없었습니다. 장군도 왜군은 덩치도 작다는 데 여진족만 하겠느냐며 비웃었고요."

다른 이야기는 더 기가 막혔다.

이일의 부대가 개울 근처에 진을 치고 있는데 몇 사람이 숲속 나무 사이에서 나와 배회하면서 이일의 부대를 지켜보다 사라졌다. 그러자 병사들이 일본군의 척후로 의심했으나 개령현 사람의 목이 날아간 마당에 감히 아무도 말을 꺼내려 하지 않았다. 아니나 다를까, 갑자기 일본군 병사들이 숲 밖으로 뛰쳐나오면서 조총을 마구 쏘아댔다.

일본군은 이미 좌익과 우익으로 나뉘어 깃발을 들고 조선군 뒤를 둘러싸 포위한 상태였다. 이일은 전세가 불리함을 깨닫자 말에 올라타 북쪽으로 달아났다.

이로 인해 뒤처진 병사들은 상당수가 일본군에 의해 개죽음을 당해야 했다. 일본군이 이일을 쫓아가자 이일은 말을 버리고 갑옷을 벗은 채 머리를 풀어 헤치고 속옷 차림으로 달아났다고 젊은이들은 말했다.

이일은 문경에 도착해서야 패전을 알리는 장계를 올려 보냈다. 그 후 신립이 충주에 있다는 소식이 들어오자 나 살려라하고 충주로 도망쳐 갔다. 살아남은 병사들도 이일을 따라 충주로 향했다.

적군의 정세를 미리 정찰하고 멀리서 적군을 망보는 일은 군사 작전의 제일 의무 사항이다. 수색과 경계는 군의 생사를 가늠하는 일이기 때문이다. 적에 관한 정보는 진형을 짜거나 작전을 수행하는 데도 가장 깊이 고려해야 할 전제조건이다.

그런데도 조선군에는 이상한 병폐가 있었다. 조선군은 누구랄 것 없이 대부분의 장수들이 척후와 요망의 중요성을 깨닫지 못하고 있었다.

김희도가 한숨을 쉬듯 중얼거렸다.

"어찌 누구 하나 경계의 의미를 깨닫지 못하는가."

"그 점에서는 신립 장군도 마찬가지입니다."

한 청년이 주먹밥의 마지막 덩어리를 입에 쑤셔 넣은 후 손가락에 묻은 밥알을 핥아먹으면서 말하자 다른 청년도 수긍의 뜻으로 고개를 끄덕였다.

신립이 충주에서 결전을 준비하고 있을 때였다. 신립의 군관 하나가 일본군이 이미 조령을 넘었다고 비밀스레 알려 주었다. 이때가 사월 이십칠일 초저녁이었다.

다음 날 신립은 군관이 망령된 말을 했다면서 갑자기 그를 끌어내 목을 베고 임금께 장계를 올려 "일본군이 아직 상주를 떠나지 않았다"고 하였다. 하지만 일본군은 군관의 보고대로 이미 조령을 넘어 십 리 근처까지 접근하고 있었다.

두 청년은 대략적으로나마 그간에 벌어진 조선군과 일본군의 전투 장면을 설명하면서도 연신 밥을 먹게 해 줘서 고맙다는 인사를 그치지 않았다. 김희도와 장호인이 일어서려 하자 두 청년이 따라 일어나며 같이 가고 싶다는 표정을 지었다. 하지만 갈 길이 급해 어쩔 수 없다면서 기회 있으면 나중에 다시 만날 것이라고 하고 헤어졌다.

김희도와 장호인은 한동안 침묵 속에 말을 몰았다. 날이 어두워지면서 간신히 발견한 화전민 가옥에 투숙을 허락받았다. 갑자기 손에 들어온 패물에 놀라서인지 주인 부부가 기르는 닭을 한 마리 푹 고와서 밥상에 올려놓았다.

장호인이 아무래도 이해하기 어렵다는 듯이 고개를 갸우뚱거렸다.

"아니 신립 장군이 그렇게 쉽사리 패배했다는 것이 도저히 믿어지질 않습니다. 조선군 병사들이 아무리 겁 많고 도망 다니기 바쁘다지만 만주 땅에서 그 위세를 떨치던 신립 장군의 기병대 아닙니까?"

장호인은 평소 신립 장군이 어떤 인물인지를 익히 알고 있었다. 자신의 상관이 김희도였기 때문이다. 김희도에 따르면 신립은 그야말로 조선 땅에서 보기 드문 용장이었다. 김희도는 신립을 이야기할 때마다 칭찬을 아끼지 않았다.

선조 십육 년 정월, 여진족이 한창 경원성에 공격을 퍼부을 때였다. 그 소식을 접한 온성부사 신립이 휘하의 정예군사와 군관들로 조직된 경기병 부대를 이끌고 경원성으로 달려갔다. 신립은 휘하 기병대에게 포위망을 측면 공격케 하면서 적진을 향해 활 세례를 퍼부었다.

적장 중 백마를 탄 자가 의기양양하게 보루로 쳐들어가는 것을 목격한 신립이 말을 달리면서 화살을 쏴 고꾸라지게 만들었다. 그것을 목격한 여진족 병사들 사이에서 갑자기 함성이 사라지더니 일제히 뒤로 돌아 도망치기 시작했다.

그 후에도 육진은 여진족으로부터 끊임없는 침략을 당했다. 세력을 재규합한 여진족은 건원보를 포위 공격했고 이월 들어서는 경원의 훈융진을 포위한 채 사면에서 공격을 퍼부었다. 성의 문 하나가 함락 직전까지 몰려가던 시점, 다시 신립의 조선군 기병대가 포위망을 뚫고 여진족 중앙 진영으로 정면 돌파를 시도했다.

여진족 추장도 그 자리에서 화살을 맞고 죽었다. 신립은 도망가는 여진족을 그들의 부락까지 추격해 부락을 완전히 쑥대밭으로 만들어 버렸다. 신립에 대한 소문이 두만강 건너 여진족 마을에 쫙 퍼졌다. 여진족이 안원보를 공격했을 때는 신립이 나타났다는 소리만 듣고도 나 살려라하고 내뺄 정도였다.

당시 조선은 전쟁 없이 이백 년을 지내온 터였다. 나라 전체에 기강

이 무너졌고 군대는 군적 상으로만 존재했다. 병사들은 기가 빠져 오합지졸이 따로 없었다. 그러니 적이 육박전을 위해 성벽이라도 기어오르면 상관이 아무리 소리쳐도 모두 겁을 집어먹고 활이나 창을 집어던진 채 도망가기 일쑤였다.

그런 조선 땅에서 신립은 화살과 칼날이 쏟아지는 속에서 육박전을 사양하지 않았으며 싸울 때마다 군공을 세웠다. 그는 평소 철기병 오백여 명을 훈련시켜 두만강을 건너 만주 땅으로 사냥을 다니며 전술을 익히게 하고 평소에 전속력으로 말을 몰아 적진을 돌파하는 전법을 익혔다.

신립의 기병대 전법은 사실 그의 창작품이 아니다. 고려 시대 윤관 장군이 길렀던 신기군을 철저히 모방한 것이었다. 고려는 여진족의 끊임없는 공습에 대항하기 위해 신기군을 특별 편성했다. 이 신기군은 정규전에서는 중장기병으로 기습전을 벌이거나 적의 유격전이나 기습공격에 대항해서는 백병전을 담당하는 용사로 맹활약을 했다.

여기서 중요한 사실은 신기군의 중장기병이 정작 여진족 기마전술을 철저히 모방해 익혔다는 점이다. 여진족의 군대는 오십 명의 기(騎)를 한 단위부대로 하고 앞의 이십 기는 돌파용 타격무기를 장착한 중장기병으로, 뒤편의 삼십 기는 활로 무장한 경기병으로 구성돼 있었다.

전장에서 적과 조우하게 되면 후위에 있는 경기병 한두 명이 적진 앞에서 돌아다니며 적의 약한 고리를 찾는다. 적진의 약한 지점이 포착되면 그 직후 중장기병이 돌진하면서 적진에 균열을 만들고 이곳으로 집중해 총공격을 감행하는 것이다.

신립의 철기병이 바로 이들 여진족 군대의 중장기병 역할을 하는 것이다. 철기병은 더군다나 속도는 충격을 배가시킨다는 현장에서의 경험을 충실하게 전법에 적용했다. 여진족은 줄곧 이십 기의 돌파용 중장 기병만으로 전술을 펼쳐 왔는데 신립의 오백 명이나 되는 돌파 무기는 그 존재 자체가 공포였던 셈이다.

당시 육진에서는 신립이 있기 때문에 군사력의 절대적 열세에도 불구하고 육진을 지켜 낼 수 있었다는 평가가 일반적이었다. 그런 그의 기병대가 일본군과 일합을 치루지도 못하고 전멸하고 말았다? 상상하기 어려운 일이었다.

김희도가 말했다.

"나도 전투 장면을 목격한 것은 아니지만 두 병사의 전투 상황 설명을 종합해 보건대 이는 용맹함이 아니라 철저히 작전의 실패라고 할 수밖에 없네."

"작전의 실패라뇨. 새재의 좁은 길목에서 적군의 진군을 막지 않고 군이 벌판으로 나와 전투를 벌인 것을 말하는 건가요?"

"물론 그것도 이유가 되겠지. 하지만 신립은 고지전을 해 본 적이 없는 만주 땅의 무장이야, 늘 기병대로 기병대에 맞서는 싸움으로 지새온 분이고. 일본군이 아무리 강하다 하더라도 빠른 속도로 일본군의 중앙을 치고 들어가 진형을 무너뜨릴 수 있다면 그다음에는 창과 칼이 부닥치는 백병전을 펼칠 수 있다고 생각한 거겠지. 그게 또한 신립 장군의 특장이었고."

"그렇다면 그게 왜 안 먹혀 들어갔을까요? 여진족에게는 그렇게 효과적이었는데."

"조총이지. 그리고 일본군은 여진족 기병들처럼 치고 빠지는 게 아니라 포위전에 능한 보병 군대였어. 거기에 신립이 당한 거야. 고니시 유키나가 쪽이 군사가 많다고 해도 신립은 천 명의 날쌘 기병대를 믿은 거야. 그래서 중앙돌파를 선택했지."

"적이 조총을 쏴대는 것을 알고도 말인가요?

"바로 그거야. 신립 장군이 착각한 게 또 있어. 조총은 발사하고 나면 다시 장전하고 불을 댕기는 데 상당한 시간이 걸려. 신립은 자기 기병대의 속도를 생각해서 적군 전방의 조총 사격으로 일부 피해를 보더라도 다음 장전을 마치기 전까지는 적진을 돌파할 수 있다고 믿은 거겠지. 하지만 일본군 조총수들은 삼열횡대로 배치돼 있었어. 일렬이 총을 쏘고 물러나면 바로 뒤의 조총수 대열이 발사하고 그리고 그들이 뒤로 물러나면 세 번째 줄이 쏘는 거지. 세 번째가 쏠 동안 원래의 제 일렬이 그 뒤에서 장전을 마치는 거고. 그러니 이런 식의 연속 사격에서 속절없이 무너진 거야. 게다가 고니시 유키나가는 좌우 측면 포위 작전까지 구사해서 조선군이 제대로 도망치지도 못하고 전멸당하게 만든 거야."

장호인이 고개를 끄덕이더니 입술을 이죽거렸다.

"그런 속에서 또다시 도망칠 수 있었던 사람이야말로 정말 대단한 인간이군요. 그런 작자에게 당했던 좌수사 대감이 뭐라고 말씀하실지 정말로 궁금합니다."

신립이 탄금대 전투에서 지고 나서 강물에 뛰어들어 자결했음에도 이일이 다시 동쪽 산골짜기 사이로 내달려 탈주한 것을 두고 한 말이었다.

"아까 그 두 젊은이는 비겁한 이일에 죽자고 충성하는 바람에 질긴 목숨을 부지할 수 있었으니 참으로 역설이네요. 그나마 살아남은 부하들에게 보시를 한 건가요?"

장호인이 절망에 찬 표정으로 고개를 저었다. 김희도가 목이 마른 듯

호인 쪽에 있는 숭늉 그릇을 가리켰다.

김희도는 숭늉을 들이켠 후 이야기를 계속했다.

"더군다나 조선군은 역사적으로 고치기 힘든 약점을 지니고 있어. 조선 백성은 외침을 당할 때마다 전국에 걸쳐 조성돼 있는 성안으로 들어가서 저항전을 펼쳤단다. 용맹한 장수를 만나면 다행히 군대와 백성이 일심 단결하여 공성전을 펼치는 적군에 맞서 정면 승부를 펼쳤지만 그렇지 않고 장수를 잘못 만나면 성벽의 한군데가 무너지기만 해도 산산이 흩어져 도망치거나 그냥 떼죽음을 당하는 경우가 대부분이었지. 그러니 조선군에는 애초부터 야전에서의 진법 전투에 대한 이해가 있을 리 없었지. 정보 수집의 중요성도 전혀 모르는 거야. 적의 공격을 받고도 패배하지 않는 것은 정(正)으로서 방어하기 때문이고, 적을 공격할 때 반드시 승리하는 것은 기(奇)로서 공격하기 때문이라고 하네. 쉽게 말하자면 튼튼한 방어와 기습공격이 시의적절하게 조화를 이뤄야 하는 것이지. 더군다나 기(奇)의 작전을 제대로 구사하기 위해서는 적에 대한 정확한 정보가 그 전제로 깔려 있어야 하는 법이고. 허실(虛實)은 이럴 때 쓰는 표현이야. 우리의 실로서 적의 예상치 못한 허를 친다는 것이지. 그럴 때 비로소 바위로 계란을 치듯이 승리를 거둘 수 있는 것이네."

장호인이 굳은 표정을 지었다.

"사태가 심상치 않네요. 군대라고는 허명뿐인 나라에서 설령 억지로 군사를 모아 전투에 나가도 매사 이런 식이라면 말이죠."

그렇다. 보통 심각한 것이 아니다. 장차 이 나라가 어디로 갈지 갈피를 잡을 수가 없다. 두 사람은 자리에 누웠음에도 오랫동안 잠이 오지 않았다. 깜박 잠이 들었다가 뒤척거리는 소리에 놀라 장호인이 눈을 떠

보니 김희도가 좌선의 자세로 벽면을 쳐다보고 있었다. 장호인이 눈뜬 것을 눈치챘는지 김희도는 이렇게 중얼거렸다.

"이게 다 조선이라는 나라의 조정안에서 뱀처럼 똬리를 틀고 앉아 있는 사림 세력들이 자초한 일이란다."

김희도는 십대 시절 공부한답시고 이따금 맹자를 펼쳐 놓고 읽는 시늉을 하곤 했다. 좁은 집안에 부엌 위에 자리 잡은 다락이 썰렁한 분위기이지만 글공부하기에는 안성맞춤이었다. 무엇보다 사람들이 가까이 오지 않아 조용해서 좋았다.

어차피 글 내용이야 설렁설렁 읽는 것이지만 그래도 한 구절에서만은 늘 시선이 못 박히듯 한참을 뚫어지게 노려보았다. 이럴 때를 안광이 지배를 철한다고 했던가. 그 문장은 읽을 때마다 호쾌함을 느꼈다. 비유가 폐부를 찌른다. 나이 들어서도 한 줄도 잊지 않고 있었다.

맹자가 제(齊)나라 선왕(宣王)을 만났다.

"왕의 신하 중에 자기 처자식을 친구에게 맡기고 초나라에 다녀간 사람이 있었습니다. 돌아와 보니 친구가 처자식을 추운 데서 굶주리게 했습니다. 어떻게 하시겠습니까?"

"절교하지요."

"장수가 군사를 지휘하지 못하면 어떻게 하시겠습니까?"

"파면해야죠."

"그럼 나라가 다스려지지 않으면 어찌해야 합니까?"

제 선왕은 맹자의 질문에 아무런 답변도 하지 않고 좌우를 돌아보며 딴소리를 했다.

맹자의 마지막 질문 자체가 폐부를 찌르지만 무엇보다 제 선왕이 딴소리만 했다는 표현이 읽는 이로 하여금 "아하!" 하고 감탄사를 자아내게 만든다. 무슨 설명이 더 필요한가. 당시의 왕정체제와 조정이 어떤 상황에 처해 있는가를 한마디로 전해 준다. 그야말로 맹자의 백미요, 화룡점정이다.

어린 마음에도 늘 백성의 고달픈 삶을 목격해야 했던 김희도는 이 문장을 만날 때마다 소리 내어 웃었다. 그리고 '우리 조정에서는 맹자를 교재로 쓸 일이 절대로 없겠구만'이라고 마음속으로 속삭였다. 그렇다. 지금의 선조라고 해서 제나라 선왕과 무엇이 다른가. 게다가 조정안에 똬리를 튼 채 성리학만 주절대는 사림 일색의 신하들까지 있다. 그들이 과연 이 나라를 구할 수 있을 것인가? 김희도는 회의적이었다.

좌의정 류성룡이 조정의 연락을 받고 헐레벌떡 대궐로 가더니 한참 후에 집으로 돌아와 모친 앞에서 울며 절하고 하직했다. 가족들이 둘러보는 가운데 모친이 류성룡에게 말했다.

"정승이 이미 나라에 몸을 허락했거늘 어찌 내 한 몸만 돌보겠는가. 나는 염려치 말고 주상을 모시고 국사에 힘쓰도록 해라."

류성룡이 이어 가족에게 긴박한 상황을 설명했다. 나흘 전 일본군이 엄청난 규모로 부산에 상륙해 한양을 향해 바람처럼 쳐들어오고 있다는 것이다.

류성룡은 다시 대궐로 향하면서 심상치 않음을 절감해야 했다. 일본군이 나흘 전에 부산에 상륙했는데 이제야 조정에 장계가 올라왔다니 도대체 역참 사이마다 통신 수단을 나르는 파발마가 전혀 작동하지 않았다는 이야기 아닌가. 봉화대는 또 무엇을 하고 있었나.

류성룡이 말한 '바람처럼'이라는 표현 그대로였다. 사월 십삼일 일본군 병선(兵船)이 대마도로부터 바다를 건너오는데 보아도 보아도 그 끝이 보이지 않았다. 부산 첨사 정발은 절영도에 사냥을 나갔다가 소식을 듣고 바로 부산성으로 돌아왔으나, 일본군이 뒤따라 육지에 상륙하여 사방에서 구름같이 달려들었다. 성은 삽시간에 함락되고 말았다. 군사를 소집하고 반격할 틈도 없었다.

일본군이 진격해 온다는 소문만 듣고도 주변의 군이나 현의 관리들은 달아나거나 맥없이 무너졌다. 도망치지 못한 병사들의 희생이 여기저기서 벌어졌다.

적과 싸우기 전에 자기네들끼리 살육전을 벌이는 촌극도 일상이었다. 용궁 현감 우복룡은 용궁현의 병사를 거느리고 병영으로 가다가 영천 길가에서 점심을 먹고 있었다. 그때 방어사에 소속된 하양현 병사 수백 명이 방어사 진영으로 가기 위해 경상북도 쪽으로 행군하는 장면을 목격했다.

우복룡은 말을 내리지 않고 자기 앞을 지나가는 하양현 병사들이 괘씸했다. 숟가락을 든 손으로 그들을 가리켰다.

"저 놈들이 누구네 군사인가. 혹시 반란이라도 일으키려는 것 아니냐."

그가 부하들을 시켜 붙잡아 오도록 했다. 그러자 하양 병사의 지휘관이 방어사가 보낸 명령서를 꺼내 보여 주었다.

하양현 지휘관의 자세가 뻣뻣하자 우복룡이 갑자기 자기 부하들에게 소리쳤다.

"이놈들이 아무래도 수상하다. 모두 죽여라."

부하들이 칼을 빼들어 휘두르기 시작했다. 갑작스런 사태 전개에 하양현 병사들은 저항 한 번 못 해 보고 칼날 앞에 쓰러졌다. 조선군에 죽은 조선 병사들의 시체가 들판에 그득했다.

그다음에 조정에서 벌어진 일은 아예 웃지도 못할 희극이었다. 경상 순찰사 김수는 우복룡이 공을 세운 것으로 조정에 거짓 보고했고 이로 인해 우복룡이 통정대부로 승진하고 안동 부사로 부임했다.

어처구니없는 참사 소식을 들은 하양현 병사의 유가족들은 한양에서 관리가 내려올 때마다 말 머리를 가로막고 원통한 사정을 들어달라고 호소했다. 하지만 어떤 자도 제대로 말을 들으려 하지 않았다. 조정에서 우복룡의 명성이 자자한 판에 쓸데없는 일에 개입하고 싶지 않다는 표정들이었다.

그 후 일본군이 경상북도에 진입하자 하양현의 병사 가족 중에는 그들의 향도를 자처하는 사람들이 여기저기 나타났다. 그들이 일본군에게 충주로 넘어가는 조령의 지리 조건까지 낱낱이 가르쳐주었다.

왜군도 처음에는 조선 백성들의 이해할 수 없는 친절에 경계를 풀지 못했지만 그들 말대로 조령 고개에는 개미 새끼 한 마리 없었다. 조령 전투에서 막대한 피해가 불가피하리라고 걱정했던 고니시는 쾌재를 불렀다.

신립군을 격파하고 충주를 점령한 일본군은 빠른 속도로 진격하면서도 정찰 활동을 게을리 하지 않았다. 조선 군사로 복장을 꾸민 후 한양성 안으로 잠입했던 정탐병들은 조선 임금의 파천이 결정됐음을 알려왔다.

일본군 전초부대가 한강 남쪽 언덕에 도착해 장난삼아 헤엄쳐 건너는 시늉을 하자 한강 북쪽을 지키고 있던 조선군 장수들 사이에 대혼란이 벌어졌다. 감찰사 이양원은 한양성으로 돌아가 대충 짐을 꾸려 도망쳤고, 도원수 김명원, 부원수 신각 등도 뿔뿔이 흩어졌다. 이로써 한강 방어선은 완전히 붕괴돼 버렸다.

조선 조정은 일본군 침략 나흘 만에 한양에 도착한 경상좌수사 박홍의 장계를 보고도 반신반의했다. 예전에 있었던 몇 번의 왜변처럼 일선에서 충분히 격퇴할 것으로 애써 평가절하 하는 신료들도 있었다. 지난 을묘왜변 때도 전라도 해안가를 분탕질하던 왜구 일흔 척을 조선군이 영암 쪽에서 크게 무찌르지 않았던가.

하지만 신립의 패전 소식이 한양에 전해지자 조정은 공황 상태에 빠졌다. 조선의 맹장 신립의 패전은 상상조차 할 수 없는 일이었기 때문이다.

선조는 마음이 다급해졌다. 창덕궁 편전으로 대신과 사간원 신료들을 불러들여 어전회의를 열었다. 선조는 모두 다 참석한 것을 보고 나서 한참동안 침묵을 지켰다. 누군가가 먼저 나서서 대책이라는 말을 꺼내주기를 기다렸다. 하지만 어느 누구도 바닥만 쳐다볼 뿐 말이 없었다.

선조에게는 다른 선택이 없었다. 일본군이 파죽지세로 쳐들어오고 있다. 조선의 마지막 희망인 신립도 무릎을 꿇은 파천황의 일본군이다. 자칫하다가는 자기가 포로로 잡힌 채 쥐새끼처럼 생겼다는 일본국 관백이라는 도요토미 히데요시 앞으로 끌려갈지도 모른다는 공포심이 머릿속을 꽉 채우고 있었다.

그렇다면 이제 남은 길은 파천뿐이었다. 지금 당장 출발해야 한다. 그럼에도 신하들은 어느 누구도 먼저 파천을 입에 올리지 않았다. 애초에는 누군가가 나서서 파천의 불가피성을 말하고 이에 따라 한바탕 그럴듯한 논쟁을 거친 후 임금이 못 이기는 척 신하들의 뜻을 좇으면 될 것이라고 예상했다. 그래야 백성을 버린 임금이라는 비난을 피할 수 있고 왜적의 침략 앞에서 허둥지둥 쫓겨 갔다는 수치스러운 이야기가 나오지 않을 것이다.

조정의 신하들은 신하들대로 선조가 무슨 생각을 하고 있는지 잘 알고 있었다. 하루 이틀 모시는 임금인가. 파천이라는 말을 꺼냈다가는 주변 신료들의 비판이 쏟아질 것이고, 선조도 언젠가는 파천의 책임을 뒤집어씌울 게 뻔했다.

선조는 선조대로 앞에 있는 신하들이 한심했다. 평소 그토록 충의와 절개를 높이 외치던 인간들이 지금처럼 결정적 순간에는 입을 싹 다물어 버리지 않는가. 선조는 마냥 기다렸다. 그러나 선조가 원하는 말을 꺼내는 신하는 끝내 나타나 주지 않았다.

기다리다 지친 선조가 "과인의 생각은 파천이오"라며 불쑥 화두를 꺼냈다. 그때였다. 신하들이 일제히 놀랐다는 듯이 표정을 바꾸면서 벌떼처럼 들고 일어났다.

영중추부사 김귀영이 귀신같은 얼굴로 신하들을 대변했다.

"종묘사직이 모두 이곳에 있는데 어디로 가시겠다는 말씀입니까. 한양을 고수하면서 외부의 원군을 기다리는 것이 마땅합니다."

우승지 신잡은 엉뚱한 말로 선조의 기분을 잡쳐 놓았다.

"전하께서 만일 신의 말을 따르지 않고 끝내 파천하신다면 신의 집엔 팔십 노모가 계시니 신은 종묘의 대문 밖에서 스스로 자결할지언정 감히 전하의 뒤를 따르지 못하겠습니다."

그런 협박조의 언사에 연신 고개를 끄덕이는 동료 신하까지 있었다. 그러더니 이게 웬일인가. 모두가 목 놓아 통곡하기 시작했다. 이쯤 되면 숱한 당쟁을 솜씨 좋게 요리해 온 선조도 당해 낼 재간이 없었다. 선조의 얼굴이 붉어지더니 그냥 자리에서 일어나 내전으로 들어가 버렸다.

어전회의는 결국 파행으로 끝나고 말았다. 모두가 눈물을 씻는 흉내를 내면서 편전 밖으로 나오는데 영의정 이산해가 답답한 표정으로 입을 열었다.

"옛날에도 파천한 사례가 있지 않습니까"라고 주변 신료들에게 들으란 듯이 말했다. 임금의 파천 제안에 간접적으로나마 동의를 표한 것이다.

"고려 공민왕 시절 홍건적이 쳐들어와 개경이 침범당했을 때 공민왕이 안동으로 파천한 후 재정비하여 홍건적을 물리친 사실 말이요."

이번에는 모두가 이산해를 손가락질하며 비난하고 나섰다. 다음 날 사간원과 사헌부 양사가 들고 일어나 선조에게 이산해의 파면을 청했다.

자, 이제 분명해졌다. 파천의 모든 책임은 영의정에게 있는 게 확실해졌다. 신하들의 계산은 번개처럼 빨리 돌아갔다. 그다음 날 신하들은 자기네들이 언제 파천을 반대했던가 싶게 태도를 바꿔 구체적인 파천 논의에 들어갔다. 논의를 해도 자기네에겐 책임이 따르지 않는다는 것을 확인한 신하들이었다.

류성룡은 도대체 무엇부터 잘못된 것일까 생각해 보았다. 도요토미 히데요시가 이 나라에 사신을 보내온 것도 벌써 사년 전이니 막아 낼 시간은 충분했다. 그럼에도 조선은 아무런 준비도 없이 세월만 흘려보내고 있었다. 그 결과가 이토록 추풍낙엽처럼 쓰러지는 조선이다.

그동안 자신도 너무 안일했다는 자책감에 가슴이 쓰려왔다. 전쟁이 불가피하다면 나라의 중추세력인 사대부들과 일반 백성에게도 이를 이해시켜야 했다. 그것이 바로 정치가로서의 능력이고 나라를 이끄는 지도자들이 마땅히 해야 할 일이었다.

물론 조선 조정이라고 마냥 태평하기만 한 것은 아니었다. 그럼에도 조선 조정은 전쟁 준비가 너무나 부담스러웠다. 현 수준에서 정확한 군사 정보를 알아낼 재간도 없었다. 하늘처럼 모시는 공자와 주자도, 아니면 성리학도 그런 것을 가르쳐 준 적이 없다.

급기야 조선은 일본국 사신에게 매달렸다. 조정은 홍문관 소속 오억령을 사신 접대를 책임지는 선위사로 삼아 한양에 와 있던 일본 사신 겐소에게 진짜로 전쟁을 일으킬 것인지 물었다.

그러자 겐소가 그걸 질문이라고 하느냐는 듯 놀란 표정을 지었다.

"일본이 명년 쯤 군사를 크게 일으켜서 조선의 길을 빌려 명나라를 바로 침범해 들어갈 것입니다. 방침이 정해진 지 이미 오래입니다. 오히려 저는 태평한 조선 사람들이 이해되질 않습니다."

오억령은 자신의 말을 애써 들으려 하지 않는 조정의 분위기를 감안해, 사신과의 문답록을 첨부해 보고하면서 전쟁이 임박했음을 강조했다. 오억령의 주장에 조정이 다시 흔들렸다.

그러자 선조가 이상한 명령을 내렸다. 오억령을 선위사의 직책에서 해임하고 명나라에 가는 사신 행렬을 따라가도록 발령을 내버린 것이다. 오억령을 가만 두면 조정만 시끄러워질 뿐이라는 판단에서였다. 내년에 조선으로 쳐들어올 것이라는 일본 사신의 말을 믿고 싶지 않았고, 믿고 싶지 않았기에 스스로 현실을 부정해야 했던 것이다.

류성룡은 신료들과의 회의를 끝내고 옆방으로 들어와 잠을 청하기 위해 누웠다. 이불도 없어서 겉옷을 덮었다. 잠이 오지 않는다. 책더미를 베개 삼았던 목을 좌우로 흔들었다.

'그렇다. 진실을 애써 외면한 나를 포함한 조정 모두가 이 책임을 져야 한다. 파천으로 끝날 일이 아니지 않는가. 이제 전면 전쟁이다. 군사를 모집하고 군량을 조달해야 한다. 군사들에게는 무기를 쥐어져야 한다. 이 모든 것을 어찌해야 좋단 말인가.'

사 월 이십구 일, 이일의 장계가 조정에 도착했다. 궁궐을 지키는 장교들이 모두 도망치는 바람에 밤 시간을 알리는 물시계조차 울리지 않았다. 류성룡은 병사의 횃불을 빌어 장계를 봤다. 적군이 곧 한양에 도착하리라는 내용이었다.

다음 날 저녁 무렵 선조는 이양원과 김명원에게 서울 방어를 맡기고 허둥지둥 피란길에 올랐다. 그날 저녁 간신히 임진강을 건너 동파역에 도착했다. 파주 목사가 임금에게 올릴 음식을 마련 중이었는데 하루 종일 굶은 임금의 호위 병사들이 부엌으로 뛰어 들어가 닥치는 대로 빼앗아 먹었다. 그릇에 담겨져 있던 음식들이 바닥에 쏟아지고 난장판이었다.

어가가 다시 출발하자 선조가 마침내 통곡을 쏟아 냈다. 선조는 류성룡을 불러 가까이 오게 한 후 하소연했다.

"내가 경을 썼는데도 오히려 이 지경에 이르렀소."

류성룡도 머리를 조아리며 흐르는 눈물을 옷자락 속으로 감췄다.

"그래도 나라가 다시 일어나려면 마땅히 경에게 의뢰할 수밖에 없으니 경도 명심해 주기 바라오. 과인은 경의 공을 결코 잊지 않을 것이요."

그날 밤 선조는 동파에 마련된 행궁에서 이산해, 류성룡, 윤두수, 이

항복 등 중신들을 불러 놓고 난국 타개의 방안을 물었다.

"장차 어떻게 했으면 좋겠는가, 이제 어디로 간단 말인가."

왕은 대신들 앞에서 가슴을 쳤다.

"승지의 의견은 어떠한가."

도승지 이항복이 답했다.

"의주로 가서 머물고 계시다가 만약 사방이 다 함락되면 압록강을 건너가서 명 조정에 망명을 호소하는 것이 어떨지 모르겠습니다."

선조의 얼굴빛이 조금 환해졌다. 선조가 다짐이라도 받고 싶다는 듯 류성룡에게 되물었다. 류성룡은 단호하게 반대했다.

"불가합니다. 임금께서 우리 땅에서 한 발자국이라도 떠나신다면 그때부터 조선은 우리 소유가 아닙니다."

선조가 잽싸게 류성룡을 외면했다. 그리고 굳은 표정으로 이항복을 쳐다보았다. 고개까지 끄덕였다.

"명나라로 찾아가는 것이 내 본래의 뜻이었소."

류성룡은 자기를 외면한 선조에게 쐐기를 박듯이 말했다. "지금 동북 지방의 여러 도는 예전과 같이 건재합니다. 호남도 건재합니다. 이 지방의 충의지사들이 며칠 안으로 벌떼처럼 크게 일어날 것입니다. 어찌 경솔히 나라를 버리고 압록강을 건너가겠다는 말을 하십니까."

선조는 특이한 습성이 있었다. 자기에게 거슬리는 말을 하는 신하라도 의지가 필요할 때는 그 신하의 말을 순순히 받아들이는 편이었다. 하지만 더 이상 필요가 없다고 여겨질 때는 가혹할 정도의 언사를 퍼부으며 주변 신하들에게 그를 팽개칠 것이라는 신호를 보내곤 했다. 신하들은 신호를 받자마자 사간원과 사헌부 등을 동원해 공격의 화살을 준비했다.

3. 조선 땅은 불타오르고

다행히 지금까지는 류성룡에게 몸과 마음을 의지하는 편이었다.

선조 일행이 개성에 도착했지만 조정에서는 여전히 전쟁 발발의 책임론을 놓고 왈가왈부했다. 이어 우스운 일이 벌어졌다. 사간원에서 나라를 그르친 책임을 물으며 영의정인 이산해를 탄핵하고 나섰다.

선조는 어쩔 수 없이 이산해를 파직시키고 좌의정으로 있던 류성룡을 영의정으로 임명했다. 그러자 이번에는 서인 파벌을 중심으로 한 조신들이 가만있지 않았다. 류성룡도 전쟁 발발에 책임이 없을 수 없다 하여 다시금 탄핵 소동이 벌어졌다. 영의정에 막 임명된 류성룡도 임명 당일 파직 당했다. 류성룡은 결국 아무런 직책도 없이 임금 옆에 머무는 수밖에 없었다.

이 해 선조의 나이 사십. 세상일에 정신을 빼앗겨 갈팡질팡하거나 판단을 흐리는 일이 없게 됐음을 뜻하는 불혹(不惑)이다. 아니, 불혹이어야 마땅했다. 더군다나 선조는 어느 임금보다 지인지감의 소유자였다. 누구보다 사람 보는 눈이 정확한 편이었다.

다만 그 지인지감을 제대로 활용하지 못했다. 지도력에서 요구되는 일관성이 결여된 탓이었다. 그만큼 변덕이 심하다는 이야기도 된다. 무엇보다 사람을 쓰는데 시의심이 너무 많았다. 늘 의혹의 눈으로 신하들을 대하는 버릇이 있었다. 그런 점에서 류성룡은 안심해도 좋을 신하였는지 모른다.

파천 속에도 시간은 유수처럼 흘러갔다. 엊그제 보던 그믐달이 벌써 반쯤 차올랐다. 류성룡이 임시 숙소로 돌아오자 몸종 안해가 조용히 일렀다.

"전라좌수사께서 사람을 보냈습니다. 낮에 도착해 지금껏 기다리고 있습니다."

"그래? 다른 사람들이 보지는 않았고?"

"예, 여부가 있겠습니까."

"조용히 데리고 와라."

몸종이 나가고 얼마 있자 김희도와 장호인이 들어와 인사를 올리고 가슴속에 감춰 두었던 편지를 전했다.

편지를 품 안에 감추더니 류성룡이 안부를 물었다.

"오랜만이군. 그래 좌수사는 잘 있는가?"

"장계에서 보고했듯이 옥포해전에서 승리를 거둔 후 수군 병사들이 처음으로 자신감을 회복하고 있습니다. 다만 모두 굶기를 밥 먹듯이 해서 그게 큰 걱정거리입니다. 군량을 어디서 조달할 데도 마땅치 않고."

"걱정이구나. 식량이 없으면 전쟁도 할 수 없는데."

"게다가 파천에 대한 불길한 소식이 계속 전해지고 있어서 좌수사 영감께서 걱정이 태산입니다."

"그러게 말일세. 임금은 자꾸 명나라로 망명한다는 소리나 하고 있으니."

"좌수사께서는 수군이 굶어 죽는 한이 있더라도 정미 오백 석을 따로 저장해서 최악의 경우 임금을 모시고 해상 정부를 만들어 왜군에 대적해야 한다는 복안을 말씀하셨습니다. 대감님께 꼭 전하라고 했습니다. 설사 불행한 처지에 이르게 된다 해도 임금과 신하들이 우리나라 땅에서 다 함께 죽어야 한다는 것입니다."

"그다운 말일세. 조정에 좌수사 같은 인물이 하나라도 더 있었으면 얼마나 좋겠나. 걱정하지 말라고 전하게. 내가 목숨을 걸고서라도 명나라 망명은 막을 테니까."

"하지만 일본군의 진격 속도가 너무 빠릅니다. 이대로라면 파천의 끝이 어디가 될지 모르겠습니다. 좌수사도 더 이상의 진격을 막으려면 해상에서 커다란 승리를 거둘 수밖에 없다는 각오입니다. 그래야 병참선에 위협을 받은 왜군이 주춤할 것이고, 더불어 일본 수군이 남해와 서해를 따라 한양으로 올라가는 것을 막을 수 있으니까요."

류성룡도 김희도의 지적에 고개를 끄덕였다. 그렇다. 개성에서 의주까지는 저항 세력조차 없어 부산에서 한양까지 보다 훨씬 더 탄탄대로다. 거리도 더 짧다. 그사이 몇 시간이나마 그들의 진격을 멈추게 할 수 있는 조선군은 눈을 씻고 봐도 보이지 않는다.

물론 조선군이 없는 것은 아니었다. 다만 진격을 멈추게 할 수 있는 전투력이 보이지 않는다는 것이다. 왜군의 진격 속도를 감안하면 그야말로 오, 육일 안에 의주까지 닿을 것이다.

지금 왕의 행궁을 지키는 조선 군대라야 고니시 유키나가 군대의 일개 단위 부대보다 숫자가 더 적다. 더 비참한 것은 조선군이 갖고 있는 무기였다. 활과 창이 고작이다. 그나마 낡고 녹슨 것이 태반이었다.

아무리 둘러봐도 조선은 이미 나라가 아니었다. 이런 속에서 어떻게 이백 년을 끌어왔는지 알 수가 없다. 죽든 살든 명나라에 군대 파견을 조르는 수밖에 없는 처지였다. 이미 전쟁이 발발한 사월에 왜의 침입을 알리고 구원병까지 함께 요청하는 사신을 보냈다. 하지만 명의 구원병이 언제나 가능할지 현재로서는 가늠조차 할 수가 없다.

그 구원병에 앞서 고니시의 군대가 의주까지 도달하면 그때는 어찌할 것인가. 가토 기요마사의 군대도 함경도에서 의주 쪽으로 짓쳐올 것이다. 무시무시한 포위 작전이다.

선조는 결코 맞서 싸울 사람이 아니다. 지금도 오로지 명나라 망명만을 꿈꾸고 있지 않은가. 과연 내가 이 엄청난 사태를 막아 낼 수 있을까? 류성룡이 다시 김희도를 바라봤다.

"그래도 어쩌겠는가. 나도 이미 운명을 하늘에 맡긴 지 오래일세. 끝까지 싸우는 수밖에. 좌수사도 같은 심정이겠지."

류성룡은 앞에 앉아 있는 반듯한 자세의 두 청년을 바라보며 헛웃음을 지었다. 나라를 잘못 만난 잘생긴 두 젊은이들이 오히려 안쓰럽기만 할 뿐이다.

"안해가 자네들 잠자리를 준비할 테니 푹 자고 내일 일찍 떠나게. 보내는 편지는 안해가 내일 자네들에게 줄 것이네."

다음 날 아침 김희도를 내려 보내고 나서 행궁으로 갔지만 분위기가 심상치 않았다. 왕이 명나라로 간다는 그 말이 잘못 퍼지면서 민심이 급격히 악화하고 있었다. 모두 당황한 표정이 역력했다.

그러는 사이에 신하들 여러 명이 자취를 감췄다. 자기만 살겠다고 내뺀 것이다. 어가가 한양성을 빠져나올 때는 그나마 백여 명의 신하들이 곁에 있었지만 지금은 수십 명에 불과했다.

임금은 더 이상 임금이 아니었다. 이런 임금조차 명나라로 도망친다면 이 나라는 이제 더 이상 조선이 아니다. 이번에는 일본의 속국으로 살아가야 할지 모른다. 류성룡은 또다시 하늘을 올려다보았다.

선조가 개성에 도착하자마자 한양성이 점령당했다는 소식이 당도했다. 그렇다면 개성도 안심할 수 없다. 더 기막힌 소식은 일본군 방어에 나선 장수들이었다. 일본군이 한양에 입성하기도 전에 수도 방어 사령관인 이양원과 김명원이 모두 내뺐다는 것이다.

도원수 김명원은 일본군이 다가온다는 기별을 듣고 싸울 생각은커녕 병장기와 화포와 기계 등을 모두 한강 물속에 던져 넣고 다른 옷으로 갈아입은 채 도망쳐 버렸다고 한다.

하지만 백성들은 이 나라의 높으신 분들이 어떻게 처신하는가를 두 눈 부릅뜨고 지켜보고 있었다. 왜군에 점령당한 지역에서 백성의 마음이 어느 쪽으로 기울고 있는지를 보면 이를 확인할 수 있다.

경상우도 초유사로 나갔던 김성일의 장계는 백성들마저 왜군을 환영하는 기미가 역력하다고 개탄했다.

"지난 세월 부역이 번거롭고 무겁기 한이 없어 백성이 편히 살지 못한 데다가 형벌마저 매우 가혹하므로 군졸이나 백성의 원망하는 마음이 뱃속에 가득합니다. 그마저 어디에 호소할 길이 없어 그들의 마음이 조정을 떠난 지 오래입니다. 이런 판에 왜국에는 요역이 없다는 말이 번지면서 많은 백성이 환호하는 실정입니다. 왜적이 또 민간에 명을 내려 회유하니 어리석은 백성들이 모두 왜적의 말을 믿어 항복하면 반드시 살고, 싸우면 반드시 죽는 것으로 여긴다고 합니다. 심지어 연해 지방의 무지한 백성들이 모두 머리를 깎고 의복도 바꿔 입고서 왜적을 따라 곳곳에서 도적질하는 데 왜적은 몇 명 안 되고 절반가량이 배반한 백성들입니다. 한심하기 짝이 없습니다."

일국의 장수들이라면 자신에게 주어진 임무가 바로 나라를 지키고 백성을 외적으로부터 보호하는 것임을 한시라도 잊어서는 안 된다. 하지만 이들은 자신이 무슨 짓을 저지르고 있는지를 뒤돌아보기는커녕 끊임없이 변명과 남 탓으로 일관했다.

한강 방어 군사들이 싸우기도 전에, 나 살려라 도망친 김명원은 장계를 통해 부하들이 말을 듣지 않아 패배했다는 듯이 불만을 터뜨렸다. 조정은 조정대로 지시를 따르지 않았다는 부원수 신각을 참형에 처하게 했다.

부하들의 무능 때문에 싸우기도 전에 전투에 졌으니 부하를 엄하게 처단해 달라는 무장이나, 이런 처사에 놀아나는 임금과 조정 신료들 모두 국정 판단 능력을 상실해 버린 상태였다.

류성룡은 도망쳐 온 권관급 장교들에게서 전후 사정을 듣고 아연실색해 버렸다. 부원수를 따라 전투에 참가했던 한 초급 장교가 분하다는 듯이 말했다.

"부원수 신각께서는 오히려 양주에서 일본군과 싸워 승리를 거두고 일본군 육십여 명의 목을 베기까지 했습니다. 하지만 조정에서 선전관을 보내 그것도 병사들이 보는 앞에서 장군의 목을 베어 버린 것입니다. 모두가 분해서 사지를 부들부들 떨었습니다. 신각 장군은 한강 방어선이 궤멸하고 도원수가 자기 혼자 도망을 가 버리자 어쩔 수 없이 이양원을 따라 양주로 간 것뿐입니다. 때마침 함경남도 병사 이혼의 군대가 양주에 이르렀으므로 신각 장군은 이들과 군사를 합쳐 일본군에 맞섰습니다. 일본 군사들이 한양성을 나와 이곳저곳 민가를 약탈하던 중이었는데 몰래 접근해 기습 공격을 가한 것입니다. 일본군이 조선에 쳐들어온 이래 조선 육군의 첫 승리나 다름없었습니다. 그런데도 김명원이 어느 구석에서 갑자기 나타났는지 임금께 장계를 올려 '신각이 제 마음대로 다른 곳에 가서 군령을 따르지 않았다'고 한 것입니다. 군령은 무슨 군령입니까. 군령을 내릴 장본인이 먼저 도망쳤는데…. 이보다 더 억울한 경우가 어디 있겠습니까."

선조도 김명원 못지않았다. 그의 장계가 도착하자마자 허둥지둥 평양으로 도망갔다. 그 뒤를 바짝 따라온 것은 또다시 조선군이 대패했다는 장계였다. 선조가 평양에 온 지 삼일 뒤 조선군은 임진강에서 일본군에 의해 궤멸을 당했다.

그나마 선조와 조정 신료들이 마지막으로 기대했던 것이 전라도와 충청도에서 새로 모집한 근왕병 오만 명이었다. 하지만 이들도 예외가 아니었다. 북진 중에 용인에서 기습공격을 받아 무참하게 깨져 버렸다. 와카사카가 이끄는 일본군 이천 명이 조선군 오만 명을 철저히 갖고 놀고, 짓밟았다.

근왕병의 지휘부를 구성했던 전라도, 충청도, 경상도 세 명의 순찰사는 모두 전쟁의 전(戰) 자도 모르는 문관 출신들이었다. 그러니 명령 체계가 일원화해야 한다는 상식조차 없었다.

그들은 자기네 부대를 내 것이라고 끼고 돌면서 통합 작전에는 처음부터 관심을 기울이지 않았다. 전초병을 파견해 끊임없이 적에 대한 정보를 수집하고 지형적인 이로움을 택해 기습의 기회를 노리는 일본군에 비하면 군사작전을 봄나들이하듯 하는 지휘관들이었다.

자연히 험준한 지형을 빼앗기고 기습에 놀란 오합지졸의 병사들이 순식간에 붕괴돼 버린 것이다. 이제 조선으로서는 가용할 병력마저 완전히 자취를 감추고 말았다. 용인 전투의 승리로 일본군은 후방으로부터의 위협을 완전히 제거할 수 있었다.

조선 땅에서 상벌의 원칙은 무너졌다. 한강 방어선에 서 있다가 일본군의 도강 시늉에 놀라 도망쳤던 도원수 김명원이 어느 구석에서 뛰쳐나왔는지 보란 듯이 선조 임금 옆을 지키고 서 있었다. 이번에는 선조로부터 평양을 잘 지키라는 어명을 받았다. 김명원이 의기양양한 표정으로 물러났다.

류성룡은 선조의 머릿속을 헤아리기 어려웠다. 여진족과의 싸움에서 전투 중에 잠시 패했다고 장수를 참형에 처했던 그 선조 아니던가. 그런데 정작 적 앞에서 싸우지도 않고 도망친 장수를 끼고 돌고 있다. 하지만 파직을 당해 아무런 직책도 없는 류성룡은 김명원에 대한 직언을 할 자격도 없었다. 그저 멍하니 지켜볼 뿐이었다.

김명원이 있건 없건 평양은 지키고 말 것도 없었다. 며칠 전부터 평양성 내의 백성들은 선조가 평양을 떠나 다시 북쪽으로 피난 갈 것이라는 소식을 듣고 너도나도 짐을 싸 들고 성 밖으로 도망쳐 나갔다. 성안은 텅 비어 버렸다.

당황한 선조가 세자에게 명하여 대동관의 문에서 성안의 부로(父老)들을 불러 모아 놓고 임금 스스로 평양을 굳게 지키겠다는 뜻을 하유하게 했다. 부로들은 믿으려 하지 않았다. 신료들이 선조에게 건의했다.

"세자 저하의 말씀만 듣고는 백성들이 마음으로 믿지 않으니 반드시 성상께서 친히 하유하셔야 할 것 같습니다."

다음 날 선조가 대동관으로 나가 승지로 하여금 어제 세자가 했던 대로 하유케 하니 그때서야 노인 수십 명이 엎드려 통곡하면서 결사항전의 명을 받들겠다며 물러났다. 이들이 밖으로 나가 부근 산속에 숨어 있는 사람들을 불러 모으자 비로소 성안에 사람들이 가득 찼다.

그렇게 소요가 가라앉은 것도 잠시뿐이었다. 일본군이 대동강 남쪽에 모습을 드러냈다. 아니나 다를까, 신하들이 또다시 종묘사직의 위패를 받들고 성을 나서려고 했다.

그때서야 배신당했음을 눈치챈 성안의 하급 관리들과 백성이 소요를 일으켰다. 이제 조정에 대한 존경심은 완전히 사라졌다. 이들은 저마다 칼이나 무기를 들고 길을 막은 채 조정 신료들을 마구 밀어닥쳐 위패가 길에 떨어질 정도였다. 백성들이 저마다 손가락질 하며 관리들을 향해 소리쳤다.

"너희들이 평소 나라의 녹만 훔쳐 먹다 지금 나라를 그르치고 백성을 속이는 것이 매양 이런 식이냐?"

군중의 흥분이 고조되면서 누군가로부터 "차라리 왜적에 죽을망정 저놈들을 그대로 놔둬서는 안 된다"는 고함까지 들려왔다.

류성룡은 연광정에서 행궁으로 가던 길에 부녀자와 어린아이들까지 몹시 화난 표정으로 소리 지르는 장면을 목격했다.

"너희들이 이미 예전에 평양을 포기했으면서도, 왜 우리를 성으로 불러 모아 적의 손에 어육이 되게 하느냐. 죽으려면 같이 죽어야 할 것 아닌가, 이 나쁜 놈들아!"

류성룡이 이들을 피해 간신히 행궁으로 들어가자 조정 신료들은 일본군이 가까운 곳까지 왔다면서 일제히 임금을 향해 피난 가기를 요청하고 있었다. 사간원과 사헌부, 홍문관 관리들도 행궁 앞에 엎드려 피난이 시급하다고 재촉했다. 창덕궁 편전에 모여 한양을 수호해야 한다고 부르짖던 모습은 이미 종적을 감추고 말았다.

선조가 평양을 떠나 영변으로 향할 것이라는 소문이 퍼지자 평양의 민심은 걷잡을 수 없이 난폭해졌다.

중전이 먼저 떠나기 위해 궁인들을 데리고 나갈 때 백성이 난을 일으키고 말았다. 이들이 몽둥이로 궁궐 계집종 하나를 쳐, 말 아래로 떨어뜨렸다. 호조판서 홍여순은 길 한가운데서 몽둥이 세례를 받아 등을 다친 채 부축을 받고 행궁으로 돌아왔다.

길거리마다 칼과 창이 삼엄하게 널려 있고 이들의 고함 소리가 땅을 진동했다. 모두가 임금은 성을 나갈 수 없다고 외쳤다. 하지만 난리를 주도한 백성들이 관군에게 진압되고 주동자 몇 명이 참수됐다. 여전히 관군에 힘이 남아 있음을 의식한 백성들이 그때야 길을 비켰다. 마침내 선조가 평양을 떠났다. 이날 일본군이 평양성을 공격하기 시작했다.

류성룡은 이제 남은 길은 하나뿐이라고 생각했다. 우리 힘만으로는 이 전쟁에서 도저히 일본을 이길 방법이 없다면 이제 조선으로 파병 오는 명나라 군대를 하루라도 빨리 끌어들이는 수밖에 없다. 날이 저물자 류성룡은 종사관 홍종록, 신경진과 함께 성을 출발했다.

급히 올라가는 중간중간에 조선군 패잔병들이 눈에 띄었다. 모두가 평양에서 강여울을 지키던 병사들이라고 했다. 그들의 설명에 따르면 적병이 능라도 아래쪽 여울이 얕다는 점을 파악하고 왕성탄으로 강을 건너오니 강가를 지키고 있던 병사(兵使) 이윤덕은 달아나 버렸고 조선 병사들은 궤멸당했다. 자기네들도 그다음부터는 어떻게 되는지 모르겠고 무작정 북쪽으로 올라가고 있다는 것이다.

가토 기요마사가 마침내 함경도 안으로 들어갔다. 이곳으로 피난 간

두 왕자가 일본군에게 붙잡혔다. 함경남도 병사 이혼은 도주하여 함경도 맨 꼭대기 갑산으로 들어갔지만 조선 백성에게 붙잡힌 후 죽임을 당했다. 두 왕자도 백성들이 잡아 일본군에 넘긴 것이다. 조정을 향한 민심이 험악하기 그지없었다.

이제 함경도의 모든 지역이 일본군에 점령된 상태다. 철령 북쪽에서부터 하루에 수백리 길을 진격하는 기세가 마치 비바람이 몰아치는 것 같았다는 생존 병사들의 설명이었다. 서쪽이라고 다를 게 없었다. 평양성이 함락되면서 창고에 보관하던 곡식 십만여 석이 고스란히 일본군의 손으로 넘어갔다.

류성룡은 명나라 군사를 맞이하기 위해 북쪽으로 내달리면서도 이들을 먹여 살릴 군량 조달 걱정에 가슴이 조마조마했다. 나라가 초토화하고 있는 마당에 도대체 어디서 곡식을 조달할 것인가.

선조가 평양을 떠난 뒤로부터 인심이 더욱 험악해져 지나는 곳마다 피난민들이 창고를 습격하고 곡식을 약탈했다. 류성룡이 순안, 숙천, 안주, 영변, 박천을 다 조사해 봤지만 창고는 모조리 텅텅 비어 있었다. 장계를 쓰면서도 답답한 마음이 풀리지를 않는다.

"명나라 군대가 곧 압록강을 건너오는데 급한 것은 그들이 먹을 군량과 그들을 안내하는 것입니다. 군량을 백가지로 조치하여도 주변의 군읍들이 너무 심하게 탕진되어 무에서 유를 만드는 것과 같습니다. 군대를 안내하고 작전을 병행하는 일은 어려움이 더 심합니다. 비변사가 정한 장수들 모두 사병을 통솔하는 방법조차 제대로 알지 못하는 문신들뿐입니다."

류성룡이 박천 지역을 통과하고 있다는 부하들의 말을 들은 군수 심신겸이 급히 달려와 류성룡에게 하소연했다. 그가 부들부들 떨고 있었다.

"박천군에는 양곡이 넉넉하고 관청 창고에도 쌀이 천 섬이나 있습니다. 명나라 구원병의 군량으로 삼으려 했으나 고을 사람들이 전부 들고 일어나 저 역시 이곳에 계속 머물다간 어떤 일을 당할지 모를 처지입니다."

아까운 일이지만 류성룡으로서는 명군을 맞이하기 위해 촌음을 아껴야 하는 처지였다.

"지금으로서는 어찌해 볼 시간이 없소. 포졸들을 데리고 막을 수 있는 데까지 막아 보기 바라오. 반드시 돌아와 조치를 취하겠소이다."

군수는 전혀 못 믿는 표정이었다. 어깨를 축 늘어뜨리고 돌아서는 모습이 안쓰러웠다. 류성룡이 군수와 헤어지고 효성령에 오를 때쯤 박천 쪽에서 연기가 피어올랐다. 관아와 식량 창고가 있는 부근이 온통 시커먼 연기로 뒤덮였다.

임금이 정주에서 사흘을 머물다 선천으로 향하면서 류성룡에게 일단 정주에 머물러 있으라는 지시를 내렸다.

류성룡은 길가에 엎드려 선조가 성 밖으로 나가는 것을 전송하고는 연훈루로 돌아왔다. 눈물이 한없이 쏟아졌다. 갖가지 감정이 일순간에 분출했다. 미움도 있고 증오도 있다. 연민도 있고 세상에서 버림받았다는 외로움도 밀려왔다. 뭐라고 꼭 집어 말할 수 없는 슬픔이었다.

류성룡은 병사들이 볼까 봐 두 손으로 얼굴을 가렸다. 군관 몇 사람이 좌우 층계에서 류성룡을 지켜보고 있었다. 길을 가는 와중에 수습한 병사 스무 명도 길가 버드나무에 말을 매어 놓은 채 빙 둘러 서 있었다.

자신을 따르는 병사들을 격려하지는 못할망정 쭈그려 앉아 눈물을 흘리는 자신의 처지가 비참했다.

조선의 북쪽 땅 끝 의주까지 도망간 선조는 나라를 구할 생각은 하지 않고 어떻게 해서든 도망갈 생각만 하고 있었다. 압록강을 건너 요동으로 넘어가고자 했으나 의주로 찾아간 류성룡과 윤근수 등이 눈물을 흘리며 만류하는 바람에 좌절됐다.

일부에서는 전라도가 아직 아군 손에 있으니 그곳으로 가자는 의견을 내기도 했지만 이런 의견에 선조의 대응은 한결 같았다. 요동으로 가지 않더라도 언제든 출발할 수 있도록 배를 준비해 놓으라는 독촉이었다. 류성룡이 목이 멘 채 선조를 설득했다.

"평안북도와 전라도 등이 남아 있으니 두루 행행하시면 반드시 수복할 수 있는 길이 열릴 것입니다."

스스로도 자신이 없는 간언이었지만 무슨 말이라도 해야 할 것 같았다. 류성룡은 그래도 충성을 바쳐야 할 인군이라고 속다짐하면서도 한편으로는 자기 혼자만 살겠다는 임금을 바라볼 때마다 분이 치밀어 오르는 것을 억누르기 힘겨웠다. 류성룡은 세상이 밉고 자신이 미웠다.

일본군이 평양성에 웅크린 채 진격의 결단을 내리지 못하고 우물쭈물하는 가운데 마침내 명나라 군대가 압록강을 건너 평양 쪽으로 진군해 갔다. 사람의 힘으로는 어찌할 수 없는 천운이라고 할 수밖에 없었다.

그동안에도 군량 마련의 고된 일은 류성룡의 차지였다. 군읍들을 샅샅이 뒤져 식량을 긁어모으면서 이리저리 정신없이 뛰어다니다 보니 몸은 만신창이가 돼 버렸다. 저녁에 잠자리에만 누우면 열병이 온몸을 감싸는 기분이었다. 좀처럼 나을 기미를 보이지 않았다.

내일도 아침 일찍 일어나 행궁으로 임금을 찾아가야 하는데 밤새 몸이 뜨겁고 가슴이 뛰어 잠을 이룰 수가 없다. 그저 아무데서나 거적을 깔고 밤하늘을 바라보며 잠자리를 때우는 바람에 마침내 몸이 무너져 내린 것이 틀림없다.

류성룡은 잠시라도 쉬고 싶었지만 조정에는 명군을 접응할 마땅한 사람도 없다. 모두가 류성룡만 바라보고 있었다. 그렇다고 류성룡에게 명군을 위한 군량 마련에 별다른 방책이 있는 것도 아니었다.

류성룡은 몸을 이리저리 뒤척였다. 언제까지 이렇게 지내야 하는지 기약도 없다. 다시 천근만근의 몸을 반대 방향으로 뒤집었다. 오늘도 이렇게 새벽을 기다려야 할 처지인가. 한숨과 함께 서글픔이 몰려 왔다.

류성룡은 다음 날 새벽 억지로 일어나 행궁으로 갔다. 임금은 반가운 소식이라도 가져왔냐는 식으로 류성룡의 얼굴을 빤히 쳐다보며 답변을 기다리고 있었다.

"명군 선발대가 진격할 길을 보면 정주와 박천에서는 오천 병사가 지날 때 하루 이틀 먹을 군량을 마련할 수 있습니다. 하지만 안주, 숙천, 순안 세 고을에는 군량이 없으니 명군이 사흘 동안 먹을 군량을 미리 준비해 가지고 남쪽 고을들의 군량 상황에 대비해야 할 것입니다. 만약 평양을 당일 수복하면 다행이지만 장기전으로 갈 경우를 생각해 평양 서쪽의 강서, 용강 등의 식량을 있는 대로 다 끌어모아 평양으로 운반해 오면 다행히 군량은 부족하지 않을 듯합니다."

류성룡은 몇 명의 군관과 병사들을 데리고 다시 행궁을 떠났다. 저녁 때 한 마을에 들어갔으나 서리와 군졸들이 모두 도망가서 그림자조차 볼 수 없었다. 병사들에게 촌락을 뒤져 사람을 모으라 했더니 도망갔던 몇 사람을 데리고 왔다.

류성룡이 고민 끝에 꾀를 생각해 냈다.

"나라에서 평소 너희들에게 녹을 주며 보살핀 것은 오늘 같은 때에 쓰고자 한 것이다. 그런데 어떻게 도망만 치려는가. 명나라 병사들이 곧 도착하고 나랏일이 급한 이때야말로 너희들이 힘써 공을 세울 때인 것이다."

그 말과 함께 빈 장부 한 권을 꺼내 먼저 온 사람들의 이름과 주소를 부르라고 한 뒤 적어 보여 주었다.

"훗날 이 장부를 바탕으로 공로의 순서를 매긴 다음 임금께 아뢰어 상을 줄 것이다. 하지만 여기에 이름이 없는 자는 하나하나 행적을 따져 자세히 조사할 것이니 결코 벌을 면치 못할 것이다."

예상외로 효과가 있었다. 잠시 후 사람들이 잇달아 방문했다.

"소인들은 잠시 볼 일이 있어 나간 것입니다. 어찌 감히 저희가 해야 할 일을 잊었겠습니까. 원컨대 저희들 이름도 올려 주십시오."

류성룡은 속으로 '이거다' 하고 생각했다. 인심을 이끌어 낼 수 있는 방법을 찾아낸 것이다. 즉시 여러 곳에 공문을 보내 '전시 공적기록부'를 비치하게 하고 공로의 많고 적음을 기록해서 후일 상벌의 근거 자료로 삼겠다고 공표하도록 했다.

이변이 일어났다. 류성룡이 가는 곳마다 사람들이 다투어 나와 군마의 사료를 운반하고 막사를 지으며 음식 지을 채비를 하느라 바쁘게 움직였다. 며칠 사이에 모든 일이 착착 이뤄져 갔다.

정주에 도착하니 관리와 백성들이 힘을 합쳐 식량을 이천여 석이나 모아 놓았다. 그곳 관리들도 류성룡에게 공적기록부를 펼쳐 보였다. 류성룡이 오랜만에 가슴을 쓸어내렸다.

십이월, 마침내 류성룡이 평안도 도체찰사에 제수됐다. 도체찰사는 군정과 민정을 통괄하는 직책이다. 물론 여태껏 해 오던 일을 조정에서 추인한 것이지만 나라의 공식 권위를 행사하는 것과는 천양지차다.

류성룡이 그토록 기다리던 명나라 주력 부대가 마침내 압록강을 건넜다. 제독 이여송이 사만삼천 명의 대군을 이끌고 의주에 도착했다. 의주에서 선조를 만난 후 곧장 진군하여 안주에 도착한 것이 정월 초였다.

안주에서 업무를 통괄하고 있던 류성룡은 이여송을 만나 미리 준비해 둔 평양의 일본군 상황과 지리 정보를 건네주었다. 안주 동헌에 본영을 설치한 이여송 제독은 장부의 풍모였다.

탁자를 사이에 두고 마주 앉은 류성룡은 소매에서 평양 지도를 꺼내 그곳의 형세와 군대가 진격할 수 있는 길을 알려 주었다. 제독은 경청을 하며 붉은색 붓으로 중요 지점마다 점을 찍었다. 이여송은 자신만만했다.

"일본군은 고작 조총만 믿고 있을 뿐입니다. 우리 명군은 사정거리가 오류 리나 되는 대포를 가지고 있는데 일본군이 어떻게 당해 내겠습니까."

류성룡은 지나친 낙관을 견제할 필요는 있겠다 싶어 조심스레 말을 꺼냈다.

"저들은 백 년간 전투에 단련된 무사들입니다."

그러자 이여송이 미소를 띠며 되받았다.

"그런가요? 이거 좋은 적수를 만났군요. 저도 평생을 전쟁터에서 지냈습니다. 이 보십시오."

이여송이 자신의 왼팔을 내밀며 오래된 듯 보이는 칼자국을 자랑했다.

4.
인연

아무리 전란의 와중이라 해도 황해도는 비교적 피해가 경미한 편이었다. 개성의 백성들도 왜군의 존재를 별로 의식하지 않고 상업과 평소의 삶을 영위하는 모습이었다. 개성 서북 쪽에 위치한 청석골의 상설 장터도 다를 바 없었다.

장사치 복장을 한 김희도가 일부러 이곳 장터를 찾은 이유는 따로 있었다.

얼마 전부터 류성룡 대감은 조선군과 명군의 이동 경로나 작전 내용에 관한 첩보가 왜군 쪽으로 흘러 들어가는 것 같다며 우려를 표하고 있었다.

최근의 정황을 돌이켜 봐도 일본군은 너무나 영악하게 조선군과 명군의 예봉을 피하면서 오히려 약점을 치고 들어오기 일쑤였다. 싸워 본 자들이라면 직감적으로 알 수 있는 일이다. 이쪽에 대한 정보를 가지고 있지 않다면 도저히 불가능한 움직임들이었다.

그렇다면 그들에게 정보를 제공하는 숨은 자들이 있을 것이고, 이들을 찾아내 첩보의 흐름을 끊어 놓지 않으면 안 된다. 이대로 가다가는 명군과 조선군이 자칫 커다란 위험에 빠져들 수도 있는 상황이다.

류성룡의 설명을 유추해 봐도 조선인 간첩들의 활약이 분명했다. 얼마 전 안주에 머물던 류성룡이 군관 성남을 통해 군사작전과 관련된 통지문을 수군절도사 김억추에게 보냈을 때였다. 류성룡이 군관에게 단단히 일러두었다.

"엿새 안에는 반드시 통지문을 돌려보내야 한다."

혹시라도 통지문의 내용이 일본군 쪽으로 새 나가지 않도록 되돌아올 때 그 통지문을 다시 가지고 오라고 한 것이었다. 그런데 엿새가 지나도록 통지문을 갖고 간 자가 돌아오지 않았다.

"어찌 된 일이냐?"

류성룡이 담당 군관을 추궁했다. 뜻밖의 대답이 돌아왔다.

"그럴 리가 없는데요? 벌써 강서 출신의 병사 김순량을 통해 돌려보냈습니다."

"그럼 그자는 지금 어디에 있느냐."

"모르겠습니다. 아! 그리고 보니 절도사에게 갔다 온 후 몸에 이틀거리 학질이 온 것 같다면서 잠시 쉬고 싶다는 이야기를 한 것이 기억납니다."

다시 불려온 김순량이 꽤나 불쌍한 얼굴을 지었다. 그러면서 통지문을 잃어버려 처벌받을 일이 너무 두려운 나머지 며칠 쉬겠다며 숨어 있었다고 천연덕스럽게 진술했다. 공문서를 잃어버린 데 대한 처벌도 달게 받겠다고 털어놓았다.

그런데 며칠 후 수군절도사의 회답이 도착했다. 일본군이 사전에 선수를 치는 바람에 작전에 실패했다는 내용이었다.

류성룡은 조선이라는 나라가 위로부터 아래에까지 제대로 돌아가는 구석이 단 한구석도 없다는 식의 푸념으로 그쳤지만 김희도는 고개를 갸우뚱했다. 뭔가 수상하다는 느낌을 지을 수 없었다.

그렇다고 김순량을 다시 불러 물어볼 수도 없었다. 김순량이 정말로 정보를 적에게 제공한 것인지도 확실치 않은 데다 설령 그가 간첩이 맞다 해도 또 다른 곳에서 문제가 발생할 수 있다. 자칫 잘못 쑤셨다가는 김순량이나 그와 관련된 자들을 통해 이쪽의 움직임이 저쪽으로 흘러 들어갈 수 있기 때문이다.

이쯤 되면 한 사람만 잡아낸다고 해서 풀릴 문제가 아니었다. 이럴 때일수록 일망타진이 불가피하다. 김희도는 가능한 한 비밀리에 주변을 파헤쳐볼 수밖에 없다는 판단을 내렸다.

개성 서북쪽에 위치한 청석골은 조선에서도 특이한 장소다. 방방곡곡의 소식이 한데 모였다가 거꾸로 퍼져 나가는 장소였다. 경박한 무리들이 오고 참말과 뒤섞인 거짓말이 도처에 돌아다니며 난장을 이룬다.

하지만 참말과 거짓말을 분간하고 구별해 낼 능력만 있다면 이곳만큼 정보 수집처로서의 효용이 높은 곳도 없을 것이다.

청석골은 일본군의 움직임에 대한 정보도 가장 많이 들려오는 곳이다. 그러니 일본군도 이곳의 효용성을 잘 알고 있을 게 분명하다. 일본군의 첩자들이 많이 드나들 뿐 아니라 더군다나 내로라하는 조정의 비밀스러운 끄나풀들도 자주 얼굴을 들이미는 장소다.

청석골이 정보의 집산지요 발신지 역할을 하는 데는 그럴 만한 배경이 있다. 이곳은 오래전부터 전국을 떠도는 걸식이나 잡기 예능인들이 모여드는 유명한 장터였다. 어딜 가나 사당패를 비롯해 초란이패, 풍

각장이, 각설이패, 거사패, 비나리패, 탈춤패 등이 어깨를 부딪치며 오간다.

이들만도 전국에 걸쳐 무려 만여 명에 달한다. 자기네들끼리 패를 새로 짜거나 아니면 생업에 관한 정보를 교환하기도 하고, 또한 그 정보를 무기로 삼아 전국의 생업 전선으로 퍼져 나간다.

자연히 각종 패거리들의 생활 정보뿐만 아니라, 전국 각처에서 발생하는 사건이나 소식들이 모여들고 퍼질 수밖에 없다.

함경도에서 가토 기요마사가 지휘하는 일본군이 조선 왕자인 임해군과 순화군을 나포했다는 충격적인 정보도 실은 조정보다 이곳 청석골에서 먼저 퍼져 나갔다. 조정에서는 일본군이 이들을 나포했다는 식으로 알고 있었지만 이곳 소문은 달랐다. 조선 백성이 그들을 잡아 일본군에 바쳤다는 것이다.

흰옷에 패랭이를 쓴 김희도는 일단 사람들의 대화를 손쉽게 들을 수 있는 데다 대화에 끼어들기에도 안성맞춤의 장소인 주막들을 여기저기 기웃거렸다. 그중 한군데가 김희도의 관심을 끌었다. 다른 주막들보다 손님들이 훨씬 많았다. 나오는 음식도 모양부터 달랐다.

김희도가 사람들 틈을 비집고 들어가 사당패인 듯한 젊은이 두 명이 앉아 있는 평상으로 다가가 같이 앉을 수 있느냐고 물었다. 우락부락하게 생긴 젊은이가 자기 자리를 옆으로 이동했다.

"앉으쇼. 뭐 우리가 세놓은 것도 아닌데. 근데 장사치인감? 뭐 그런 냄새가 나네 그려."

"아, 예. 뭐, 저기 남도 여수에서 말린 생선 좀 사다가 육지에다 풀었는데 장사가 좀 돼서 이번에는 인삼에도 손을 대 볼까 하고 여기저기 들러 보고 있습니다. 그런 김에 세상 돌아가는 소식도 들어 볼 양으로 장터에 들렀죠."

"재미를 봤다니 요즘 같은 전쟁통에 약삭빠른 분이시구먼."

"하하, 그저 생각보다 조금 남았다는 거지. 저 같은 놈이 큰돈이야 만질 수 있겠소? 큰돈 만지는 사람들은 이런 곳에 나타나지도 않는답니다~."

"하긴 뭐… 그렇겠지."

둘이 고개를 끄덕이자 김희도가 슬쩍 떠보았다.

"근데 댁들은 뭐하시는 분들인가?"

우락부락한 젊은이와 함께 대화를 나누던 호리호리한 체구에 벙거지를 쓴 다른 나이 든 젊은이가 웃으며 대답했다.

"보면 모르겠소? 사당패 아니요. 개성에 좀 일이 있어서 일을 보고 배나 채울까 해서 이곳에 들렀소이다."

"아, 그렇군요. 하도 여러 가지 잡기 패들이 많아 누가 누구인지 잘 구분을 못하기에 자칫 실수할 뻔했군요. 근데 음식은 시켰소? 나도 국밥이라도 한 그릇 먹고 싶은데."

국밥이라는 말이 나오자 호리호리한 체구의 남자가 씩 웃으며 소리를 낮췄다.

"이 친구 모르시는구만. 여기 오늘 내장탕 판다우. 그것도 소 내장탕을. 댁도 시키쇼. 우리도 방금 내장탕을 시켰으니까."

김희도가 일부러 크게 놀라는 표정을 지었다.

"소 내장탕을? 아니 이런 전쟁통에 소고기를 다 팝니까? 그래서 이렇게 손님이 많았군요."

김희도가 "근데 어디서 소를 다 잡았을까?"라며 주위를 다시 둘러봤다. 아니나 다를까, 몇몇 손님들이 뚝배기에 담긴 내장을 열심히 숟가락으로 퍼 입으로 가져가고 있었다.

주모가 다가오자 김희도가 씩 웃으면서 말했다.

"나도 내장탕이나 한 그릇 먹어봅시다. 원 잘생긴 주모를 만나니까 이런 횡재도 다 하네."

잘생겼다는 말에 웃음기 띤 주모가 고개를 끄덕였다.

"그러잖아도 이제 끝판이오. 소 내장탕이라니까 어디서 소문을 들었는지 우루루 몰려 들어서 솥 하나가 금방 바닥을 드러내네 그려."

"재주도 많으시네. 근데 어떻게 소 내장을 다 구하셨소?"

주모가 고개를 돌려 주위를 살피는 흉내를 내더니 작은 목소리로 말했다.

"낸들 아오? 어저께 장사치 하나가 와서 소대가리하고 내장을 사겠느냐고 묻습디다. 소고기인데 낸들 왜 사지 않겠소. 오늘 장사는 그 사람이 우리 집을 찾아준 덕택이지요. 소대가리는 누가 머리국밥을 끓인다면서 사겠다는 사람이 있어서 이문을 좀 남겨 넘겼고 내장은 오늘 탕으로 끓인 것이라오."

"아, 그래요? 그분은 또 어떻게 소고기를 다 구입했을까?"

"낸들 아오? 나야 그 사람들이 들고 와서 그냥 산 것뿐이지. 아 근데 그 사람 사실 장사치는 아닌 것 같고 같이 온 동료와 대화하는 걸 보니 뭔가 군대 어쩌고 하던데. 옷 모양새도 병사 냄새가 나고…."

주모가 갑자기 말을 끊더니 입구 쪽을 향해 손짓을 했다.

"아! 예. 들어오세요. 여기요, 여기. 이쪽으로 자리를 마련해 드릴게요."

김희도가 시선을 따라가자 세 명의 남자가 막 들어와 자리를 찾고 있었다. 중키에 염소수염을 쓰다듬는 남자가 신경질적인 표정으로 주위를 둘러보고 건장한 체구의 남자가 염소수염을 따라 시선을 돌리고 있었다. 나머지 한 명은 고개만 까딱까딱하며 좌우로 머리를 흔들었다.

그들 바로 뒤에도 작은 키에 음침한 눈동자의 한 남자가 서 있었지만 동료인지는 불분명했다. 약간 거리를 둔 채 사방으로 기분 나쁜 눈길을 돌리고 있었다.

셋 다 얇은 도포로 가렸지만 분명 칼자루가 빚어 나온 것임을 김희도는 눈치챘다. 이런 장터에 어울리는 인물들은 아니었다. 김희도는 그들과 시선이 마주치지 않도록 다시 옆에 앉은 사당패 젊은이들로 몸을 돌렸다.

"어, 뭐더라? 아까 무슨 이야기를 하다가 끊어졌죠?"

사당패 젊은이들이 김희도의 말에 상관없이 갑자기 불편해 하는 표정을 지었다. 다시 뒤로 돌아보니 세 명의 남자가 바로 옆 평상에 자리를 잡고 있었다. 김희도는 애써 무관심한 듯 다시 사당패 젊은이들을 쳐다봤지만 이미 잡담을 나눌 분위기가 아니었다.

주모가 세 명의 남자에게 주문을 받으려 하면서 먼저 음식 이야기를 꺼냈다.

"아이고, 마침 내장탕은 다 떨어졌어요. 지금은 우거지 국밥밖에 없는데 괜찮겠어요?"

건장한 체구의 남자가 "다른 사람들 다 내장탕 먹고 있지 않소. 우리도 내주쇼"라며 주모의 말을 잘랐다.

"아이고, 미안해요. 바로 여기 세 분이 마지막으로 시켜서 진짜 없어요.

있으면 왜 안 드리겠어요."

염소수염 옆에 바짝 달라붙어 있던 뺨부터 귀에까지 일직선으로 흉터가 나 있는 젊은이가 주모에게 물었다.

"옆에 사람들이 마지막이라고? 이 세 명이? 그럼 됐네. 우리도 세 명이니까."

그가 김희도 쪽 평상을 쳐다보면서 씩 웃었다. 흉터 자국이 더욱 흉하게 드러났다.

"어이, 손님들. 이거 안됐소만 우리 갈 길이 바빠서 그러는데 그쪽에서 시킨 거 우리한테 양보하소, 그러면 되겠네, 그렇지 않소 응?"

김희도는 돌아서 앉은 채 침묵을 지켰다. 아니나 다를까 사당패 두 젊은이가 항의했다.

"우리도 바쁜 몸이요. 갈 길이 멀어서 그냥 먹을랍니다."

그 말을 듣자 흉터 자국 젊은이가 씨익 웃었다.

"그러쇼. 그럼 자기네가 먹겠다는데 누가 말려."

잠시 후 나이 든 주막집 노인네가 뚝배기 세 그릇을 받쳐 들고 김희도 쪽으로 걸어갔다. 그때였다. 염소수염과 같이 있던 건장한 남자가 벌떡 일어나 뚝배기를 들고 있는 남정네의 길을 가로막았다. 그러면서 다시 김희도 쪽을 쳐다보며 굵직한 목소리로 말했다.

"이봐 자네들. 우리 두목님이 오랜만에 내장탕을 드시겠다고 여기까지 오셨으니 자네들이 양보해야겠다. 대신 우거지탕을 들면 되잖아. 이 집 우거지탕도 일품이야, 안 그렇소?"

뚝배기를 들고 있던 남정네에게 묻자 그가 울상을 지은 채 연신 양쪽 평상으로 시선을 왔다 갔다 했다. 이번에는 흉터 자국 젊은이가 아예 뚝배기를 통째로 빼앗아 염소수염 앞으로 갖다 놓았다. 그러면서 다시 미소를 지었다.

"고마우이, 젊은이드~을."

나이 어린 사당패 젊은이가 마침내 분노를 터뜨렸다. 그러면서 주막집 남정네를 향해 외쳤다.

"뭐야, 이거. 이런 젠장할, 어이 노인네! 그 밥 이리 가져와! 안 가져와?"

갑자기 주변이 조용해지면서 식사와 막걸리를 들고 있던 손님들이 일제히 이쪽을 쳐다보았다. 주막집 남자는 이제 완전히 울상이었다. 주모가 달려왔다.

"아이고, 이러면 안 되죠. 이미 음식을 시킨 손님들인데. 그럼 제가 세 분에게는 우거지 국밥을 돈 안 받고 드리겠습니다. 곧 가져올게요."

흉터 자국 남자가 여태까지의 익살스런 표정을 일변하고 사나운 눈초리로 주모를 쳐다보았다. 그리고 손가락으로 김희도의 평상을 가리켰다.

"그 우거지 국밥은 저 세 사람에게 주쇼. 우리 바쁜 몸이니 지금 이걸 먹고 가야겠소이다."

상대방의 살벌한 눈초리에 겁을 집어먹은 주모마저 울상을 지으며 양쪽을 번갈아 쳐다보기만 했다.

흉터 자국 남자가 이번에는 등을 보이고 있는 김희도의 어깨를 툭툭 치며 말했다.

"안 그렇소, 젊은이?"

김희도는 여전히 침묵했다.

"봐라, 이 친구들아. 이 젊은이는 내 말을 듣겠다지 않아. 그러고 보니 너희 두 놈, 사당패들인 것 같은데 괜시리 까불지 말고 조용히 처신해라. 알아 들었냐?"

나이 어린 사당패 젊은이가 여전히 성질을 보였다.

"주모! 나한테 국밥만 가져오기만 해 봐. 가만 안 있을 테니까."

이번에는 흉터 자국이 발끈했다.

"어라! 이 새끼가, 이 새끼 보게. 가만히 안 있으면 어쩔 건데. 그래 주모, 우거지 국밥 이리 가져와 빨리!"

종업원 남정네가 부리나케 부엌으로 달려가 국밥 세 그릇을 들고 흉터 자국 남자 앞에 놓았다. 그러자 흉터자국 남자가 국밥을 들더니 사당패 젊은 남자를 향해 국밥을 내던졌다. 뚝배기가 평상에 부딪치면서 뜨거운 국밥이 사당패 남자들 앞에 와락 쏟아졌다. 김희도의 왼쪽 바지에도 국물이 튀었다.

"좋은 말 할 때 처먹어라, 응?"

옷자락에 국밥을 뒤집어쓴 젊은이가 벌떡 일어났다. 그때였다. 건장한 남정네가 던진 절임 배추 그릇이 자리에서 일어난 젊은이의 가슴께를 쳤다. 젊은이가 '윽' 하고 신음소리를 냈다.

김희도가 옆으로 비켜 일어나며 염소수염 쪽을 향했다.

"점잖은 분들 같은데 그만 하시죠. 내 그냥 국밥 먹으리다. 그러니 그쪽은 내장탕이나 드쇼."

흉터 자국 남자가 되받았다.

"거 봐. 이 새끼들아, 이 젊은 애는 그냥 먹겠다잖아. 싸가지 없는 상놈 새끼들 같으니."

여태껏 아무 말이 없던 염소수염이 아니꼽다는 듯이 치켜뜬 눈으로 김희도를 노려보았다. 그리고는 고개를 약간 쳐들어 턱으로 김희도를 가리켰다.

"자네, 지금 뭐라고 했어? 내가 고작 그쪽으로 보이냐? 그리고 뭐? 이 자식이 돌아서 앉은 채 시건방 떨더니. 내장탕이나라고? 내가 내장탕이 나를 먹는 사람으로 보이냐? 너 내가 어떤 사람인 줄 알아?"

염소수염의 말이 끝나자마자 건장한 몸매의 남정네가 염소수염의 지시라도 받은 양 벌떡 일어나 김희도의 멱살을 잡으려고 손을 뻗었다. 김희도가 살짝 몸을 비틀어 상대의 손길을 거부했다. 허공을 잡은 건장한 남자가 "어?" 하더니 이번에는 온몸으로 김희도에게 달려들었다.

김희도가 어쩔 수 없다는 표정을 지으며, 발을 살짝 들어 건장한 남자의 왼쪽 다리에 걸었다. 남자의 육체가 그대로 사당패 남자들이 앉아 있는 평상 위로 엎어졌다. 그의 얼굴과 옷자락 앞섶이 국밥으로 엉망이 돼 버렸다. 그가 국밥을 씻으려고 손을 얼굴에 갖다 대다가 피 묻은 손바닥을 보고 놀란 표정을 지었다. 손바닥에 피가 묻어 있고 그의 코에서도 피가 흐르고 있었다.

흉터 자국의 남자가 재빠르게 일어서면서 옆구리에서 칼을 빼들었다. 사당패 두 명이 놀라 뒤로 물러앉는 것을 보자 김희도가 허리춤에서 단도를 빼들어 날아오는 칼날을 막았다.

이번에는 사당패 뿐 아니라 염소수염 쪽에서도 놀란 표정이 역력했다. 그제야 봇짐이나 지고 다니는 장사치 수준이 아님을 눈치챈 것이다.

흉터 자국도 칼싸움에 밀리지 않았다. 곧바로 자세를 바로 잡은 뒤 이번에는 자신의 칼이 긴 점을 활용해 칼을 직선으로 뻗어 밀고 들어왔다. 김희도가 다시 옆으로 비킴과 동시에 자기 쪽으로 다가오는 상대의 오른쪽 팔을 살짝 긁었다.

"아!" 하는 짧은 비명과 함께 흉터 자국 남자가 왼손으로 상처를 감쌌다. 그의 칼은 이미 땅에 떨어져 있었다. 전의를 상실한 건장한 남자와, 칼을 떨어뜨린 자의 모습을 확인한 후 김희도가 염소수염으로 향했다.

"미안하오. 밥그릇 하나 때문에 본의 아니게 소동이 벌어졌소. 내가 우거지국을 먹을 테니 그 내장탕은 그대로 드쇼. 더 이상 시끄럽게 하지 맙시다."

염소수염이 두 손을 활짝 펴면서 억지 미소를 지었다.

"아하, 그러게 말입니다. 별것도 아닌 걸 가지고 이런 난장판을 만들어서야 되겠습니까. 우리 아이들도 크게 실수를 한 것 같소. 너그럽게 용서하고 서로 좋게 일어섭시다. 하하하."

염소수염이 자신의 부하인 듯한 두 젊은이들을 불러 세우며 떠나자는 시늉을 했다. 두 젊은이가 분통 터진 얼굴로 옷을 털고 칼을 집어 들었다.

염소수염이 여전히 활짝 웃는 얼굴로 김희도를 향해 고개를 끄덕이며 작별 인사를 했다. 그리고는 잠시 주위를 살피더니 구경꾼들 속의 한 작은 남자와 시선을 마주쳤다. 작은 키의 남자가 알게 모르게 고개를 약간 숙였다.

염소수염 일당이 주막을 떠나려는 것을 확인한 김희도가 자신도 자리를 피해야겠다는 생각에 앞의 사당패 젊은이들과 작별 인사를 하려했다. 사당패 젊은이들은 여전히 놀란 가슴을 진정하지 못한 채였다. 얼굴로는 고맙다는 표정을 지었지만 제대로 말도 못하는 분위기였다.

주변의 손님들이 재미있는 구경이 끝났다는 듯 다시 제자리를 찾으려 움직이기 시작했다.

그때 구경꾼들 속에 서 있던 작은 키의 남자가 몰래 다가오더니 고개를 살짝 쳐들었다. 김희도와의 거리는 여섯 내지 일곱 걸음 정도였다. 그의 입에는 작은 피리 같은 것이 물려 있었다. 김희도의 등을 확인한 그가 입에 힘을 주었다.

"으응!"

짧은 신음과 함께 김희도가 손을 등에 갖다 대려 했다. 등의 한가운데라서인지 손이 잘 닿지를 않았다. 돌아보니 염소수염 패거리는 막 주막 밖으로 나가고 있었다. 나머지 구경꾼들은 모두 우왕좌왕하며 제자리를 찾고 있을 뿐이다.

김희도는 등에서 갑작스레 참을 수 없는 통증이 일어남을 깨달았다. 다시 팔을 들어 등을 만지려 했으나 소용이 없었다. 통증은 더욱 커져 갔다. 김희도의 얼굴이 심상치 않자 사당패의 두 젊은이가 김희도 쪽으로 다가갔다. 나이 어린 사당패 청년이 물었다.

"왜 그러쇼?"

김희도가 손으로 등짝을 가리켰다. 등을 살피던 사당패 젊은이들이 "어? 뭔가 침 같은 게 있는데요?"라며 김희도를 돌아봤다.

김희도가 빼라는 시늉을 하자 그제야 나이 든 남자가 바늘보다 약간 두꺼운 침을 손으로 잡아 뺐다. 상처 자국을 보니 벌써 벌건 기운이 감돌면서 부어오르고 있었다.

나이 든 남자가 어린 남자에게 속삭였다.

"독침이다."

독침이라는 말에도 김희도는 아무런 반응을 보이지 않은 채 그저 앞만을 주시했다. 염소수염은 이미 자취를 보이지 않았다. 그제야 그가 다시 고개를 숙여 받아든 독침을 살펴보았다. 그의 이마 전체에 땀이 송골송골 맺히기 시작했다. 극심한 통증을 참고 있음을 말해 주는 표시였다.

나이 든 남자가 "안 되겠다"며 어린 동료에게 김희도를 부축하자는 신호를 보냈다. 그들의 눈에는 이미 김희도에 대한 존경심이 가득했다.

"나리, 아무래도 우리와 함께 가야겠습니다. 좀 참을 수 있겠습니까?"

김희도가 고개를 끄덕였다. 그리고는 주막 밖에 짐 싣고 다니는 조랑말이 있다고 가르쳐 주었다. 주막집 노인도 힘을 합세해 김희도를 조랑말에 태웠다. 김희도의 얼굴과 손등은 이미 벌겋게 변해 있었다. 사당패 젊은이들이 연신 뒤를 바라보며 말을 재촉했다. 다행히 따라오는 자는 보이지 않았다.

김희도가 눈을 뜨자 누렇게 변색된 천장이 눈에 들어왔다. 천장이 낮은 걸 보니 양민의 집이 분명했다. 세간살이도 없이 그저 자그마한 옷장과 그 위에 이불 몇 장이 포개져 있을 뿐이다.

고개를 돌려 옆을 보자 한 처녀가 자신을 지켜보고 있었다. 처녀가 놀란 표정을 지으며 문밖으로 사라졌다.

잠시 후 사람들이 문 안으로 쏟아져 들어왔다. 처녀 옆에 나이 든 아주머니가 있고 주막에서 만났던 나이 든 사당패 청년도 보였다. 그가 미소를 지으며 김희도 가까이 다가와 앉았다.

"아이고, 깨어나셨네요. 천만다행입니다. 아이고."

김희도가 그를 보고 반가운 듯 미소 지으며 말했다.

"여기가 어디요?"

"아이고, 우리들 사는 곳입니다. 전혀 이상한 데 아닙니다. 그때 나귀를 타고 오시지 않았습니까. 등과 얼굴이 퉁퉁 부었는데도 잘 참으시다가 구월산 거의 다 와서 거의 혼수상태로 빠지더군요. 여기 오신 지 이틀 지났습니다. 어저께부터 조금씩 부기가 가라앉는 것 같더니 기적처럼 깨어나셨네요."

"구월산? 여기가 은율군 구월산이요?"

"네, 그렇습니다. 저희 사당패의 근거지입니다. 정확히는 구월산 월정사 바로 밑에 있는 사하촌이죠. 이 집은 우리 사당 어른의 집이고요. 그분 딸인 이 처자가 나리를 열심히 간호했습니다."

그때 초라한 옷차림의 한 중늙은이가 방문 안으로 고개를 디밀었다. 그러자 방 안에 있던 사람들이 일제히 자리를 비켜 주면서 들어오시라고 했다. 그가 천천히 들어오면서 김희도의 안색을 살폈다. 나이 든 사당패 남자가 마을 의원이라며 침을 잘 놓는 분이라고 소개했다.

김희도의 옆으로 다가앉은 그가 말을 꺼냈다.

"기분은 어떠십니까. 여기 오실 때만 해도 피부가 변색되고 얼굴도 퉁퉁 부었는데 지금은 안색이 많이 좋아지셨습니다 그려. 이틀 동안 복부에 집중적으로 해독청혈침을 놓고 억지로라도 해독제를 들게 했는데 그런대로 약효가 있었나 봅니다."

사람들이 일제히 고개를 끄덕였다. 의원이 다시 말을 이었다.

"다행히 피를 토하거나 하지 않아 뱀독은 아니라고 생각했습니다. 원인은 잘 알 수 없지만 가져온 독침에 혀를 약간 갖다 댔더니 그 자리에서 얼얼하고 혀가 마비되는 기분이 들 정도였습니다. 맛을 봐서는 아무래도 천남성 같던데 아무래도 천남성에다 초두, 부자 등을 섞어 독성을 크게 강화한 것 아닌가 싶더군요."

김희도가 일어나 앉으려고 상체를 움직였다. 의원이 말렸다.

"뭐, 좀 더 누워 계시죠. 해독제를 좀 더 드시면 곧 완쾌될 것입니다. 그동안은 약을 떠서 몇 방울씩 목구멍으로 밀어 넣어드렸는데 이제 많이 드실 수 있으니 회복도 더 빠를 것입니다."

의원의 자랑스런 설명 와중에 자리를 비켜 밖으로 나갔던 처녀가 약탕 그릇을 들고 다시 방 안으로 들어왔다. 김희도가 받아들고 의원을 쳐다보자 해독제니 많이 드시라며 한 손으로 권하는 표시를 했다. 의원이 다시 말했다.

"특별한 것은 없습니다. 감두탕에다 해독 작용이 있는 사과와 미나리, 마늘, 민들레 뿌리 등을 섞어 푹 고은 것입니다. 다들 독소를 제거하는 데 좋은 것들이니 걱정하지 마십시오."

김희도가 일어나 앉아 그릇을 쭉 들이켰다. 쓴맛이 강했지만 감초와 사과 때문인지 혀끝에 달착지근한 맛이 도는 듯했다.

그런 모습을 지켜보는 처녀가 보일락 말락 미소를 지었다. 김희도가 모두에게 감사를 표했다. 처녀에게 시선을 돌려 그것으로 고맙다는 신호를 보냈다. 처녀가 부끄러운 듯 고개를 숙여 시선을 회피했다. 미인형은 아니지만 귀여운 티가 나는 얼굴에 수줍어하는 몸짓이 매력적이다.

저녁에는 누룽지로 만든 죽이 들어왔다. 잠시 후 건장한 체구의 한 남자가 고개를 들이밀었다. 선이 굵고 여전히 팔 근육이 팽팽한 것을 보니 젊은 시절 힘깨나 자랑했을 법했다.

죽을 떠서 먹고 있던 김희도가 일어서려 하자 말리면서 자신도 같이 앉았다.

"내 이 집 주인이올시다. 우리 젊은 놈들이 귀한 분을 모셔 왔다고 해서 누추하지만 저희 집에 모셨습니다."

"아, 예. 사당 어른이시군요. 이거 괜시리 신세를 지게 됐습니다. 어떻게 은혜를 갚아야 할지 송구스럽습니다."

"은혜는 무슨. 그러잖아도 젊은이들한테 이야기를 듣고 귀한 손님을 맞이했다고 생각해 오히려 우리가 더 기쁘게 생각하고 있습니다. 그 아이들 이야기로는 비록 장사치로 변장했지만 무술 솜씨가 보통이 아니었다고 하더군요."

김희도가 쓴웃음을 지었다.

"별말씀을 다."

그날 둘 사이에는 밤늦게까지 대화가 끊이지 않았다. 오랜만에 서로에게서 호연지기를 맛보는 기분이었다.

이곳 마을은 집 주인이 이끄는 사당패의 본거지로 연중 대부분은 전국을 떠돌지만 겨울이 오면 다시 이곳으로 돌아와 새봄을 기다린다는 것이다. 지금은 몇몇 식구만 남아 있다고 했다.

김희도가 자신의 신분을 밝혔다. 실은 여수 수군 좌수영에서 일하고 있는데 개성은 잠시 세상 소식을 듣기 위해 들린 것이라고 했다. 집주인도 뭔가 큰일을 하는 분이라고 직감했다고 털어 놓았다.

몸의 회복이 늦어져 휴식은 며칠 더 이어졌다. 그동안 매번 이 집의 딸이라는 처녀가 약을 끓였고 그때마다 김희도가 마시는 모습을 뚫어지게 지켜보곤 했다. 한번은 김희도가 약을 마시다 말고 처녀에게 시선을 돌리자 처녀가 고개를 황급히 숙였다. 얼굴이 빨개지기 시작했다.

"제아라고 했던가? 제아야, 넌 내가 약을 마시는 모습을 꼭 지켜보더구나."

제아가 절대로 숨기고 싶은 애달픈 시선을 짝사랑하는 남자에 들킨 것처럼 안절부절못하자 김희도가 말을 이었다.

"내가 지금 너한테 얼마나 고마워하는지 모른다. 그런데도 여태껏 감사의 표시 한 번 못 했구나."

제아가 더욱 깊이 고개를 숙였다.

툇마루에 앉아 신선한 공기를 마시고 있던 김희도에게 저 멀리 마당에서 약탕 화롯불에 부채질하는 제아의 모습이 들어왔다. 자그마한 몸이 쭈그리고 앉아 있어 더욱 작아 보였다. 더운 탓인지 연신 앞으로 쏠린 머리카락을 뒤로 제치고 있었다.

김희도가 일어나 제아 옆으로 다가갔다. 제아가 당황한 몸짓으로 일어섰다. 고개를 숙인 채였다. 김희도가 제아의 어깨에 손을 얹었다. 바르르 떨고 있었다.

고개를 숙인 탓에 제아의 하얀 뒷덜미가 그대로 드러났다. 짧고 보송보송한 머리카락이 몇 가닥씩 흩어져 있는 목덜미를 지그시 쳐다보면서 김희도가 잠시 상념에 젖었다.

그렇다. 너무 오랜 세월 뭔가에 쫓기면서 여자를 잊고 지냈다. 그런데 지금 우연히도 이곳까지 찾아와 내 앞에서 한없이 부끄러워하는 여인의 우윳빛 목을 쳐다보고 있다. 이것이 봄 언덕의 새싹 내음이 난다는 처녀의 희고 부드러운 목덜미였나.

부엌에서 일하던 제아 어머니의 모습이 살짝 스쳤다. 제아 어머니 역시 시선을 이쪽으로 향한 채 미동도 하지 않고 있었다.
김희도가 제아의 턱을 살짝 들어 올려 얼굴을 지그시 내려다보았다. 제아는 눈을 감고 있었다. 그렇다, 그것은 이미 자신을 허락한다는 몸짓이었다. 눈꺼풀이 떨고 있었다.
코끝에 맺혀 있는 자그마한 물방울이 눈에 들어왔다. 땀이라기보다 그것은 차라리 이슬이었다. 볼수록 귀엽고 예뻤다. 이 어여쁜 제아가 나를 찾은 것인가 아니면 내가 제아를 찾아 이곳까지 온 것이었을까.
김희도가 속삭였다.
"제아야."
갑자기 놀란 듯 눈을 떴던 제아가 너무나도 가까이 다가온 김희도의 얼굴을 보자 또다시 눈을 감아 버렸다. 얼굴은 이미 빨간 상태였다.
"제아야, 너 혹시 내가 사는 곳으로 같이 갈 수 있겠니?"
잠시 멈춰져 있던 제아의 몸이 다시금 떨려왔다. 잠시 후 고개를 끄덕였다. 제아가 눈을 떴다. 그리고는 숨어들어가는 목소리로 속삭였다.
"네에."

제아 어머니로부터 남편에게로 말이 들어갔다. 그날 저녁 제아 아버지가 조촐한 저녁 술상을 마련했다. 제아 아버지가 김희도의 술잔에 막걸리를 가득 담았다.
"제아의 들뜬 모습을 보면서 대충 짐작은 하고 있었습니다만 오늘 제아 어멈으로부터 나리의 의중을 전해 들었습니다. 저야 무엇보다 기쁜 일이라고 생각하지만 만에 하나라도 제 출신을 알고 계시는 것이 좋을

듯해서 이렇게 술자리를 빌었습니다."

김희도는 술잔을 내려놓으면서 말없이 고개만 끄덕였다.

"사실 저는 이곳에 오기 전에 함경도를 본거지로 사당패를 이끌고 있었습니다. 그런데 도중에 불행한 사건이 있어서 몰래 숨어들어와 지내고 있는 형편입니다."

"불행한 일이라면?"

김희도가 말을 받아 다음을 재촉했다.

"나리에게 말해도 괜찮을지 모르겠습니다. 나라에 좋지 않은 일입니다"라며 그가 다시 김희도를 주시했다. 말해도 되느냐는 표정이었다. 김희도를 믿어도 되는지를 마지막까지 궁금해하는 시선이기도 했다.

김희도가 말했다.

"저는 이미 사당 어른의 딸을 데려가겠다고 약속했습니다. 더 이상 아버님과 저 사이에 사(詐)가 끼어들 여지는 없습니다."

제아 아버지가 그제야 고개를 끄덕이면서 다음 말을 이었다.

"네, 거 혹시 이전에 소문을 들으셨는지 모르겠지만 저어, 그, 그러니까 함경도 사당패의 역모 사건을 아실 겁니다. 제가 그것과 관련이 있었습니다. 정여립 대감의 역모 사건을 피해서 함경도 서천으로 도망쳤던 몇 명이 있었는데 이들이 현지에서 사당패들과 접촉을 했습니다. 그 사당패들 네 명이 마침 그들이 적어준 수인록이라는 글을 지니고 있었죠. 그런데 이자들의 수상한 행각을 보고 순라들이 이들을 체포한 것입니다. 그 종이에는 수인록이라고 적혀 있었고 첫 줄에 감히 언급할 수 없는 흉언이 적혀 있었습니다. 전국에 있는 만여 명의 거사들이 뭉쳐서 수인록에 기재돼 있는 이름의 조정 대감들을 모조리 죽이기 위해 모월

모일 군사를 일으키자는 내용이었습니다. 거사가 성공을 거둬야 이 세상에 태평이 온다고 했으니 천대받고 사는 사당패 거사들이 혹할 수도 있었겠죠. 어쨌든 체포된 그 네 명의 거사들 중 한 명이 내 수하였고 덩달아 저희 사당패에까지 수사망이 좁혀 왔었습니다. 제 수하는 마지막까지 침묵을 지켰지만 끝내 고문을 이기지 못하고 숨지고 말았습니다. 우리는 우리 식구 한 명이 잡혔다는 소식을 듣자마자 사당패를 해산하고 나머지 식구들은 전국으로 흩어졌습니다. 저는 여기서 다시 터를 잡고 몇몇이 다시 모였지만 모두 과거에 대해서는 일절 입에도 담지 않고 있는 형편입니다. 제 딸아이를 데려가신다고 하니 그 전이라도 솔직하게 제 과거를 털어놓는 것입니다. 그래도 괜찮으시다면…."

김희도가 미소를 지으며 단호한 태도로 말했다.

"역모 사건이라고 하는 이야기는 들어 알고 있습니다. 하지만 그 수인록이라는 게 글만 있을 뿐 실체도 없는 것 아닙니까. 괘념치 마십시오. 저도 정여립 사건을 잘 알고 있습니다. 저도 공사천과 서얼을 금고하는 법을 모두 혁파하고 태평성대를 이루리라라는 정여립의 외침에 크게 공감한 바 있습니다. 사당 어르신께서도 자랑을 할망정 부끄러워할 일은 아니라고 생각합니다."

김희도가 제아 아버지에게 잔을 따르며 말을 이었다.

"설령 조정의 대감들을 모조리 죽이자고 하지 않았더라도 정여립은 처음부터 왕위 세습 자체를 부정한 분입니다. 보십시오. 그분의 주장이 아니더라도 창업주와 일부 군주를 제외하고는 솔직히 평민 집안 하나를 통솔할 능력도 되지 않는 자들이 많은 게 사실 아닙니까. 그러니 왕위는 능력에 따라 왕으로서 재목감이 되는 인물을 골라 앉히는 것이지,

혈통에 맞추어 억지로 무능한 군주를 내세워 대를 이어야 할 일이 아니라는 정여립의 주장에 하나도 틀린 것이 없지 않습니까."

이번에는 술잔이 김희도에게 건네졌다. 김희도가 두 손으로 받아 들었다.

"사당 어른의 걱정은 잘 알겠지만 저로서는 최소한 부끄러워해야 할 일은 아니라는 것입니다."

제아 아버지가 비로소 환하게 웃으며 응답했다.

"잘 알았소이다. 이제 마음이 풀리는군요. 내가 아니라 오히려 내 딸 제아가 사람을 보는 눈이 있는 듯합니다. 하하하."

김희도가 늦게 돌아온 전후 사정을 류성룡에게 고하자 류성룡이 천만다행이라며 김희도를 위로했다. 따라온 제아를 보자 김희도가 늦장가를 가게 됐다며 크게 반겼다. 김희도가 류성룡의 관아에서 머물고 있는 동안 제아는 류성룡 어른의 식사까지 도맡아 준비했다.

그동안 황해도와 평안도 일대를 뛰어다니던 월정사 사당패 젊은이들이 속속 김희도를 찾아왔다. 개성 청석골에서 만났던 두 명의 사당패 청년도 소대가리와 내장을 밀매한 군인 복장의 장사치를 수소문한 후 중요한 정보를 가지고 왔다.

그에 따르면 소머리를 내다 판 자의 이름이 다름 아닌 김순량이었다. 그렇다면 병을 핑계로 공문서 분실의 책임을 회피하려 했던 바로 그 병사 아닌가.

사당패 젊은이의 설명은 계속됐다.

"그래서 김순량의 주변을 뒤져보니 소에 관한 또 다른 정보가 포착됐습니다. 김순량의 주변 사람들한테 들었는데 김순량이 얼마 전 부대 밖에서 친한 동료들과 함께 귀한 소고기를 구워 먹었다는 것입니다."

"그 소고기를 다 어디서 구했다던가."

김희도가 묻자 젊은이가 말을 이었다.

"그러게 말예요. 오랜만에 소고기를 배불리 얻어먹은 친구들이 소고기를 어디서 났느냐고 묻자 김순량이 자기가 키우던 소인데 친척 집에 맡겨둔 것을 다시 찾은 것이라고 대답했다더군요. 이 전쟁통에 아무리 사람이 인심이 좋다한들 그 정도일 수는 없는 노릇이죠. 게다가 째지게 가난했던 그자가 얼마 전부터 돈 씀씀이가 달라졌다는 이야기까지 전했습니다."

"그자가 김순량 맞느냐?"

"예, 그 놈의 인상착의를 주막집 주모에게 확인까지 했습니다. 주모도 확실하다고 그러더군요. 자기도 소머리를 가지고 와서 놀랐다고까지 했습니다."

김희도의 정보를 보고받은 류성룡이 군관들을 시켜 김순량을 잡아오도록 했다. 김순량을 꿇어앉힌 군관이 김희도가 시킨대로 겁부터 주었다. 아예 넘겨짚는 질문을 했다.

"너 전령을 잃어버린 게 아니라는 것을 우리가 비밀리에 확인했다. 이제부터 솔직히 실토하면 너만은 살려 주겠다. 하지만 실토하지 않을 경우 너부터 보란 듯이 교수형에 처할 것이다."

사실 '너만은'이라고 꼬집어 말했고, 너부터 다음의 누구라는 말도 하지 않았다. 그런데도 김순량은 일당이 모두 잡힌 줄 알고 공포에 사로

잡혀 부들부들 떨기 시작했다. 들켰다는 표정이 역력했다.

"살려 주십시오. 원하시는 대로 다 말씀드리겠습니다. 죽을 죄를 졌습니다. 제 처자식을 봐서라도 그저 목숨만 살려 주십시오. 사실 배가 고파서 그랬습니다. 다른 뜻은 없었습니다. 제발 살려 주십시오."

김희도의 예상이 맞았다.

군관 앞에 꿇어앉은 김순량이 일단 마음을 먹어서인지 여태까지의 비밀을 청산유수처럼 쏟아 냈다.

"소인이 죽을죄를 지었습니다. 먹을 것을 많이 준다고 해서 일본군이 시키는 대로 했습니다. 그날 비밀공문서를 받아 바로 평양으로 가서 일본군에게 보였습니다. 공문서를 본 일본군 장수가 갑자기 공문서를 찢어 버리는 게 아닙니까. 제가 다시 가지고 가야 한다는 말도 꺼내기 전에 일어난 일이라 저도 어쩔 수가 없었습니다. 그리고 나서 일본군이 저에게 소 한 마리를 통째로 상으로 주었습니다. 같이 첩자 노릇하던 서한룡에게는 명주 다섯 필을 상으로 주었습니다. 그 외의 군사 기밀을 조사해 보름 안에 다시 보고하기로 약속하고 나왔습니다."

권관은 첩자 노릇하는 자가 몇 명이나 되는지 혹은 자기네끼리 어떻게 조직을 움직이는지 물었다.

"약 사십여 명 되는데 저마다 순안, 강서의 여러 진에 흩어져 있으면서 숙천, 안주, 의주까지 돌아다니다가 군사기밀이 있으면 바로 일본군에 알려 주고 있습니다."

보고를 받은 류성룡은 크게 놀라 바로 선조 임금에게 보고했다. 또 첩자들의 이름을 급히 여러 진에 통보해 잡아들였다. 정보가 새 나가면서 일부는 도망치기도 했다. 김순량은 성 밖으로 끌고 가 참수형에 처했다.

이 일이 있고부터는 조선군과 명의 주력군 활동이 순조롭게 진행됐다. 김순량 사건 이후 조선인 첩자들이 체포되거나 모두 흩어진 덕분이었다. 이후 평양성의 일본군도 명군의 접근 사실을 제대로 파악하지 못했다.

간첩망이 일망타진됐다는 소식을 접한 김희도는 한편으로 씁쓸함을 감출 수 없었다. 일본군은 빈곤과 억압, 신분 차별에 분노하던 조선의 최하층 민초들에게 처음으로 사람다운 대접을 해 주고 있었다. 어느 틈엔가 백성들 사이에서 일본군에 대한 기대가 생겨난 것도 사실이다.

일본군 역시 조선 국왕의 폭정에서 백성을 구하고자 조선에 들어왔노라고 선전·선동했다. 실제로 일본군은 백성의 생업을 보장하고 관곡을 분급해 주면서 세액을 삼분의 일로 낮추겠다고 약속했고, 백성은 일본군의 점령을 반가운 현실로 받아들이고 있었다. 곳곳에서 일본군의 점령 정책에 협력하는 백성이 늘어 갔다.

선조의 파천 직후 일본군이 점령한 한양성이 며칠 못 가 조선 백성들이 모여 들면서 거리가 흥청거리기 시작한 것도 바로 이런 배경에서였다.

5.

류성룡과 이순신

전라좌수사 이순신을 중심으로 하는 조선 수군의 일차 출정은 임진년 오 월 사 일부터 팔 일까지였다. 첫 해전이 벌어진 옥포를 비롯, 해안에 정박해 있던 일본 수군을 공격해 합포, 적진포 해전에서 연이어 승리를 거뒀다. 이차 출정은 오월 이십구일에서 유월 십일 사이로 사천, 당포, 당항포, 율포 해전을 거치며 가는 곳마다 일본 수군의 간담을 서늘케 했다.

조선 조정에서는 풍신수길로 통하지만 일본 이름은 도요토미 히데요시다. 그가 마침내 조선 수군의 활약을 심각하게 받아들이기 시작했다. 그리고는 분노에 찬 목소리로 조선 수군에게 본때를 보여 주라는 긴급 명령을 내렸다. 갑자기 일본 수군의 활동이 활발해졌다. 이 시기에 조선 수군의 세 번째 출정이 있었다.

견내량에 일본 함대가 정박해 있다는 정보를 얻은 조선 수군은 즉각 전투 준비에 들어갔다. 그러나 견내량은 비좁고 암초가 많아 전투에 적합한 지형이 아니었다. 조선 수군은 일본 함대를 한산도 앞바다까지 유인한 다음 학익진을 펴서 공격했다. 이 전투로 수십 척의 일본 함대가 파손됐고 일본 장수 와키사카는 가까스로 도망쳐 목숨을 보존했다. 한산도 대첩이었다.

일본 수군은 한산도에서 제해권을 완전히 상실하는 바람에 육지와 바다로 동시에 진출하고자 했던 작전 수행이 원천적으로 불가능해졌다. 그러잖아도 고니시는 평양에 이르자 자신감에 넘친 나머지 조선 조정에 글을 보내 "일본 수군 십만여 명이 서해 바닷길로 올라올 것인데, 앞으로 대왕께서는 어디로 가시겠습니까"라고 비웃던 참이었다.

일본군은 본래 육군과 수군이 힘을 합쳐 진격하고자 했는데 이 한 번 싸움으로 한쪽 팔을 잃게 됐으니 고니시가 비록 평양을 점령했다 해도 고립된 상태로는 더 진격할 수 없게 된 것이다. 평양성에 웅크리고 있던 고니시 유키나가가 더 이상 앞으로 나아가지 못한 것도 조선 수군의 활약 덕분이었다.

조선은 이로써 전라도 전체와 충청도 일부, 황해도와 평안도의 해안 일대를 지켜 냄으로써 군량을 제때 확보할 수 있게 됐고 임금의 전시 명령도 곳곳에 빠짐없이 전달할 수 있게 됐다.

김희도는 가능한 한 이순신의 군사작전을 수행했다. 그의 눈에도 일본 수군의 전투 방식이 보이기 시작했다. 일본 수군은 약탈이 목적인 해적들이 주력이다. 애초부터 상대 선박에 실린 화물을 온전하게 빼앗는 것이 목표다.

때문에 배나 화물이 훼손되는 방법으로 싸우는 데는 익숙하지 않았다. 그보다는 신속한 이동이 가장 중요했다. 빠른 속력으로 상대 선박을 따라잡아 밧줄로 묶은 갈고리를 던진 후 밧줄을 당겨 상대 선박 쪽으로 다가간다.

두 배의 뱃전을 나란히 맞춘 다음 경첩이 달려 있는 방패용 판자를 바깥쪽으로 눕히면 상대 선박으로 건너는 통로로 변한다. 그리고는 칼을 휘두르며 적선으로 뛰어들어 육탄전을 벌이는 것이다.

조선 수군은 달랐다. 조선 함선은 함포를 이용하여 적선을 침몰시키고, 불화살을 이용해 적선을 태우고, 자신의 견고하고 육중한 선체로 적선을 충돌 파괴하는 전법을 구사했다. 오랜 세월 왜구에 시달리면서 독자적으로 발전시켜 온 전술이었다.

조선 함선은 수많은 포를 설치, 발사할 때 생기는 충격을 흡수할 수 있도록 육중해야 하며, 전선을 들이받아 파괴할 정도로 견고하게 만들어졌다. 삼나무로 만든 일본 배에 비해 소나무로 만든 조선의 함선은 훨씬 탄탄하다. 서로 부딪칠 때 깨지는 것은 자연히 일본 배였다.

하지만 굳이 배와 배를 부딪칠 이유는 없다. 자칫 접전을 벌일 경우 육탄전에 강한 왜군을 상대하기가 버거운 것도 일정한 거리를 유지하려는 이유였다. 포를 쏘고 화살을 쏘는 방식으로 전투를 수행해 나가면 충분했다. 결과적으로 양군이 조우하면 조선 수군의 압도적 우위로 싸움이 전개됐다.

한산도 대첩을 직접 두 눈으로 목격하면서 김희도는 이순신의 해전 전술에 경탄을 금치 못했다. 한산도에서 벌어진 학익진은 원래 지상에서나 가능했던 진법의 일종이다.

가로로 일자진을 친 군대가 적을 만나면서 중앙군이 앞으로 진군한다. 적진이 이에 맞서 쳐들어오면 중앙군은 적당히 싸우는 척하다가 겁먹은 흉내를 내며 뒤로 빠진다. 기세가 오른 적군이 일제히 허점을 드러낸 중앙부를 돌파하기 위해 몰려올 때 좌군과 우군이 양 날개를 펴서 적을 포위하고 공격을 가한다.

이순신이 이 육상 진법을 해상에 적용함으로써 극적인 성공을 거둔 것이다.

대첩을 이룬 그날 여수 좌수영에서는 자그마한 주연이 베풀어졌다. 김희도는 주연 자리에서 거북선 건조 책임자인 군관 나대용과 나란히 앉았다. 김희도가 일부러 나대용을 찾아 인사를 튼 것이다.

나대용이 우리 함선인 판옥선을 자세히 설명해 주었다. 틈날 때마다 신무비결을 공부해 온 장호인도 호기심에 가득 차 귀를 기울였다.

선이 굵은 군인답지 않게 호리호리하고 고운 얼굴인 나대용이 판옥선의 특징부터 설명해 주었다.

"백병전이 주무기인 일본 해적을 직접 상대하기에는 아무래도 조선 수군이 열세였습니다. 그래서 적정한 거리를 두면서 대포 등으로 적선을 공격해야 했고 자연히 적군의 선박인 아타케나 세키부네 등보다 무거운 무기를 많이 실어야 했죠. 우리 판옥선이 선체를 키울 수밖에 없었던 이유예요."

김희도가 물었다.

"하지만 저놈들의 배보다 육중해서 속도가 떨어지고 전투에는 취약점이 많을 것 아닙니까?"

"물론 그렇죠. 하지만 일본 배들에 비해 나름대로 이점이 많은 함선입니다. 우선 이층이었던 판옥선 선체 위에 구조물을 추가로 설치해 삼층으로 만들자 포가 삼층의 높은 곳에 있어 사정거리와 명중률이 높아졌습니다. 이층에 있는 노 젓는 격군과 활 쏘는 군사들이 보다 자유자재로 움직일 수 있도록 활동반경이 커졌죠. 내구성도 빼놓을 수 없을 겁니다. 일본 함선은 재질이 약한 삼나무로 만들었고 조선 함선은 소나무라 단단하고 충격에 강한 것은 현장에서 봤으니 잘 아실 테고 무엇보다 보이지 않는 그러나 중요한 차이가 못입니다."

"못? 나무에 박는 못 말이오?"

"네, 조선 함선은 나무못을 사용해 바닷물에 잠기면 퉁퉁 불어 버립니다. 나무와 나무끼리 밀착도가 커지는 것이죠. 그만큼 물이 들어갈 틈이 없어지겠죠? 일본 함선은 쇠못을 사용해요. 배를 만드는 데는 그게 편할지 몰라도 물속에서 못과 나무가 따로 노는 바람에 미세한 빈틈이 생겨 물이 새고 충격에도 취약해질 수밖에 없습니다."

김희도가 호기심이 당기는 대포로 화제를 옮겼다.

"일본 배도 대포를 장착하면 되는 것 아닌가요?"

나대용이 웃었다.

"아니죠. 그네들은 빠른 속도를 강조하다 보니 배가 가벼워야 합니다. 자연히 일본 함선은 포를 발사할 때의 충격을 견딜 수 없고 그만큼 포를 장착하기 힘들겠죠. 일본의 대함인 아타케라고 해도 포는 겨우 하나 내지 많아야 세 문 정도에 그칩니다. 그것도 크기에 제약이 있어 쓸 만한 것은 설치가 불가능합니다. 하지만 조선 배를 보세요. 구경이 주먹보다 더 크고 사정거리도 칠백, 팔백 보나 되는 장거리포를 수십 문 장착하지 않았습니까."

장호인이 자연스레 끼어들었다.

"그래서 일본 수군이 애써 접근전을 펴기 위해 조선 함대에 다가서려고 노력해도 조선 함대가 먼 거리에서 발사하는 포에 격파당하거나, 접근하더라도 이미 군사의 태반이 사상 또는 부상을 입어 버리는군요."

"잘 보셨습니다. 형태의 차이도 중요하죠. 일본 함선은 밑으로 내려갈수록 선폭이 좁은 덕분에 속도가 빠르지만 조선 함대는 밑이 평평한 형태로 속도가 느립니다. 이를 평저선이라고 하죠. 밑이 평평하다는 이야기입니다. 조선 함선의 느린 속도는 전함으로서 치명적 결함이 될 수 있으나 대신 밑이 평평한 덕분에 제자리에서도 쉽사리 맴돌 수 있어 전투가 벌어질 때 작전 변경에 따라 선체 회전 속도가 대단히 빠릅니다. 일본 함선은 반대로 밑이 뾰족해서 선회할 때 커다란 반경이 필요하죠."

"아하! 그랬군요."

김희도가 감탄을 토해 냈다.

"우리 수군이 한산도 앞바다에서 뒤로 후퇴하다가 갑자기 반대 방향으로 선회할 때 너무나 자연스러웠습니다. 그냥 그 자리에서 쓰윽 돌아선 것이 바로 그런 이유 때문이었군요."

"그게 중요합니다. 그렇게 하면서 적선을 옆으로 바라보는 동시에 진격해 오는 적선을 좌우익이 포위하기 시작했지 않습니까. 다음은 더 중요합니다. 방향을 튼 우리 판옥선에서 대포 탄환이 날아들자 마구잡이로 진격하던 일본 함선들이 당황해서 자기네들끼리 방향을 틀어 보려 애쓰지 않았습니까."

"그 혼란상이 가관이었죠."

장호인이 맞장구를 쳤다.

"양쪽 배의 구조 차이가 거기서 확연히 드러납니다. 우리 배는 제 자리에서 빙그르 선회하는 반면, 일본 세키부네나 아타케는 방향을 틀자니 자연히 큰 원을 그려야 하고, 그래서 좁은 환경에서 자기네들끼리 배가 엉키거나 부닥치고 자중지란이 벌어진 것입니다. 그럴수록 우리 함선의 포격에 쉽게 노출될 수밖에 없고 말입니다."

나대용이 두 사람 앞에서 두 팔로 노 젓는 흉내를 냈다.

"노 젓는 방식 때문에 저들이 입은 피해도 더 클 수밖에 없습니다. 일본 함선은 앉아서 젓는 노이지만 조선 배는 서서 젓도록 돼 있습니다. 앉아서 상체만 이용하는 노와 달리 선 채로 몸을 앞뒤로 이동하며 젓게 되면 그만큼 더 큰 힘을 발휘할 수 있는 거죠. 또 횡렬로 뻗어 있는 일본 노는 함선을 회전시킬 때 자칫 가까이 있는 이웃 배들의 노와 부딪쳐 깨질 수가 있지만 조선의 노는 거의 수직으로 움직이지 않습니까. 노를 저을 때 노가 옆이 아니라 함선의 뒤쪽을 향하는 바람에 설령 적선과 가까이 붙어 있어도 깨지지 않고 그대로 저을 수 있는 거죠."

김희도가 고개를 끄덕였다.

"좌수사가 후퇴하는 척하면서 일본 함대를 바다 한가운데로 유인한 다음 선체를 그 자리에서 회전하면서 적의 함대를 학의 날개로 포위해 궤멸작전을 펼칠 수 있었던 것은 결국 조선 함선의 특징을 백분 활용했던 것이네요. 감탄하지 않을 수 없습니다."

"이제 아셨나요? 장군께서는 좌수사로 부임한 다음 날부터 우리 함선을 세밀하게 공부했고 우리 같은 조선 기술자들을 불러 양쪽 배의 장단점을 낱낱이 듣고 기록한 분입니다. 그분은 정보가 무엇인지를 이해하는 분입니다. 아무리 천한 장인이라도 좋은 생각을 내면 버리는 법이 없어요. 정보 쪽 일을 맡고 계시니 잘 알지 않습니까."

이순신이 전라좌수사에 임명된 것은 전쟁 발발 한 해 전이었다. 조선 통신사가 일본의 국서를 받아 가지고 돌아올 무렵이었다. 전쟁이 일어날 것이라는 소문이 온 나라에 퍼져 민심이 흉흉하던 바로 그때였다.

선조는 이런 마당에 왜 이순신을 수군 사령관으로 보냈을까. 이순신은 나름대로 선조의 의도를 파악하고 있었다. 당시 조선의 국가조직 중 가장 부패하고 무능한 곳이 바로 군사 조직이었다.

사림파가 조정의 권력을 장악한 후 국가와 관료조직, 그리고 국정 운영 시스템이 모두 무너지면서 군사와 관련한 법령도 사실상 폐기 처분된 것이나 다름없었다. 그들에게 군사 문제란 성리학적 이기이원론이나 이기일원론과 아무런 관계도 없는 지엽말단적이고 천박한 싸움 기술이었을 뿐이다.

이렇듯 아무도 지키지 않아 사문화된 것이나 마찬가지인 법령을 믿고 군지휘자가 권한을 행사하다가 자칫 민원이라도 발생하거나 정쟁에 휘말리면 목숨조차 부지하기 어렵게 된다. 선위사 오억령이 일본군의 내침에 대한 진실을 보고했다고 해서 파직당한 것도 같은 맥락이었다.

더군다나 당시 군사 방면에 영향력이 컸던 우의정 정언신이 정여립의 난에 연루되면서 사망하자 다들 몸을 사리는 분위기였다. 정언신은 문신이면서도 병마절도사와 함경도 도순찰사를 지냈고 막하에 이순신, 신립, 김시민, 이억기 같은 명장을 거느렸던 장수였다. 병조판서를 오래 역임하여 선조도 군사에 관해서는 그에게 크게 의존했다.

선조를 보위에 올리는 데 주역을 담당했던 재상 이준경은 일찍이 "나를 대신할 사람은 오직 정언신밖에 없다"고 했고 임진왜란 때 병조판서였던 황정욱은 "정언신이 살았다면 왜적에게 그토록 허망하게 국토를 짓밟히지 않았을 것"이라며 아쉬워했다. 그런 정언신이 정여립과 구촌간으로 편지를 왕래했다는 이유 하나만으로 국문을 당하고 귀양 가서 죽은 것이다.

이런 험한 시절에 사명감 있는 자가 군을 개혁하거나 군령을 엄정하게 수행하려 해도 잘난 척한다는 비판을 받거나 독불장군으로 내몰리기 십상이다. 아무런 책임도 지지 않으려는 선조와 조정 대신들은 개혁에 관한 것이라면 무조건 외면하고 회피하려 들었다.

일선에 나가 있는 군사령관이라고 해서 이런 조정의 분위기를 모를 리 없다. 그들 역시 눈치를 보면서 복지부동했다. 이런 판에 조정에서는 내심 일선 군사령관들이 각자 알아서 다가올 전쟁에 대비해 주기를 기대했다.

이순신은 이런 허황된 기대에 완벽히 부응했다. 선조가 이순신의 성품을 꿰뚫어 보고 그를 발탁한 것도 이런 기대에서였을 것이다. 나름 머리는 좋았겠지만 교활하기 짝이 없는 발상이었다. 이름뿐인 직책을 쥐어 주고 전쟁에 대비해야 하는 책임까지 떠넘긴 것이다.

선조의 판단대로 이순신은 일고의 불평불만도 늘어놓지 않았다. 좌수사에 취임하자마자 과감하게 군 개혁에 착수했다. 그는 일체를 내려놓았다. 모든 사람들이 정치에 촉각을 곤두세우고 있을 때 자신이 맡은 군인으로서의 소임 이외에는 모든 것을 단순화했다.

이순신은 자신의 부대가 전투태세를 확립할 때까지 무서운 속도로 밀어붙였다. 무덤처럼 조용하기만 하던 전라좌수영이 이순신의 부임으로 갑자기 시끄러워졌.

함선 건조와 무기 제조, 전쟁 물자의 조달과 비축, 예외 없는 징집과 엄한 군기 확립, 강도 높은 훈련 등 기존의 모든 관행을 뒤엎는 조치가 잇따랐다. 툭하면 사형 집행이나 죽을 정도의 곤장 처벌이 집행됐다.

병사들은 불평불만으로 폭발 직전이었다.

"다른 부대는 다 조용한데 왜 우리 부대만 들볶는다는 말인가. 좌수사가 사병들과 백성의 처지는 생각하지 않고 혼자만 공을 세우려 한다."

이런 좌수영의 험악한 분위기가 조정에 들어가지 않을 리 없었다. 그러나 조정은 또 다른 이유에서 애써 외면하는 눈치였다. 중뿔나게 개혁을 한다고 설치다가 포기하거나 제풀에 쓰러질 것이라고 여기는 사람들이 대부분이었다.

설령 꼬투리를 잡으려 해도 잡기 어려웠다. 이순신은 원칙주의자였다. 법령이 정한 원칙과 규정을 꼬장꼬장하게 준수하고 있어 제삼자에게 허점을 보여 주지 않았다. 무엇보다 그의 두뇌와 행동력에 기대를 건 류성룡의 강력한 후원이 힘을 발휘했다.

그는 군기강 확립뿐 아니라 군사력 확충에도 전력을 기울였다. 그가 부임할 당시 장부에는 삼십 척의 전함이 있었다. 물론 그건 장부 위의 기록일 뿐이고, 실제로 전투에 투입할 수 있는 전함은 다섯 척에 불과했다.

그는 부임 일 년 만에 거북선을 만들기까지 했다. 덕분에 임진년 오월 들어 이순신이 일차 출동할 당시에 동원한 함선은 판옥선만 이십사 척이었다. 그는 자신이 구상하는 해전을 대비해서 다량의 화약을 확보하고 대포를 개량하고 포술을 연마시켰다.

다만 무엇보다 고통스러운 것은 병사의 확보였다. 당시에는 실제로 병역을 치루는 것이 아니라 방군수포제(防軍收布制)라고 하여 면포를 내고 병역의무를 대신하는 자가 대부분이었다. 군사 지휘관들은 이 군포를 받아서 직업군인을 고용하고 이들을 동원해 방어 임무를 수행했다. 그러나 부패한 지휘관들은 군포를 받아 이를 개인의 치부와 윗사람에게 바치는 뇌물로 사용했다.

게다가 수군의 병역 의무는 육군의 그것보다 훨씬 고되고 위험했다.

"차라리 왜군에게 죽겠다"는 말이 해변에 사는 백성들의 입에서 자연스레 터져 나올 정도였다.

수군에서 군역 나가는 사람을 호수라고 부른다. 이 한 사람에 경제적 뒷받침을 맡은 봉족이 세 명 딸린다. 이들 네 명은 군역과 경제적 뒷받침을 서로 교대한다. 한 사람이 일 개월간 입역하고 삼 개월간 뒷바라지를 함으로 이론상으로는 그다지 무거운 부담이 아니다. 하지만 현실에서는 이 군역으로 인해 집안이 기울고 재산이 바닥나 백성이 유랑의 삶으로 내쫓기기 일쑤였다.

그 이유는 이랬다. 대체로 국가에서 봉족이란 이름만 헛되게 올려놓았지 실정을 들여다보면 봉족이 딸린 자는 백 명, 천 명 가운데 한 사람도 없다. 그러니 봉족이 없는 자는 무작정 복무기간이 길어진다. 이름만 삼 개월 휴식일 뿐 파종과 추수의 철을 놓치고, 심하면 부모 봉양, 처자 양육을 못해 굶주려 죽는 자가 나오기도 한다.

군적을 만들 때 비록 봉족을 채워 준다고 하지만 부유한 사람은 뇌물을 바쳐 이름을 빼고 가난한 사람만 모두 호수에 편입시키니 두어 해를 지나지 못해 모두 도망칠 수밖에 없다.

심지어 병사, 수사, 첨사, 만호 등이 군인을 놓아 보내며 면포나 곡식 등을 바치라고 강요하므로 실제 백 명을 수용하는 진을 찾아가 보면 수군이 수십 명에 지나지 않는다.

그럼 나머지는 어떻게 채우나. 어린이도 입역하고 어미가 병든 아이를 안고서 대신 입역 장소까지 들어오는 참극도 벌어진다. 전쟁 무기가 아무리 잘 갖춰졌다 하더라도 이와 같은 병역제도로 어떻게 적을 막을 수 있겠는가.

경상도 각 진포 부근에는 수군 생활을 견디다 못해 바닷가 마을 모두가 사라져 담이 무너지고 기둥이 쓰러진 빈집들만 남은 유령 마을이 한두 군데가 아니다.

달아난 백성이 갈 곳이 또 어디 있겠는가. 아무도 살지 않는 섬으로 도망쳐 들어가 열심히 몸을 움직이면 그나마 어패류나 소금 등을 제 것으로 획득할 수가 있다. 이렇게 눌러 살다가 왜인을 만나게 되면 서로 매매를 튼다. 왜인의 유혹이나 위협을 받아 그들과 공모하고 그들을 위해 길 안내에 나서는 일도 다반사다.

이순신의 싸움은 이미 임진왜란 훨씬 전부터 치열하게 진행되고 있었다. 수군 전력 확충만 해결되면 끝날 문제가 아니었다. 백여 년간 켜켜이 쌓여온 이 나라 상하 군민의 나태와 무사안일, 그리고 지방 관료들의 부패를 비롯 시기, 질투, 모함으로 가득 찬 조정의 정치 행태 등과 싸워야 했다.

그렇게 쌓아 올린 금자탑이 한산도 수군이었다.

지난 연말 압록강을 건너온 명나라 군사가 새해가 밝자마자 비밀리에 움직이기 시작했다. 때마침 안주에 머물고 있던 류성룡이 대규모의 명나라 군사가 며칠 안에 평양성을 공격할 것이라는 밀보를 명군 지휘부로부터 얻어 냈다. 천재일우의 기회가 온 것이다. 시간이 없었다.

그는 잠시 쉬기 위해 벗어 놨던 갑옷과 투구를 다시 찾았다. 갑옷은 돼지가죽으로 만든 직사각형 모양의 비늘을 사슴 가죽 끈으로 엮어 놓아 웬만한 화살도 뚫기 어려웠다. 원뿔형으로 생긴 투구 역시 쇠로 만든 비늘을 엮어 가리개를 만든 것이다.

류성룡은 더 이상 학식만 깊은 문신이 아니었다. 전쟁이 터지고 나서 조선 조정은 부랴부랴 의주로 도망갔지만 그는 늘 전선을 따라다녔다. 갑옷으로 무장하고 일본군 가까이에서 전쟁을 진두지휘해 온 무장이었다. 군사가 무엇이고 전쟁이 무엇인지를 온몸으로 경험했다.

류성룡은 이제 조선군도 전면적인 반격에 나설 시기가 도래했음을 직감했다. 그는 즉시 황해도 좌방어사인 이시언과 우방어사 김경로에게 작전 명령을 하달했다. 고니시 군이 후퇴할 경우 그 후미를 가차 없이 공격하라는 내용이었다.

"군대를 둘로 나눈 다음 일본군의 퇴각로에 매복시키고 있다가 일본군이 지나가는 것을 확인한 후 후방을 무자비하게 공격하라. 일본군은 굶주리고 지쳐서 도망치거나, 싸울 생각을 하지 못한 채 모두 사로잡히게 될 것이다."

이번 작전이 성공할 경우 일본군 최선봉 부대를 괴멸시킨 다음 운이 따라준다면 그들의 수장인 고니시를 산 채로 잡아들일 수도 있다. 그렇게 되면 장수를 잃어버린 일본군이 한양을 방어하기가 어려워진다. 게다가 함경도까지 진출한 가토 기요마사의 부대를 고립시킴으로써 역(逆)포위 작전을 구사할 수도 있다. 아, 얼마 만에 찾아온 국운 회복의 기회인가.

류성룡이 예상한 대로였다. 명나라와 조선 군사가 힘을 합쳐 평양성의 외성을 탈환하는 데 성공했다. 빼앗긴 지 일곱 달 만이었다. 그러나 일본군으로부터 쏟아지는 조총 탄환으로 아군 사상자도 급증했다.

이여송은 궁지에 몰린 일본군이 죽기 살기로 싸울 경우 탈환전이 길어지고 아군 피해가 더 커질 것을 우려해 병사들을 외성 밖으로 물러나게 한 후 적의 퇴로를 열어 주었다. 일본군은 그날 밤을 기해 얼음이 꽁꽁 언 대동강을 넘어 남쪽으로 물러갔다.

이제야말로 조선군이 일본군을 상대로 승전보를 올릴 차례라고 생각한 류성룡은 쾌재를 불렀다. 하지만 이시언의 장계를 받아 본 그는 통곡을 하고 말았다. 작전이 실패로 끝난 것이다. 그는 장계를 오른 손으로 꽉 쥔 채 부르르 떨었다.

"아, 이 조선군을 어찌하란 말인가."

이시언은 명령대로 바로 부대를 움직였으나 김경로는 다른 일이 있다고 하고는 명령을 따르지 않았다. 일본군이 퇴각하기 하루 전날, 황해도 순찰사 류영경이 보낸 공문서에 따라 김경로가 재령으로 달려가 버린 것이다. 재령은 일본군 철수 통로보다 훨씬 동쪽이었다.

류영경은 일본군이 혹여 자기 쪽으로 오지 않을까 겁을 내 김경로 부대의 보호를 받고자 했다. 김경로 역시 일본군과 싸우기 싫은 마당에 류영경의 제의를 받자 이를 핑계로 삼아 뺑소니 것이다.

이시언의 장계 내용은 더욱 기가 막혔다. 일본군 장수 고니시나 참모 겐소 등은 전투에서 살아남은 병사들을 이끌고 연일 밤을 새워 퇴각했다. 부대의 사기는 땅에 떨어졌고 발이 문드러져 제대로 걸을 수 없어 절룩거리는 병사들도 상당수였다. 어떤 병사는 밭 사이를 기어가다가 입을 가리키며 조선 농민들에게 밥을 구걸하기도 했다.

웬일인지 명나라 군사는 이들을 추격하지 않았다. 이시언만 홀로 일본군 뒤를 쫓았으나 가까이 접근하지 못한 채 굶주리고 병들어 낙오한 자들만 육십여 명을 베었다는 보고였다. 김경로의 이기적인 행동이 나라의 운명을 뒤틀어 버린 것이다.

류성룡은 선조에게 장계를 올려 김경로를 참형에 처하도록 요구했다. 그런데 이상하게도 명군의 이여송이 이 문제에 개입하고 나섰다. 그가 조선 조정에 공문서를 보내왔다.

"지금 한 명의 장수도 절실한 시점입니다. 일단 김경로를 백의종군케 하고 그동안 공을 세워 속죄시키는 게 바람직합니다."

선조 역시 명에서 보내온 공문서를 핑계 대며 김경로를 처벌할 수 없다는 소식을 전해 왔다.

명군의 숨은 의도는 분명했다. 일본군을 추격하지 않은 것은 명나라 군사도 마찬가지다. 그런 이유로 김경로를 처벌할 경우 추격에 나서지 않은 명군의 행동도 똑같이 비난의 대상이 될 수 있는 것이다.

류성룡은 고개를 절레절레 흔들었다.

명군은 애초 평양까지를 목표로 잡았던 만큼 더 이상의 일본군 추격을 마음 내켜 하지 않았다. 명군은 조선 정부가 식량과 말먹일 사료를 준비해 놔야 겨우 조금씩 진격하는 등 소극적 행동으로 일관했다. 평양을 출발한 이들은 무려 아흐레나 지나서야 개성에 도착했다. 그럴수록 그들이 먹을 군량과 마초를 준비해야 하는 류성룡은 죽을 노릇이었다.

명군이 평양성 탈환이라는 애초의 목적을 달성한 이후 더 이상 전의를 보이지 않자 일본군은 이 틈을 타 전선을 재정비했다. 한양성에서 기존 주둔군과 합류한 일본군 장수들은 조명연합군을 상대로 방어전 준비에 매진했다.

류성룡의 필사적인 병참 지원 노력에도 명군은 전혀 성의를 보이지 않았다. 마음이 급한 것은 조선뿐이었다. 류성룡은 기회 있을 때마다 제독을 찾아가 하루빨리 진격하자고 요청했으나 제독은 며칠이 지나서야 겨우 파주에 도착했다.

마침내 조명 연합군과 일본군의 결전이 여석령에서 벌어졌다. 여석령은 벽제관에서 남쪽으로 십리 못 미친 곳이다. 류성룡이 그토록 기다리던 이날의 전투는 생각과 달리 졸전이라고 해야 옳았다.

이여송의 군대가 여석령으로 달려가다, 명군이 올 것을 예상하고 미리 좌우에 매복해 있던 일본군에 의해 갑작스런 공격을 받았다. 명군은 상당히 큰 피해를 입은 채 부랴부랴 퇴각하고 말았다.

류성룡은 김희도에게서 신립 장군이 왜 참패할 수밖에 없었는지를 자세히 들은 적이 있었다. 이여송의 직속 군대 또한 기병대를 중심으로 하고 있다면 조만간 일본군에 큰 낭패를 당할 가능성이 있다면서 김희도가 크게 걱정하지 않았던가.

아니나 다를까, 여석령 전투에 참가한 병사는 모두 명나라 북쪽 지방의 기병들로 총이나 대포 없이 다만 허리에 칼을 차고 있을 뿐이었다. 양 옆에서 조총 탄환이 쏟아지자 급격히 무너진 기병들이 이번에는 칼을 좌우로 흔들며 공격하는 일본군에 의해 말과 함께 쓰러졌다. 북쪽 지방 출신의 명군 기병들에게 일본군은 과거에 상대해야 했던 몽골이나 여진족 병사들과 성격이 전혀 달랐다.

이여송은 당황한 나머지 임진나루 건너편의 동파역까지 철수했다. 이는 임진강을 방어벽으로 삼고 그 남쪽은 포기하겠다는 것이나 마찬가지였다. 그렇다면 큰일이 아닐 수 없다. 이제 겨우 일본군을 밀어붙이기 시작했는데 임진강 이남을 포기한다는 게 말이 되는가.

류성룡은 당황했다. 급히 조정이 있는 행재소에 연락을 취하자 우의정 유홍, 도원수 김명원, 장수 이빈 등이 달려왔다. 류성룡은 이들과 함께 제독의 군영으로 찾아갔다. 제독은 왜 왔는지 알겠다는 표정으로 이들을 맞이했다.

명군은 조선 대표단을 막사 안으로 안내하기는커녕 밖에 세워 둔 채 대화를 시작했다. 이여송 제독 옆으로는 명군 장수들이 나란히 서 있었다. 류성룡이 먼저 말을 꺼냈다.

"이기고 지는 것은 병가의 상사 아닙니까. 명군이 이렇게 서둘러 후퇴를 하면 일본군이 자신감을 되찾을 게 분명합니다. 그들이 동태를 살피다 다시 진격할 수도 있는데 왜 경솔하게 병력을 뒤로 움직이려 하십니까."

흥분하다 보니 말이 조금 거칠었다. 후퇴니 경솔하게니 하는 단어들에 이여송이 꽤나 기분 상한 듯했다. 옆에 서 있던 명군 장수들도 표정이 굳어졌다.

이 제독은 노련했다. 다시 빙긋이 웃는 표정을 지었다.

"우리 병사들이 어제 많은 일본군을 죽였습니다. 전세가 불리할 것은 없지만 강 건너에 비가 많이 오는 바람에 온통 진흙이 되어서 병사들을 주둔시키기 불편하므로 동파로 돌아온 것뿐이오. 병사들을 푹 쉬게 한 후 다시 진격하려는 게 내 생각입니다."

"하지만 일본군에게 잘못된 신호를 주었을 뿐입니다."

"어허, 우리에게도 생각이 있다고 하지 않았습니까."

짜증 섞인 목소리였다.

그래도 류성룡은 물러나지 않았다. 그러자 명나라 장수 한 명이 갑자기 "물러가" 하고 고함을 질렀다. 그가 다시 소리쳤다.

"물러가란 말이다!"

그러면서 순변사 이빈의 무릎을 발로 찼다.

순변사는 국가의 변방 군무를 살피는 왕의 특사다. 왕의 특사인 이빈이 억하고 숨을 들이키면서 주저앉았다. 주변의 다른 명군 장수들도 얼굴빛과 말소리가 모두 거칠어졌다. 이날 동파역 앞에 진을 친 명군은 다음 날 아예 개성으로 돌아갈 준비를 했다.

류성룡이 다급한 표정으로 이여송을 다시 찾아가 면담을 요청했다.

"명나라 대군이 일거에 퇴각하면 일본군 사기는 더욱 높아지고 조선 사람들은 놀라고 두려워하여 임진강 북쪽 땅도 지키지 못할 것입니다. 바라건대 잠시 동파에 주둔하면서 일본군의 약점을 살핀 다음에 병력을 움직였으면 합니다."

제독은 "알았소"라고 짧게 대답하고 바쁘다는 몸짓을 보였다. 수하 부하들이 류성룡에게 물러가라고 손가락질 했다. 류성룡이 물러난 다음 날 이여송은 끝내 개성으로 돌아가 버렸다.

류성룡은 선조에게라도 호소할 수밖에 없다고 생각해 장계를 올렸다.

"제독과 아랫사람들이 이미 강화하기로 작정해서 오로지 강화에만 주력하고 있습니다. 신 류성룡의 방해 때문에 성사되지 못할까 여겨서인지 찾아갈 때마다 저에게 소리를 지르거나 화를 냅니다. 명 장수들의 기상과 행동거지가 예전과는 완전히 달라졌습니다. 이런 명군과 일을 처리하기가 여간 어렵지 않고 그 어려움은 날로 심해지고 있습니다."

의주 행재소에 앉아 있는 선조나 왕을 모시고 있는 신하들은 류성룡의 간절한 장계에도 전혀 후속 조치를 취하지 않았다. 그토록 기세 좋게 평양의 왜군을 몰아낸 명군이 왜 이제 와서 싸우지 않고 자꾸 뒤로 물러나려고 하는지, 그 이유를 알 리도 없고 굳이 이유를 캐낼 의지나 정보도 갖고 있지 못했다. 아직은 평양을 되찾은 기쁨이 더 컸을 뿐이다.

　조정에서는 끝내 류성룡 등 명군 장수들과 접촉하는 조선 측 신하들의 정성이 부족하고 설득력이 모자라서 명군을 부추기지 못하는 것 아니냐는 볼멘소리가 터져 나왔다. 선조와 조정의 분위기를 전해 들은 류성룡은 고개를 절레절레 흔들었다.

　명과 왜의 전투가 양쪽의 소극적인 태도로 소강상태에 들어갔다. 하지만 소강상태가 길어지면 길어질수록 조선은 죽을 지경이었다. 류성룡은 다시 선조에게 올리는 보고서를 작성했다.

　"마초가 완전히 사라져 공급이 불가능하고, 길 옆 들판은 왜병들이 모조리 불을 질러 사방의 산에 한 치의 풀도 남지 않았습니다. 파주 경내가 더욱 심하여 백 리 안에는 촌락의 흔적조차 남아 있지 않습니다. 그 참혹함은 차마 눈뜨고 볼 수 없을 지경입니다. 명나라 대군이 행군 중인데도 군량과 마초는 모두 떨어졌습니다. 말은 죽어 길에 널려 있고 살아남은 말들도 너무 야위어서 전쟁터로 나갈 수가 없습니다. 신은 가슴을 치고 답답해 울부짖어도 달리 어떻게 해 볼 도리가 없는 실정입니다."

　류성룡은 명군 접대사로 내려온 이덕형과 함께 개성에 주둔 중인 이여송을 다시 찾아가 하루 속히 왜군을 공격하자고 건의했다. 하지만 이여송은 화를 내며 더 많은 군량과 마초를 요구했다.

　"내가 어찌 물러날 뜻이 있다고 그러는가. 그대들은 도대체 일이 어떻게 돌아가는지 잘 알지도 못하면서 어찌 그리 입만 살아 있는가. 당신들도 잘 알다시피 이곳에는 식량도 없고 마초도 전혀 없어 우리 대군이 매일 굶고 있는 형편이다. 군량과 마초만 조치해 준다면 나는 마땅히 싸울 것이다."

문제의 본질은 조선이 책임져야 할 군량과 마초라지 않는가. 류성룡으로서도 더 이상 할 말이 없었다.

며칠 후 선조의 서장이 도착했다. 군량과 마초를 구할 마땅한 방법이 없어 명군의 불만이 하늘을 찌르고 있다는 류성룡의 한탄에 비하면 해결 방법이 단순명쾌하기 그지없었다.

"여러 곳의 의병들을 남김없이 찾아내어 그들로 하여금 군량을 명나라 군대로 운반하도록 하라. 명령을 어긴다면 장수까지도 모두 군령에 의거해 처벌하라."

명나라 대군이 개성에 도착한 지 꽤 시일이 지나자 또다시 군량이 떨어졌다. 마침내 명나라 장수들이 군량이 떨어진 것을 명분으로 제독에게 군대를 되돌리자고 보고했다. 군량이 떨어졌다는 말에 화가 난 이여송이 류성룡과 호조판서 이성중, 경기좌감사 이정형을 불러들이더니 명군 본영의 뜰아래 꿇어앉으라고 지시했다. 류성룡은 명 장수들 앞에서 무릎을 꿇었다.

이여송이 한참을 노려보더니 분노로 가득 찬 목소리로 일갈했다. 군법에 따른 처리라는 말까지 쏟아져 나왔다.

"너희들은 진정 왜군과 전쟁을 할 생각이냐, 아니면 왜군들에게 이렇게 명군이 굶어 죽어 가는 모습을 보이려고 하는 짓이냐, 엉? 어느 쪽인지 말해 봐라. 꼭 군법으로 너희들을 처리해야 하겠느냐?"

분함과 서러움이 가슴속에서 한꺼번에 치밀어 올랐지만 어쩌겠는가. 군권을 장악한 것은 조선이 아니라 명군이었다. 류성룡은 몇 번씩 머리를 조아리면서 사죄했다.

"죄송합니다. 병참 책임을 진 신 류성룡이 명민하지 못해 일이 이렇게까지 됐습니다. 하지만 저희들도 최선을 다하고 있으니 조금만 참으시면 군량이 조달되리라 여겨집니다."

무슨 방안이 있겠는가. 며칠만 참아 달라는 말밖에 달리 할 말도 없었다. 나랏일이 이 지경에까지 이르렀다고 생각하니 류성룡은 자기도 모르게 흐르는 눈물을 억제할 수가 없었다.

눈물을 본 제독의 표정이 약간 누그러지는 듯했다. 그러더니 옆에 서 있는 수하 장수들에게 갑자기 화를 냈다.

"너희들이 예전에 나를 따라 서하(西夏)를 정벌할 때 병사들이 여러 날 굶었어도 오히려 돌아가자고 말하지 않았기 때문에 마침내 큰 공을 이뤘던 것이다. 지금 조선에서 며칠 동안 뜻하지 않게 군량이 보급되지 않았다고 해서 어떻게 군대를 돌리자고 쉽게 말할 수 있는가. 너희들은 가고 싶으면 가라. 나는 일본군을 멸하지 않고서는 절대 살아서 돌아가지 않을 것이다."

이번에는 명나라 장수들이 모두 머리를 조아려 사죄했다. 이여송의 신파극에 류성룡은 오히려 살의를 느꼈다.

류성룡은 하루하루가 답답했다. 오랜만에 이순신의 서신을 들고 온 김희도와 장호인을 봐도 웃는 얼굴이 나오질 않았다. 안해에게 저녁을 대접하라고 지시한 후 방 안에 혼자 앉아 이순신에게 답장을 쓰기 위해 묵을 갈았다. 그나마 마음 놓고 울적한 심정을 토로할 수 있는 사람이라도 있어 다행이다. 글을 써 나가자 조금씩 답답함이 풀리는 기분이었다.

"조정에서는 그저 사람들을 모아 군량을 운반하라고 합니다. 한양 이남의 경상도 전라도 충청도를 제외하더라도 평안도와 황해도 내의 인구는 다 어디로 갔는지 사람 보기가 어려운 데도 말입니다. 하긴 나도 궁금하기 짝이 없습니다. 왜병의 피해를 입지 않은 지역의 인구만도 백만 명이 넘을 것입니다. 그뿐이 아닙니다. 황해도 해변 지역과 동북의 내지에는 물산도 풍부합니다. 그럼에도 수송 인원 수천 명을 동원할 수가 없는 게 지금 이곳의 실정입니다. 아아, 조선은 기본적으로 나라로서의 능력을 전혀 갖추지 못한 곳입니다. 정말로 나라라고 할 수가 없습니다. 요즘은 그저 하늘만 쳐다보는 심정입니다⋯."

류성룡은 글을 쓰다 말고 눈을 감았다. 그렇다, 명색이 나라 아닌가. 조정이 있고 신하가 있고 그리고 삼천 리에 이르는 땅이 있고 수백만 명의 백성이 있다. 그런데도 전쟁이 조금 길어졌다고 고작 삼, 사천 명의 군사조차 먹이고 입힐 길이 막막하다.

심지어 내가 데리고 있는 몇 명의 병사들에게도 배불리 먹일 수 없는 처지다. 어저께 군량 배달을 위해 찾아온 한 권관은 명색이 초급장교인데도 제대로 먹질 못해 비쩍 마른 데다 얼굴에는 누렇게 버짐까지 번지고 있었다. 자기네 병사들은 굶어가면서 명나라 병사들을 위해 식량을 나르는 게 얼마나 우스운 꼴인가.

그 권관이 말했다.

"명군에 양식을 주고 나면 우리 군사들한테는 그저 좁쌀과 물에 젖은 썩은 쌀만 남습니다. 이 좁쌀과 썩은 쌀도 한 사람당 하루 겨우 한 되 한 홉씩밖에 돌아가지 않습니다. 군사들은 이 양식으로 굶주린 그들의 처자와 나눠 먹어야 합니다. 그나마 제대로 배급이 안 돼 모두 굶주리기만 해 얼굴이 누렇게 뜨고 기력이라고는 찾아볼 수가 없습니다. 설사 적을 토벌할 분기심과 용기가 있다 해도 발휘할 힘이 남아 있을 리 없습니다."

명군은 갈수록 태산이었다. 자기네들이 공세에 나서지 않는 것은 순전히 조선 탓이라는 투로 나왔다. 명의 경략 송응창이 조정에 공문서를 보내왔다.

"평양이 이미 수복됐으니 방수를 엄하게 해야 할 판에 조선 군신은 어찌 멀리 파천해 있는가. 조선 국왕은 즉시 신료와 군민을 거느리고 평양으로 되돌아가기를 바란다. 동시에 의병들을 격려하고 군사들이 힘을 합쳐 진격하여 왕성을 수복한 뒤에는 즉시 한양으로 나아가 지키도록 하라."

평양성이 회복됐음에도 여전히 의주에서 겨우 한 발짝 떨어진 정주에 처박혀 움직이려 들지 않는 조선 조정을 질타한 것이다. 그런 마당에 조정에서는 명군에 회군의 분위기가 있다는 장계가 올라오자 벌컥 화부터 냈다.

류성룡과 영의정 최흥원 등이 선조의 행재소를 찾아가 어가를 해주 쪽으로 이전하기 바란다고 아뢰었다. 영의정이 화두를 꺼냈다.

"천하의 모든 일이 그렇듯 반드시 용감히 전진한 뒤에라야 제대로 성취할 수 있는 법입니다. 불행히도 중국 장수가 회군하려는 생각이 있다고 하니 친히 군문에 나아가 간청한다면 하늘의 뜻에 답할 수 있고 인정에도 맞을 것입니다. 신민들은 오로지 어가의 전진을 바라고 있습니다."

선조는 여전히 움직이기를 거부했다.

"이렇게 위중한 때에 어찌 이곳을 버리고 가겠는가. 내가 갈 수 있는데 머뭇거린다고 생각하는가?"

그러자 류성룡이 간언했다.

"의주에 머물러 있다고 해서 반드시 안전한 것도 아니고 전진한다고 해서 반드시 위태로운 것도 아닙니다. 신들의 생각으로는 속히 전진하시어 남쪽으로 가신다면 명의 송 경략을 접응하는 데도 편리할 것으로 생각됩니다."

선조가 노골적으로 불쾌한 표정을 지었다.

"조정이 이미 여러 차례 청하고 있고 나도 나아가는 것이 좋겠다는 생각에는 변함이 없다. 다만 천하의 일은 형세를 살펴서 조처해야 한다. 우리나라가 의지하여 보전할 수 있는 것은 오로지 명군 때문이지 않은가. 지금 송 시랑이 뒤에 있고, 만주로부터는 중국 장수들의 왕래가 끊이지 않으니 우선 여기에 머물러 접대하는 것이 좋을 듯하다. 지금 다 버려두고 해주 등으로 옮겨 가면 마치 그들을 피해서 가는 것으로 여기지 않겠느냐. 더군다나 건주 여진족이 마치 사람의 등 뒤를 노리는 듯하고 있는데 만에 하나 그들이 압록강을 넘어오면 한양의 왜적과 서로 기각의 형세를 이뤄 명군의 배후를 끊을 수도 있다. 이 어찌 위태롭지 않은가. 내가 가벼이 움직일 수 없는 이유다."

선조의 변명이 단호한 만큼 류성룡은 기가 막혔다. 가벼이 움직일 수 없는 이유라니. 임금은 자신이 있음으로 해서 건주 여진족이 침략을 못 하고 명군의 안전이 확보될 수 있다는 듯이 이야기하고 있지 않은가. 선조가 이번에는 교묘하게 조정 신료들의 허점을 찌르기 시작했다.

"내가 이 때문에 너희들의 요청을 즐겨 따르지 않는 것인데 조정에서는 그저 간쟁이 끊이질 않는다. 전부터 우리 조정에서 적의 형세나 움직임을 예측한 것이 하나라도 맞은 것이 있더냐? 정 그렇게 재촉한다면 세자만 그대로 정주에 머물게 하고 나 혼자 신료들을 거느리고 평양이나 혹은 제독의 대군 뒤로 나아가 여러 군사들을 호령하고 군량 수송을 독려할 수도 있다. 하지만 그것이 참으로 온당한 일인지는 나도 잘 모르겠다."

이젠 아예 신하들에 대한 비난과 협박으로 나오고 있다. 그러면서도 명 제독의 뒤가 아니면 안 된다고 못을 박고 있다. 신하들이 일제히 입을 다물었다. 류성룡도 더 이상 논박할 분위기가 아니라고 생각해 고개를 숙였다.

삼월 들어 송 경략이 재차 공문서를 보냈다. 이번에는 조선을 싸잡아 비판하는 내용이었다. 반박조차 불가능했다. 모두가 침묵하거나 못 본 척하고 있지만 그의 지적 또한 사실이었기 때문이다.

선조 역시 더 이상 명군의 기분을 상하게 할 수 없다는 판단에서인지 무거운 몸을 일으켰다. 삼월 말 선조가 평양성으로 내려갔다. 류성룡에게는 그런다고 여태 해 오던 일에 변화가 있는 것도 아니었다. 다만 의주나 정주로 달려가거나 달려오지 않아도 좋았을 뿐이다.

이순신의 답장을 갖고 온 김희도가 류성룡의 군량 모집과 운송에 애쓰는 모습을 지켜보다 조용히 건의를 올렸다. 류성룡도 김희도의 제안에 솔깃했다.

"평양까지 들락거리다 여러 병사들과 이런 저런 이야기를 나누기도 했는데 그들 사이에는 설령 병역을 피할 수 없더라도 곡식을 바치는 대신 첨사나 만호, 권관의 사령장을 받고 싶어 하는 사람들이 의외로 많습니다. 이들에게 공명첩을 주는 대신 곡식을 받으면 어떨까요."

"면포를 바치고 병역을 면제하는 것처럼 말인가?"

"아닙니다. 병역 의무는 그대로이니 군대 정원이 줄어들 우려는 없습니다. 실질이 없는 벼슬자리만 팔자는 것이죠. 통제사 어른도 생각은 있는데 제도가 없어 실행에 옮기지 못하고 있습니다."

류성룡이 허허 웃었다.

"가난한 백성이 병역 부담으로 가산을 탕진하고 끝내 견디다 못해 도망치기까지 하는 마당에 그들에게 무슨 재산이 남아 있다고 이런 몹쓸 짓까지 하자는 건가."

"그렇지 않습니다. 양민을 대상으로 공명첩을 팔자는 게 아닙니다. 중인들 가운데는 의외로 재물이 있는 사람들이 많습니다."

류성룡이 김희도를 말끔히 쳐다보았다. 여태껏 중인들을 생각해 본 적이 없었기 때문이다. 그렇구나. 왜 그걸 생각해 내지 못했을까.

중인은 양반과 상민의 중간계급으로 전문행정직인 아전을 비롯해 의관, 율관, 역관, 산관 등이 모두 그들이다. 과거를 보아 문무반 벼슬을 할 수는 없지만 전문직인 만큼 양반보다 돈을 벌 수 있는 기회가 의외로 많았다. 거느리고 있는 노비도 양반보다 많고 토지도 양반들에 비해 적지 않았다.

이들에게 관직을 판다? 분명 호응이 많을 게 틀림없다. 돈줄을 쥔 중인에게 명예직을 팔아 돈과 곡식을 거둬들임으로써 부족한 군량을 충당하는 한편 관직을 산 사람들의 조정에 대한 충성심까지 고양할 수 있지 않겠는가. 김희도다운 발상이었다.

"내 한번 시도해 보겠네."

류성룡은 곧바로 선조에게 공명첩을 허락해 달라고 요청했다. 공명첩과 더불어 면천(免賤), 면역(免役), 허통(許通) 등 모두 오백 장을 요구했다. 명군을 위한 군량 모집에 매일처럼 시달려야 했던 선조도 임시 허락을 내주었다.

면천은 천인 신분을 면하고 양민이 되게 하는 것이고, 허통은 사대부의 서자들에게 벼슬길을 열어 주는 것이다. 벼슬길이라고 해야 물론 명예직이지만 서얼들에게는 그들이 지니고 있는 원한을 조금이라도 해소해 줄 수 있는 방안이다. 면역은 부역을 면해 주는 것이다.

효과가 있었다. 얼마 지나지 않아 류성룡은 공명첩을 받고자 자원하는 사람들의 숫자가 많다고 하며 공명첩 오백 장을 더 만들어달라고 했다. 이로써 한 해 일만 석의 추가적인 군량 공급이 가능해졌다.

이여송이 마침내 부총병 왕필적만 개성에 남겨두고 자신은 평양으로 돌아가려는 움직임을 보였다. 일본군 장수 가토가 여전히 함경도에 주둔해 있기 때문에 사람들 사이에 가토가 함흥을 출발, 양덕과 맹산을 거쳐 평양을 공격할 것이라는 소문이 돌고 있던 참이었다. 제독은 북쪽으로 물러나고 싶은 마음이 굴뚝같았지만 명분이 없었는데 이 같은 소문이 들리자 곧바로 류성룡을 불렀다.

"평양은 명군이 활동하는 데 근본이 되는 곳이므로 만약 지키지 못한다면 우리 대군이 명나라로 돌아갈 길이 없어지게 됩니다. 따라서 평양을 지키지 않을 수 없습니다."

이여송의 막사를 나와 처소로 돌아오는 류성룡은 하늘이 노랗게 변해가는 기분이었다. 평양 탈환 후 한양 수복이 멀지 않았다고 기뻐했던 것이 바로 엊그제인데 이제 다시 꿈은 사라져 버렸다. 방에 돌아와 갑옷과 투구를 벗어던지자 허탈감이 몰려와 류성룡은 그 자리에서 주저앉았다. 도대체 언제까지 이런 초라한 삶을 이어가야 하는지 알 수가 없다. 갈수록 절망의 늪으로 빠져드는 느낌이었다.

아무리 선조 임금이 피난길에 고생을 한다 해도 임금을 포함해 임금을 따라갔던 신하들은 하늘을 지붕 삼아 잠을 청하거나 식사를 거르는 일은 없었다. 하지만 류성룡은 달랐다. 그는 애초 임금을 따라가지 않았다. 아니, 따라가고 싶지 않았다고 해야 더 옳을 것이다.

자기 한 몸만 온전하기를 바랄 뿐, 백성의 고통은 생각조차 하지 않는 선조나 그 신하들과 굳이 한 솥 밥을 먹고 싶지 않다는 생각도 있었다. 백성과의 군은 약속을 팽개친 채 평양성에서 내빼듯 도망치던 조정이 아니던가.

류성룡은 온몸에서 기가 빠져나가는 것 같았다. 그 백성들이 눈에 밟혀 이제껏 최전선에 남아 모진 비바람을 몸으로 이겨내며 전쟁을 진두지휘해 왔다. 하지만 이젠 지친다. 몸은 만신창이가 됐고 절망만이 온몸을 감싸고 있다. 언제 끝나려나, 하루빨리 바닥이 왔으면 좋겠다. 그 바닥끝이 비록 죽음이라도.

사월로 접어들자 들판에 꽃이 만개했다. 풀들은 지금 따사로운 햇볕과 촉촉하게 젖은 땅이 선사하는 자연의 축복을 만끽하고 있었다. 이름도 없는 잡초들이 부러웠다.

드디어 류성룡은 자기가 무너져 가고 있음을 절감했다. 아픈 몸이 좀처럼 회복 기미를 보이지 않았다. 그저 안해가 끓여다 주는 죽으로 연명하는 것이 며칠째인지 기억도 나지 않는다.

비통한 마음으로 임금에게 올리는 글을 써 내려갔다.

"신 류성룡은 기혈을 오랫동안 손상시켜 몇 달 전부터 병을 얻었습니다. 중세가 위중해서 이십여 일이나 정신을 잃어 의식을 차리지 못했습니다. 어제 처음으로 의식을 차렸으나 아직도 머리를 제대로 들지 못합니다. 이곳은 물론이고 지금 동쪽과 남쪽 지방의 사세가 위급해지고 있습니다. 신이 앓고 있는 병으로 나랏일에 심히 낭패를 끼칠 것이 우려되오니 바라옵건대 조정에서는 조속히 다른 사람을 임명하여 신이 하던 임무를 맡아 처리하게 하옵소서."

당연한 일이지만 아무런 하문도 없었다. 애초부터 그럴 줄은 알았다. 하지만 그렇게라도 글을 쓰지 않고서는 하루하루를 견딜 수 없었다. 류성룡은 몸을 간신히 추스린 다음 안해가 갖다 바친 갑옷을 주섬주섬 챙겨 입었다. 투구를 들고 서 있는 안해의 얼굴이 유난히 초췌해 보였다.

"허허, 갑자기 왜 그러느냐?"

언제나 말이 없는 안해다. 그의 얼굴에서 두 줄기 눈물이 흐르고 있었다.

행주산성 전투의 승리 소식이 화살처럼 전 국토를 달려갔다. 맑은 하늘에서 우르르 쾅하고 날벼락이 치는 것 같았다. 이제 곧 한양을 되찾을 수 있고 나아가 전쟁을 승리로 이끌 수 있다는 자신감이 조선군과 조선 백성을 더욱 결속시켰다.

선조도 자신감을 찾은 듯 류성룡을 비롯해 전선에 나가 있는 장수들에게 철수하는 일본군의 퇴로를 차단하여 모조리 격멸하라며 공세적으로 나왔다. 그런데 명군의 움직임이 이상했다. 명나라 조정에서 화의파가 힘을 얻으면서 상황이 꼬이기 시작한 것이다. 그들은 전쟁이 장기화하자 염증을 느끼면서 전쟁 종식을 서두르기 시작했다.

조선의 입장은 달랐다. 이미 국토는 만신창이가 됐다. 백성의 삶은 갈기갈기 찢겨졌고 나라와 조정에 대한 원한은 하늘을 뚫고 있었다. 누가 이들을 달래줄 것인가. 이 엄청난 전쟁을 불러들인 책임을 따지고 물어올 때 뭐라고 답해야 한단 말인가.

특히 선조는 이런 것들을 생각할 때마다 가슴이 서늘했다. 전쟁 중에 임금이 보인 비겁한 행위를 어떻게 수습해야 할 것인가. 선조가 갑자기 류성룡을 지목하고 나섰다. 하유문의 내용이 심상치 않았다.

"내가 평소에 큰 기대를 건 사람이 경이다. 일찍이 왜놈들의 수상한 낌새와 대비할 계책을 가지고 여러 차례 경에게 유지를 내렸는데도 경은 걱정하지 않고 도리어 그들이 어리석고 교활하다고 치부하다 나랏일이 이 지경이 되었다. 이 또한 하늘의 운수 때문이라고 치부하겠는가. 이제 변방 수호의 무거운 임무를 맡은 만큼 적을 토벌하여 원수를 갚는 일은 바로 경의 책임이자 내가 밤낮으로 이를 가는 일이다. 경이 만약 일을 그르친다면 무슨 면목으로 이 세상에 서 있을 수 있겠는가."

선조가 류성룡을 비난하고 나선 데는 다 숨은 이유가 있었다. 경이 왜인들을 어리석다 하는 바람에 나랏일이 이 지경이 되었으니 운운한 것은 바로 통신사로 일본에 다녀온 두 사람의 말이 서로 다른 것을 두고 류성룡이 "설령 히데요시가 침범한다고 하더라도 그 모양과 행동을 들어 볼 때 두려울 것이 없을 것 같고, 더구나 그 국서는 협박에 불과한 것이니 아직 근거가 없는 것을 미리 명나라에 알렸다가는 변방에 소요만 일으킬 수 있습니다"라고 진언한 것을 두고 말하는 것이었다.

류성룡은 눈치를 챘다. 벌써부터 앞날을 위해 밑밥을 깔아 두는 것이다. 언젠가 조정 내에서 전쟁 책임론이 부상할 때 이런 문서를 들이대며 현 사태를 초래한 신하들을 지목하기 위한 것이다. 무서운 사람이다.

그러잖아도 선조는 자기를 비판하는 신하들에게 유독 잔인하게 굴었다. 정여립의 난 때였다. 선조의 정치에 비판적인 자세를 취했던 백유양이 좋은 예였다. 그가 정여립에게 보낸 편지 안에 선조 개인에 대한 비판이 담겨 있음이 발각됐다.

"선조라는 사람은 시의심이 많고 모질고 고집이 세다, 자기 잘못도 매양 신하들에게 뒤집어씌우기를 좋아하지 않는가. 이 사람은 임금으로서의 도량을 찾아볼 수 없다."

백유양은 이 편지 내용 때문에 재판도 옳게 받지 못하고 국문 장소에서 매를 맞다 쓰러져 죽었다. 그의 일가친척도 모조리 멸문의 화를 입었다.

정여립 사건을 계기로 평소 자신의 정치에 의문을 품고 비판적이던 사람들을 일거에 제거했던 선조 아니었던가. 기축옥사에서 죽은 사람이 천 명에 달한다는 이야기가 나올 정도였다. 그런 임금이 류성룡에게 들으란 듯이 훈계하고 있었다. 류성룡은 허허로운 듯 하늘로 시선을 돌렸다.

명과 일본 사이에 화의 분위기가 농익어 가면서 마침내 일본군이 한양에서 철수하기 시작했다. 어제까지만 해도 죽음의 공포에 시달리며 굶주려야 했던 경기 지역 일본군 오만팔천여 명이 무사히 위기를 벗어난 것이다.

그와 때를 맞춰 명군으로부터 이상한 조치가 발표됐다. 명 황제가 지시했다는 그 내용이 청천벽력이었다.

명군이 류성룡 등 조선 신료들을 자기네 막사로 불렀다. 급히 달려간 류성룡에게 명군 측은 이상한 말을 늘어놓았다.

"왜적이 이미 명 조정을 향해 조공을 애걸했고 조정은 이를 허락했다. 우리 조정에서 이미 조공을 허락했으니 귀국도 왜적을 죽이거나 사로잡지 말아야 할 것이다. 이제부터 경략의 패문을 따르도록 하라. 만일 군공을 탐하여 뒤떨어져 있는 왜적을 살육하는 자가 있으면 참형에 처할 것이다."

명군은 패문의 지시 내용을 확실히 하기 위해 상징적인 사건까지 일으켰다. 이른바 기패 사건이었다.

명나라 황제의 기패는 황제의 명령을 전달하는 데 쓰이기도 하지만 주로 군문에서 명령을 전달하는 기물로 사용된다. 기패를 보면 조선의 신하들은 반드시 예를 갖추어 깊숙이 절을 해야 했다. 그렇지 않을 경우 엄벌에 처해졌다.

명군 지휘부에서 강화를 추진하는 중에 이 기패를 자주 이용해 먹었다. 툭하면 기패를 내세워 강화에 반대하는 조선 신하의 입을 틀어막았다.

명과 왜가 한창 강화회담을 벌이던 와중이었다. 류성룡은 마침 파주에서 권율 장군과 만나 다음 전투에 관해 논의하고 있었다. 그날 해가 저물 무렵 기패관과 군악대를 앞세운 명군 삼백 명이 파주에 이르렀다. 지휘관은 참장 주홍모였다.

류성룡이 종사관 등을 대동하고 가서 물으니 주홍모가 앞으로 나섰다.

"한양의 왜군 진영으로 가는 길이오. 기패가 도착했으니 조선 신하들은 마땅히 나와서 절을 하시오."

류성룡이 기가 막힌 듯 따졌다.

"기패에 머리를 숙이는 것은 어쩔 수 없는 일이지만 그래도 이 기패는 왜군 진영으로 가는 것 아닌가. 조선이 왜와 강화를 허락할 이유는 하나도 없다. 그러니 왜군에게 가는 기패에 머리를 숙이라는 명령에 따를 수는 없다."

주홍모가 크게 화를 내며 기패에 머리를 숙여 절하라고 계속 재촉했다. 류성룡은 끝내 거부했다. 그러자 주홍모는 기패에 붙어 있는 공문을 내보이면서 손가락으로 한 문장을 가리켰다.

"잘 보시오. '조선이 비록 왜와 한 하늘 아래 살 수 없는 원수라 해도 왜는 조공을 원하고 항복을 청한다. 이런 왜와 싸움을 일으키는 자가 있으면 모두 베어 죽일 것이다'라고 돼 있지 않소."

류성룡은 그래도 머리를 굽히지 않았다.

"우리 군사로 하여금 왜와 싸우지도, 왜병을 죽이지도 못하게 하는 이런 법은 절대로 있을 수 없다. 더더욱 왜와의 강화를 위한 길이라면 그 같은 명령은 기필코 받아들일 수 없다."

류성룡이 끝내 머리를 숙이지 않고 돌아서 가 버렸다.

주홍모가 그대로 물러날 리 없었다. 그날로 이여송에게 보고가 올라갔다. 아니나 다를까, 기패 사건이 있은 지 며칠 안 돼 류성룡이 제독의 군영으로 불려 들어갔다. 이여송은 류성룡을 거들떠보지도 않은 채 반나절이나 장대비 속에 세워 두었다. 해는 저물어가고 비는 계속 내렸다. 그것이 이여송이 조선 대신들 중에서 그나마 가장 존중한다는 류성룡에 대한 대접이었다.

그 사건 이후로 조선 장수들은 원수인 왜군들이 눈앞에서 희희낙락하며 물러나는 꼴을 가만히 지켜봐야 했다. 일본군이 완전 철수한 오월 초에야 명나라 경략 송응창이 이여송에게 일본군을 추격하라고 명령했다.

일본군 선두는 이미 경상도 땅으로 들어선 지 오래였다. 일본군의 철수 작전은 완벽하게 성공을 거뒀다. 그걸 아는지 모르는지 조명연합군은 느릿느릿 한강을 건넜다.

6.

한산도의 굴기

수군통제사 이순신에게 선조의 특별 지시가 내려왔다.

"하루빨리 전선을 정비하여 적을 무찌르라. 이를 위해 가장 먼저 부산을 불 지르라."

하지만 이순신은 조정의 명령대로 공격에 나설 수가 없었다. 한산도에서 부산 사이에 자리 잡고 있는 웅천이나 가덕도 등에는 무수한 적함들이 숨어 있었다. 자칫 만용을 부리다가는 이들 적함들에게 앞뒤로 포위당할 가능성이 농후했다.

포위당한 채 격전을 벌여야 하는 것만이 문제가 아니다. 함선의 구조적 한계는 포위당할 경우 바다 위에서 오래 시간을 버틸 수 없다는 점이다. 병사들의 음식이나 식수 나아가 화살이나 포탄 등도 시간에 맞춰 육지에서 조달할 필요가 있다. 자칫 오랜 시간 바다 위에 떠 있다간 함선 자체가 기능 마비에 빠져들 수가 있다. 그렇게 되면 싸우고 싶어도 싸울 수가 없다.

부관인 김희도를 비롯, 작전 참모들은 일제히 불가하다는 의견을 내놓았다. 이제 겨우 틀을 갖춰가는 조선 수군이다. 언젠가 다가올 일본 수군 전체와의 결전을 앞두고 하나라도 더 군비를 확충해 나가지 않으면 안 될 때다.

여태까지도 숫자의 열세를 감안해 지는 싸움은 적극 피해 오지 않았던가. 작전 하나에도 정찰병을 무수히 내보내 정보를 수집하고 몇 날 몇 밤을 지새우며 참모들과 작전 계획을 짜기 일쑤였다.

그런데 무조건 돌격 명령이라니. 임금의 명령이라도 받아들일 수 없는 것까지 받아들여야 하는 것은 아니라는 강경론도 나왔다. 한산도 운주당 안에 모여 있는 참모들이 한목소리로 말했다.

"웅천의 적들이 여전히 웅거하고 있습니다. 배를 으슥한 곳에 감춰 놓고 있지 않습니까. 양쪽의 산협이 바다 어귀를 눌러 지세가 좁고 물이 얕아서 판옥대선으로는 마음대로 출입하면서 쳐서 깨부술 수가 없습니다. 웅천뿐이 아니죠. 창원, 김해, 양산의 적들도 안에 감춰 놓고 있는 수많은 배를 가덕도 앞바다로 내몰아 진을 치고 웅천의 적과 함께 남북으로 나뉘어 부산진을 막고 있습니다. 그러므로 이 적들의 소굴을 그냥 버려두고서는 부산으로 깊이 들어갈 수 없는 형편입니다."

이순신은 말이 없었다. 참모진의 의견진술을 듣기만 했다. 운주당 바깥은 벌써 여름 냄새를 풍기면서 후끈한 바람을 실내로 날려 보냈다. 몇몇이 흥분한 나머지 웃옷을 벗어 젖혔다. 이순신이 그들을 향해 손을 들며 웃어 보였다. 흥분을 가라앉히라는 이순신 특유의 버릇이었다.

그때 초병이 문 쪽에서 안을 들여다보며 탐망선이 왔다는 신호를 보냈다. 이순신이 고개를 끄덕였다. 잠시 후 농부 차림에 까맣게 탄 얼굴의 두 병사가 구석으로 들어와 섰다.

옆자리에 앉았던 순천 부사 겸 중위장 권준이 그들을 데리고 통제사 앞으로 왔다. 병사들이 첩보 내용을 보고했다.

"일단 견내량까지 진출해서 적세를 탐망해 보니 웅천의 적들이 여전히 웅거하고 있었습니다. 인근 해안에 우리 배를 숨기고 웅천을 내려다 볼 수 있는 산으로 올라가 보니 적선들이 아타케와 세키부네를 합쳐 백 척이 훨씬 넘었습니다. 부근 농민들도 기지 내의 병사 숫자가 상당하다고 알려 주었습니다. 쌀과 부식 등을 대량으로 매집하는 등 장기전에 대비하는 분위기라고 했습니다."

김희도가 끼어들었다.

"이미 논의했던 그대로입니다. 부산 해역을 차단하기 위해 돌진하려면 웅천이 길목이 되는데 만약 부산으로 깊이 들어간다면 적이 앞뒤로 있게 됩니다. 아무리 생각해도 수군만으로는 이들을 유인해 낼 방도가 없습니다. 조정의 명령대로 움직이고자 해도 먼저 육군과 힘을 합쳐 웅천을 협공해 적들을 쫓아내고 나서야 작전을 전개할 수 있습니다."

다른 참모들도 육군과의 합동 작전에 동의했다. 이순신이 마침내 입을 열었다.

"먼저 길목에서 버티고 있는 왜 육군을 제거해야 한다면 체찰사 류성룡 대감과 권율 장군에게 보고해 승낙을 얻어야 할 것이다. 조정에는 따로 장계를 올리겠다."

며칠 후 낙안 군수가 진해 사정을 알리는 소식을 가지고 왔다. 경상도 함안에 모여 있던 각도의 조선 육군이 '왜놈들이 황상동으로 나가 진을 쳤다'는 소문을 듣자마자 모두가 경기를 일으키며 진양과 의령 쪽으로 후퇴했다는 것이다. 이로써 수군과의 거리는 더욱 멀어졌다. 육군이 이러니 합동작전도 결코 쉽지 않으리라는 생각이 들었다.

며칠 후 영등포로 나갔던 탐색병이 보고서를 올렸다.

"김해와 부산에 있던 왜적선 오백여 척이 갑자기 안골포, 웅포, 제포 등지로 옮겨왔습니다."

우려했던 일이 마침내 현실로 다가왔다. 일본 수군이 벌써 냄새를 맡았음이 분명했다. 부산으로 들어가는 길목의 방어 능력을 강화하고 있지 않은가. 이대로라면 부산 진격은 자살공격이나 다름없다. 이순신은 육군과의 합동 작전 없이는 결코 움직이기 힘들다는 생각을 굳히지 않을 수 없었다.

적을 알고 나를 알아야 백번을 싸워도 위태롭지 않은 법이다. 그런 판에 조정의 이번 공격 명령은 적과 아에 대한 상황 분석이 철저히 결여돼 있었다. 그러잖아도 선조와 조정이 점차 수군의 작전에 간섭하고 개입하려는 움직임을 강화하고 있지 않은가. 정치가 군사를 압도하려는 불길한 조짐이 일고 있다.

전쟁 초기에만 해도 이처럼 군사 작전에 고민할 필요가 없었다. 작전은 늘 완벽했고 그에 대한 어떠한 외부 간섭도 없었다. 그 당시는 조정이 아니라 오히려 식량이 조선 수군의 사활이 걸린 숙제였다. 또 다른 심각한 문제가 있다면 병력 충원이었다.

이 두 가지를 해결하지 못하는 한 전쟁은 지속될 수 없었다. 이순신이 직면한 최대 고민이었다. 기다리면 나아지는 것도 아니었다. 사정은 시간이 흐를수록 열악해지기만 했다.

이번 전쟁에서 경상도는 초기부터 전체가 결딴나 버렸다. 여기저기서 들고 일어났던 의병들조차 명나라 군사의 뒤치다꺼리를 하느라고 모두 차출돼 버렸다. 어디 한군데 전선의 격군을 보충할 구석을 찾아보기 어려웠다.

겨우 전선을 정비하더라도 포수와 노군들이 거의 다 굶주리고 쇠약하여 배를 부리기조차 감당키 어려운 형편이었다.

경상, 전라, 충청 삼도 수군이 통제사 이순신 밑에 하나로 통합됐다지만 어차피 경상도는 존재 자체가 없었고 충청도 역시 보조 역할에 그칠 뿐이다. 당연히 주력군은 이순신이 직접 거느렸던 전라좌도 수군이라 할 수 있었다.

전라좌도 수군만 해도 사부와 격군을 합하여 육천이백 명인데 전쟁 초기 두 해 반에 걸쳐 전사하거나 병사한 군졸을 모두 포함하면 육백여 명이나 됐다. 전투에 나갈 때마다 승리를 기록하는데도 손실률이 무려 일할이나 된다.

대부분 전사자가 아니라 병사나 아사자라는 어처구니없는 일이 조선 수군 내에서 벌어지는 참상이었다.

죽은 수군 병사들은 활도 잘 쏘고 배 부리기에도 익숙한 토병과 보자기라고 불리는 어부들이었다. 그들이 지니고 있는 전투역량과 손기술들이 전혀 보충되지 않은 채 망실되고 있는 것이다.

게다가 남아 있는 병졸들이라고 안심할 처지가 아니었다. 이들도 아침과 저녁, 하루 두 끼로 먹는 것이 곡식 두 홉이거나 많아야 세 홉에 지나지 않았다. 이렇게 배고프고 피곤한 몸으로 무슨 힘이 있어 활시위를 잡아당기고 천근만근의 노를 저을 수 있겠는가.

이순신의 전쟁 비결은 복잡하지 않았다. 군량미가 제대로만 공급되면 어떤 전투에서든 승리를 거둔다. 반면 제대로 공급되지 않으면 전투 자체가 불가능해진다. 군량미 부족은 일본군보다 더 무서운 적이었다. 말이 관군이라지만 조정에서는 어떤 규모의 병력이나 무기도 수군에게 지원해 준 적이 없다. 식량과 병력 충원이야말로 생존위기에 처한 조선 수군과 그들을 이끄는 이순신의 지상과제였다.

일본군은 경상도 연해안에 열두 개의 왜성을 쌓아 장기 주둔 태세로 돌입했다. 이순신도 그들과의 지루한 대치전 태세를 갖췄다.

명과 왜 사이의 강화협상에 따라 전쟁이 끝날 수도 있고, 재격돌할 수도 있는 유동적 상황이었다. 추이를 기다리는 듯 전선은 의외로 고요했다.

그동안 이순신은 잠시도 쉬지 않았다. 시간에 여유가 생기자 함선 건조에 전력을 기울였다. 함선 건조에는 숙련된 조선 기술자와 좋은 목재가 필요했다. 다행히 거북선을 만들어 낸 고도로 훈련된 기술자들과 주변에 있는 소나무 등 모자랄 것이 없었다.

문제는 다른 데 있었다. 판옥선에는 우수한 무기인 포를 장착해야 하는데 포는 주철로 만들었다. 그런데 철이 절대로 부족했다.

지자총통 한 자루의 무게는 백오십여 근이나 되며 현자총통 한 자루의 무게도 오십여 근이나 된다. 전 국토에 물자가 남김없이 바닥난 상황에서 아무리 애를 써 봐도 쉽사리 쇠가 나올 구멍이 없다.

김희도가 류성룡에 건의한 면천부 방식이 동원됐다. 그러자 해안가 마을들에서 조금씩 고철 재료가 들어오기 시작했다. 몇 몇 절에서는 통제사가 철을 찾는다는 소식을 듣고 자기네 절에 있던 종이나 여타 쇠붙이를 보내왔다. 좋은 주철로 돼 있어 총통 제작에 안성맞춤이었다.

판옥선이 하루가 다르게 숫자가 늘어나기 시작했다. 그 모습을 즐겨 보면서도 이순신은 한편으로 답답한 마음을 억누를 길이 없었다. 함선이 많아져도 이를 다룰 숙련된 병사들이 없으면 그림의 떡일 뿐이다. 어떻게 하면 수군 병사를 늘려갈 수 있을까.

격군이든 보자기이든 초모(招募)하는 군관들이 해안가 마을을 돌아다녀도 아예 사람이 없는 실정이다. 설령 징집 대상자가 있다 해도 육군이 우선권을 갖고 있는 데다 백성들부터가 육군보다 고통스러운 수군 생활을 피하기 위해 갖가지 묘안을 다 짜냈다.

이순신은 고민했다. 이대로라면 수군은 끝나는 것이다. 그동안 불가능하다고 여기며 넘어갔던 일도 다시 들여다봐야 한다. 말 그대로 혁신적인 사고와 결단이 필요했다. 웅크리고만 있을 수 없다. 결단의 내용이 혹여 내 몸에 해를 끼치지 않을까 걱정할 때가 아니었다.

이순신은 부관인 김희도와 함께 머리를 짜냈다. 마침내 기발한 그러나 모험을 무릅써야 하는 방법이 떠올랐다. 그 방법을 밀어붙이기 위해서라면 어떤 정치적 위험이나 보복도 무릅쓸 각오가 돼 있었다.

이순신은 미리 류성룡에게 비밀 편지를 보내 대략의 방안을 보고했다. 돌아온 김희도가 미소를 띤 채 류성룡의 답장을 건넸다. "해 보자"는 것이었다. 역시 류성룡 대감이었다. 선비형 얼굴에 매사 이성적으로 대화하고 설득하지만 속마음은 늘 혁신적이었다.

면천부도 류성룡이 아니면 불가능한 방법이었다. 벌써 조정에서는 류성룡이 양반사회의 질서를 근본으로부터 무너뜨리고 있다는 불평과 험담이 새어 나오고 있다. 그래도 류성룡은 표정 하나 바꾸지 않았다.

이순신이 오랜 생각을 가다듬어 장계를 썼다. 다 써 놓은 장계를 되풀이 읽으면서도 스스로 두렵지 않을 수 없었다. 내용 자체가 선조에게 보내는 선전포고나 다름없었다. 군정(軍政)의 자율과 독립권을 달라는 데 그치는 것이 아니라 통치 지역을 나눠달라는 극언에 가까웠다. 하지만 어쩌랴.

머리 좋은 선조다. 장계를 받은 선조도 손이 미세하게 떨리는 것을 숨길 수 없었다. 하지만 전투에서 이기는 길은 이것밖에 없다는 식이었다. 임금에게 선택을 강요하는 숨은 술수가 읽힌다. 장계는 "신의 어리석은 생각에는"으로 시작되고 있었다.

"신의 어리석은 생각에는 수군에 소속돼 있는 연해안 각 고을의 여러 아전들이 징발하는 건장한 병사들을 수군에 소속시키고 또 그곳에서 생산한 군량들도 전적으로 수군용으로 공급하도록 해 줌으로써 전선을 지금보다 배나 더 만들 수 있습니다.

전라좌도의 다섯 고을, 다섯 포구에서는 함선 육십 척을 정비할 수 있고 전라우도의 열다섯 고을, 열두 포구에서는 구십 척을 정비할 수 있고 경상우도에서는 난리를 치른 뒤라 조치할 길이 없다고 해도 그래도 사십여 척은 정비할 수 있습니다. 충청도에서는 육십 척 정도를 정비하여 보유할 수 있을 것이므로 모두 합하면 이백오십 척이 될 것입니다.

이만한 군사 위력을 가지고 자기네 도니 남의 지역이니 하면서 관할 구역을 따지지 않고 적들이 향하는 장소와 위치를 포착하는 대로 곧바로 합심하여 추격, 파괴한다면 가는 곳마다 대적할 만한 적이 없을 것입니다.

조정에서는 그런 사정들을 충분히 헤아려 연해안 여러 고을들로부터 징발한 장정들과 군량 등은 다른 곳으로 옮기지 말고 전적으로 수군에 소속시켜 주시기 바랍니다. 더불어 수군의 여러 장수들도 육군으로 이

동시키지 말아 주시기를 엎드려 간청 드립니다."

긴 내용이었지만 한 마디로 요약한다면 남해안과 서해안 지역은 조정이 아니라 수군 스스로 통치할 수 있도록 해 달라는 의미였다. 그렇다면 그곳 백성들은 더 이상 조정을 쳐다보지 않아도 될 것이다. 나 아닌 남의 나라, 남의 백성이 되는 것이다. 선조는 계속 읽어 내려갔다.

"군량 마련이 가장 먼저 해야 할 일입니다. 호남지방은 겉으로야 전란의 피해를 입지 않고 보전되었다고는 하나 물력이 완전히 고갈되어 조달할 길이 막막합니다.
신의 생각에는 전라도의 순천과 홍양 등지에는 텅 비어 있는 넓은 해안 지대와 농사를 지을 만한 섬들이 많이 있습니다. 그런 곳들을 수군 직영의 둔전으로 했으면 합니다. 민간에 주어서 경작을 시키거나 혹은 순천과 홍양의 방비 군사들을 전적으로 농사일에 종사시키다가 사변이 생길 때만 나가 싸우게 한다면 싸우고 지키는 데 방해될 것이 없고 군량 조달에도 유익할 것입니다. 가까이로는 두만강 녹둔도 둔전의 성공 사례도 있습니다."

둔전이야 당연한 조치다. 이순신도 녹둔도 둔전 감독관을 역임한 바 있다. 그것은 선조 스스로 임명한 것이다. 잘만 하면 군량문제를 자체 해결할 수 있으니 지금과 같이 식량 조달이 어려운 여건에서는 조정에서 먼저 둔전 확대를 촉구해야 마땅했다.
하지만 둔전 확대가 가져올 엄청난 정치적 후광 효과는 어찌할 것인

가. 사람은 말할 것도 없고 심지어 집에서 기르는 강아지도 자기에게 먹을 것을 주는 주인에게 충성을 바치게 마련이다. 이순신은 이미 그것까지 흉금에 담고 있는 지도 모른다. 장계는 계속됐다.

"수사가 수군의 대장으로서 호령을 내리더라도 각 고을의 수령 등은 자기네 소관 사항이 아니라고 핑계 대면서 전혀 시행하지 않고 있습니다. 심지어 군사상 중대한 임무까지도 내팽개쳐 두거나 등한시하는 일이 많아서 매사가 이완되는 정도가 심합니다. 이런 큰 국가적 사변을 당하고 있음에도 도저히 일을 처리해 나갈 수가 없습니다. 반드시 감사와 병사의 예를 따라 해안 고을의 수령들은 수사의 지휘를 받도록 해 주시기 바랍니다."

 당시 조선의 해변 고을은 도의 행정을 맡은 감사와 육군 지역사령관인 병사, 수군 지역사령관인 수사 등이 제각기 감독권을 내세우고 있었다. 이순신은 지휘체계가 불분명하고 혼란스러운 만큼 이를 수사에게로 일원화 해 달라는 것이었다.
 장계는 처음부터 끝까지 혁명적인 내용으로 가득 찼다. 기존의 모든 관행과 법제를 완벽하게 뒤집어엎고 있다. 관할지역 병력의 독점적 통치 권한에, 식량 생산을 위한 농업 정책, 그리고 이들 지역 관리들에 대한 전반적인 행정 명령권까지 달라는 내용이었다.
 선조는 머릿속이 분노로 이글거렸다. 과인이 이 나라의 최고 통치권자인 임금이다. 그런 과인이 지금 한갓 이순신에 의해 위험하기 짝이 없는 함정에 빠져들고 있다. 그렇다고 일언지하에 거부할 수도 없다는 점이 선조를 더욱 화나게 만들었다.

　이순신은 오로지 충실한 해상 국방과 왜적의 토벌을 대의명분으로 삼고 있다. 어전회의를 열어도 신하들이 이를 직접 비판하고 나서기 어려울 것이다. 신하들 앞에서 과인의 권한을 빼앗기는 것 아니냐고 호소할 수도 없는 노릇이 아닌가. 지금 그나마 조선 강토를 유린하고 있는 왜군에 맞서 유일하게 그들의 목을 조르고 있는 장수가 수군통제사다. 이 일을 어쩌면 좋단 말인가.

　사실 조선 군대의 감독권 문제는 유독 수군만의 문제가 아니었다. 이 세상 모든 군사 편제는 삼각형 구조를 벗어날 수가 없다. 조직에 대한 감시 기능이 작동해야 하고 명령 하달과 명령 복종의 일원화, 정보 파악과 관리에 삼각형 체계보다 더 효율적인 조직은 없기 때문이다.

　몽골 부족을 통합한 후 가는 곳마다 승리와 정복의 깃발을 꽂았던 원나라의 칭기즈칸은 자신의 조직 편제를 십진법으로 체계화했다. 최고 사령관은 열 명의 장수를 관할하고 장수는 다시 열 명의 하급 장교를 그리고 그 하급 장교는 다시 열 명의 사병을 관할하는 식이다. 결국 누구든 자기 밑의 열 명만 다스릴 수 있으면 방대한 규모의 군사조직을 손쉽게 장악할 수 있다.

　그런데 조선 군대는 정반대였다. 군문에는 군 지휘관만 있는 것이 아니다. 문인 출신인 순변사도 있고 순찰사도 있다. 도원수도 하나의 부대를 상대로 똑같은 권위의 명령권을 행사한다.

　조선 군대에 부족한 것은 명령을 내리는 장수가 아니었다. 조선 군대를 망하게 하는 가장 큰 원인은 바로 명령이 여러 지휘관들로부터 동시에 나온다는 것이다. 왜란이 터지자 선조는 그것도 모자라 도체찰사라는 군사와 행정권을 통합한 새로운 지휘권을 만들어 냈다. 현장에서는 그야말로 여러 갈래의 명령이 쏟아져 나오면서 엇갈리고 뒤섞이는 일이 다반사다.

손자병법은 무릇 다수의 병사를 통솔하면서도 소수의 병력을 통솔하듯 하는 것은 조직과 편제가 있기 때문이며, 전쟁터에서 군이 혼란에 빠지거나 반대로 질서를 유지할 수 있는 것도 조직과 편제의 문제라고 했다. 주역에 이르기를 군을 주관하는 사람이 여럿이면 반드시 패한다고 했다. 조선의 군사조직과 편제는 이 같은 역사적 지혜들을 깡그리 무시하고 있었다.

순변사, 순찰사, 도원수에 도체찰사만이 아니다. 이순신이 통절하게 지적했듯 병사도 있고 수사도 있고 수령도 있다. 이들은 모두 별개의 직위로 별개의 군대를 가지려 했다.

어느 누구도 다른 사람을 명령하거나 지휘 통솔하기가 쉽지 않았다. 군사를 징발할 때마다 공문이 여러 곳에서 뒤섞여 나와 아무리 머리가 명석하다 한들 어디를 따라야 할지 종잡을 수가 없다. 장수들끼리 저마다 서로 더 많은 군사를 차지하려고 다투어서 군정문란의 심각한 원인이 된지 오래였음에도 역대 조정의 어느 누구도 이를 고치려 들지 않았다.

최고사령관들만 그런 것이 아니다. 중대장급인 초관, 소대장급인 기총, 분대장급인 대총의 경우도 대부분 역삼각형을 벗어나지 않는다.

이순신이 처음 전라좌수사로 부임했을 때 병역 기록부를 조사하는 과정에서 일어난 일이다. 한 고을의 어떤 초관 밑에는 기총이 한 명밖에 없었다. 중대장이 오직 한 명의 소대장을 데리고 있는 셈이다.

　어떤 기에는 기총이 있는데 분대장인 대총이 한 명도 없었다. 어떤 대에는 대총은 있는데 병사가 아예 한 명도 없었다. 대총 한 명만 있는 데가 수두룩했다. 이쯤 되면 들에 묶여 있는 소 한 마리에 열 명의 주인이 나타나 서로 자기네 것이라고 싸움을 벌이는 격이다.

　이렇듯 편제와 명령 체계가 지리멸렬하니 전쟁을 하면서도 전투다운 전투는 애초 기대할 수가 없다. 장수들끼리 전투를 앞두고 미리 시일을 정하고 만나기로 약정해도 제 날짜를 지키지 않을 정도다.

　전투가 치열해질만하면 모두 그 전투를 피해 다른 곳으로 가 버린다. 평양성에서 철수하는 왜군을 추적하기 위해 류성룡이 황해도 방어사 이시언과 김경로에게 작전명령을 하달해도 김경로가 명령을 회피한 채 황해도 순찰사 류영경을 따라가 버린 것 또한 이런 배경에서였다.

　잘못돼도 핑계는 반드시 다른 장수들에게 갖다 댄다. 어차피 누구에게서 어떤 명령이 내려올지 갈피를 잡을 수 없기 때문에 온갖 변명이 합리화될 수밖에 없다.

　혹시라도 다른 장수가 공을 이루면 같은 장소에 있던 내가 상대적으로 하향 평가받거나 비판대 위에 오를 수 있다. 시기와 질투가 더해지면 상호 견제가 일상화된다. 세상 이치를 아는 장수라면 삼십육계가 가장 현명한 처신이 될 수밖에 없다.

　게다가 조선은 제도적으로 수탈이 용인된 나라였다. 장수가 녹봉이 없으니 병사들로부터 하나라도 더 거둬들여야 살 수가 있다. 시간이 흐르고 법제가 점점 해이해지면서 관리와 장수들의 탐욕과 포악함은 갈수록 극성을 부렸다. 장수들끼리는 서로 공공연히 말하기를 아무 진

(鎭)의 장수는 값이 얼마요, 아무 보(堡)의 벼슬은 얼마라는 액수까지 정해지고 있을 정도였다.

　진과 보의 장수에게 면포를 바쳐 방수역을 면제받고 집에서 편안히 쉬는 것을 사람마다 부러워하고 그것을 본받으려고 하니 진과 보 모두 텅 비게 된다.

　선조도 이런 사정을 모르는 것이 아니었다. 하지만 알면서도 오랜 병폐를 고치려 들지 않았다. 군사개혁은 달리 표현해 벼슬자리를 사고파는 조정 신하들로부터 돈 벌 기회를 박탈하는 것이나 마찬가지다. 곧바로 "아니 되옵니다"를 연발하거나 "고달픈 백성을 더 이상 괴롭힐 수 없습니다"라는 그럴듯한 핑계가 터져 나올 것이다.

　하지만 이순신은 기존의 썩은 신하들과 달리 정면으로 군사개혁을 요구하고 나섰다. 군사개혁이 전제돼야 왜군과의 전투가 지속될 수 있고 승리할 수 있다고 주장했다.

　연해안 고을의 징병권과 군량 확보 권한을 수군에 넘겨주지 않는다면 수군의 전력이 무너질 것이고 그렇게 되면 적군은 바로 서해안을 타고 한양까지 북상할 것임을 암시하는 거듭된 압박에 선조는 마침내 무릎을 꿇고 말았다.

　이순신의 한판 승부였다. 통치 영역을 확보하였다는 것 못지않게 중요한 사실은 군정과 군령권의 독립성을 대폭 늘렸다는 점이다. 이로써 이순신은 도원수와 순찰사 등의 수군에 대한 간섭을 원천 차단하게 됐다.

　군정체계를 온전히 장악한 이순신은 곧바로 식량 자급자족을 위한 농정 개혁에 착수했다. 전라좌도 수군만 해도 매일같이 쌀 백 가마, 도정하지 않은 벼로는 이백 가마 정도가 소비된다.

이제 수군통제사 밑에는 전라좌우도와 충청도 그리고 경상좌우도 병사들까지 포함돼 있다. 대군이었다. 매일같이 소요되는 군량은 당연히 천문학적 숫자였다.

이런 어마어마한 군량미를 조달하려면 기존의 조세방식으로는 어림도 없다. 결국 해답은 둔전이었다. 수군 스스로 땅을 일구고 씨를 뿌려 가을에 수확함으로써 군량미를 조달하는 수밖에 없다.

병력을 확보하고 식량을 동원할 수 있다면 군대는 비로소 싸울 준비가 이뤄지는 것이다. 그런데 문제는 싸울 준비에서 그치지 않는다. 자급자족 체계를 구축한 군대라면 그것은 새로운 해상 독립왕국의 건설이나 다름없다.

이순신은 김희도를 류성룡에게 보내 둔전 개척이 어떻게 가능한지를 설명토록 했다. 그것을 가능케 하는 열쇠는 바로 남해안을 통해 대거 몰려오는 경상도 피난민의 존재였다. 이순신은 난민 문제를 식량 생산의 수단으로 역이용하고자 했다.

류성룡으로서도 대규모 둔전 개척의 필요성은 충분히 이해하지만 그 둔전 경영의 노동력을 어떻게 조달할 것인지가 의문이었다. 김희도는 바로 피난민 문제에 해답이 들어 있다고 답했다.

"전쟁이 발발하고부터 영남 쪽에서 수없이 많은 난민들이 남해안을 타고 전라도 지역으로 몰려들고 있습니다. 이들을 위해 구호물자를 백방으로 조달하려고 노력해 왔지만 계책이 따르지를 못하는 형편입니다. 난리를 평정한 뒤에 자기네 고장으로 돌려보내면 된다지만 당장 굶어 죽어가는 참상은 차마 눈뜨고 볼 수 없을 정도입니다. 그래서 궁리

끝에 이들을 생산 인구로 돌리기로 했습니다. 당장은 이들을 먹여 살리는 게 보통 심각한 문제가 아니지만 다행히 남해안에는 이들에게 농사를 짓게 할 농토가 무궁무진하다는 점에 착안한 것입니다."

"남해안에 농토가 무궁무진하다?"

"예, 그렇습니다. 해안지대나 주변 섬들은 왜적의 약탈이 계속되면서 조정에서도 오래전부터 백성들의 주거지를 육지 안쪽으로 옮기도록 강제하지 않았습니까. 대신 섬들은 말을 키우는 목장으로나 이용했고요. 난이 일어난 직후에는 영남에서 몰려드는 난민들을 일시적으로 여수의 본영 앞에 있는 돌섬 쪽으로 수용했는데 이들 스스로 그곳에서 논밭을 개척하기 시작했습니다.

장군이 실태조사를 해 보니 이 돌섬은 겹산으로 둘러져 있어서 사방으로 도적들과 격리되어 있는 데다 지세가 넓고 편평하고 땅도 기름지다는 사실을 알게 됐습니다. 그래서 그 뒤에 오는 피난민들을 이곳으로 들어가 살게 하는 중입니다.

장군께서는 계속 유입되는 난민들을 돌섬 뿐 아니라 남해안에 수없이 많은 섬들에 정착시키고 이들에게 둔전을 맡길 계획입니다. 물론 이를 전면적으로 시행하기 위해서는 조정이 공도(空島)정책을 전면적으로 풀어 줘야 할 것입니다. 섬만이 아닙니다. 해안가 평지를 개척하면 논밭으로 전환할 수 있는 땅은 무궁무진한 편입니다."

"으음, 그럴듯한 생각이군. 조정에서는 공도정책을 폐지하는 거 외에 달리 조치할 일도 없는 거구만."

"예, 그렇습니다. 돌섬에서는 이미 상당 규모의 농작물이 수군에 공급되는 실정입니다. 게다가 난민들도 살길이 생겼다면서 눈물을 흘리며 통제사에게 고마워하고 있습니다."

"통제사는 과거 녹둔도 둔전을 성공시킨 경험이 있으니 어려운 일도 아닐 걸세. 좋네, 나머지 행정 조치는 이쪽에서 알아서 할 테니 남해안 섬들에서 둔전정책을 전면적으로 시행하라고 이르게."

영남의 피난민들을 좌수영 건너편 돌산으로 이주시키면서 논밭을 개척하는 데 성공한 이순신은 그간의 경험과 자신감을 바탕으로 둔전 개간에 본격적으로 뛰어들었다. 이로써 애초 왜구 침탈의 민간인 피해를 줄이기 위해 시작됐던 공도 정책이 막상 왜구가 온 국토에 가득차면서 철폐됐다.

이제 수군은 피난민들의 경작지에서 나오는 소출 중 절반을 걷어 들이는 권리를 얻게 됐다. 백성들은 절반이나 바쳐도 크게 만족했다. 그것만 내놓으면 더 이상의 착취가 없기 때문이다.

이순신은 둔전 경영의 책임을 휘하 장수들에게 두는 것은 물론, 실제적인 농사 감독관도 자신이 임명한 사람들로 채웠다.

이순신이 주도한 삼남 해안의 둔전 개간은 마침내 군사를 먹이는 수준을 넘어 백성들의 생존을 보장하고 그들을 수군의 휘하로 편입시키는 수단이 되었다. 이순신은 이제 일개 수군 지휘관이 아니라 해상 군주로 변모하기 시작했다.

남해안에서 이순신의 존재감이 하늘을 찌를수록 조정의 반응은 점차 예민해져 갔다. 해변의 불모지 땅이 호적에 오르지 않은 자들의 손으로 개간되어 연간 수만 석의 곡식이 수확되고 있는 판이다.

그런데도 나라의 세금 원천이 조정이 아니라 이순신의 군대로 흘러 들어가고 있다. 이 같은 사실을 목격한 조정은 차츰 이순신이라는 인간에게 의혹의 눈길을 보내기 시작했다.

그해 가을 남해안 섬들이 유독 풍년을 기록했다는 소식이 조정에까지 알려지자 선조가 내수사 관리에게 남해안 둔전에 대한 검열을 실시하라는 조치를 내렸다.

하지만 호조가 아니라 내수사에서 검열을 하는 것 자체가 이상했다. 내수사라면 궁중에서 쓰는 미곡, 포목, 잡화, 노비 등에 관한 일이나 왕실의 재산과 사유 토지 등의 관리를 맡은 부서다. 선조의 의도가 어디 있는지를 짐작케 하는 대목이었다.

이순신도 선조가 의심의 눈초리로 통제사 관할 지역을 눈여겨보고 있음을 직감했다. 하지만 하유문 안에는 그저 "둔전의 실태를 살펴보라"는 조심스런 문구가 담겨 있을 뿐이었다. 이순신은 담담히 받아들였다. 더불어 병참 담당자를 불러 그동안 소출이 어떻게 지출됐는지에 대한 장부도 내보이도록 했다.

얼마 지나지 않아 이번에는 대궐의 쌀, 간장 등을 책임지고 있는 부서인 사도시에서 관계자가 파견됐다. 사도시주부 조형도였다. 내수사 관리가 다녀간 지 딱 한 달 후였다. 그는 뜬금없이 남해안 왜적 정세를 이야기하는 등 횡설수설하다 며칠 후 한양으로 돌아갔다.

아마도 선조는 한양의 식량 사정은 딱한 반면 한산도의 형편이 훨씬 낫다는 이야기를 들은 듯했다. 아니나 다를까, 조형도가 귀경하자마자 이순신에게 불리한 보고서를 올렸다. 그러자 비변사도 이순신을 비판하고 나섰다.

"비변사가 아룁니다. 주부 조형도의 보고에 따르면 한산도 본영이 주사와 격군은 한 명당 하루 쌀 다섯 홉과 식수 일곱 홉을 배급받는다고 발표했으나 실제로 병사들의 건강 상태를 살펴보니 그렇게 배급되지 않는 듯했습니다. 이 모두가 이순신이 사졸들을 제대로 돌보지 않는 것이며 그들과 동고동락하는 의리를 모르는 소치입니다."

 제대로 배급되지 않는다는 지적이 중요했다. 더 이상의 언급이 없더라도 발표와 실제 배급량의 차이가 있다면 그 나머지는 어디로 가고 있느냐는 소리 없는 의문 부호였다.
 이 소식은 약 이십 일 뒤 조정에서 발행하는 조보(朝報)를 통해 이순신에게 전해졌다. 부하들로부터 전해진 조보를 읽은 이순신은 말문이 막혔다.
 "참으로 가소롭다. 하루 이틀 겪은 것도 아니지만 조정을 이해하기가 정말로 어렵구나."
 고개를 절레절레 흔드는 이순신으로부터 조보를 건네받은 김희도는 내용을 살핀 후 조용히 말했다.
 "아무래도 조형도가 한산도의 실태를 염탐하려는 임금의 첩자 노릇을 한 것이 아니냐는 의심이 듭니다. 임금에게도 꿍꿍이가 있지 않겠습니까. 그렇다면 미리 씨를 뿌려 두려는 의도일 수도 있겠지요."
 "함부로 말하지 말게. 세상에 눈과 귀가 얼마나 많은가. 그냥 우리가 깨끗하면 그만이지. 더 이상 뭘 어쩌겠는가."
 잠시 조용하더니 한여름철에 갑자기 암행어사 신식이 전라좌도 소속의 다섯 포구에서 발각된 부정사실을 조사한다는 명목으로 한산도를 찾아왔다. 감찰을 끝낸 신식이 이순신과 저녁을 같이 했다.

수재형으로 생긴 얼굴에 눈빛이 날카로웠다. 게다가 젊은 혈기가 느껴지는 몸맵시다. 이야기하는 것이 의외로 조정에 대해 비판적이었다. 왜란으로 주제가 옮겨 가자 조정에 대한 강한 자아비판을 펴기 시작했다.

이순신은 가능한 한 들으려고만 했다. 어사가 청어 구이를 맛있게 먹는 모습을 보자 이순신이 자신의 것을 그의 밥상 쪽으로 건네주려 했다.

"아뇨, 여기 있습니다. 이걸로 드리죠."

김희도가 자신의 것을 건네주면서 말했다.

"소금을 뿌려 말려 둔 것이라 좀 짭짤하지만 나름 맛이 괜찮을 것입니다."

어사가 고맙다는 듯이 받아들었다. 그러면서 이순신을 똑바로 바라보았다.

"장군께서는 제가 왜 고작 포구 부정사건을 조사하려 왔는지 그 이유를 충분히 짐작하시리라 믿습니다. 이런 말씀 드릴 입장은 아니지만 조정에서 장군을 염탐하려는 분위기가 있음도 잘 아실 것입니다. 제 아버님은 늘 말씀하셨습니다. 조정에서는 남을 헐뜯는 데 정성을 쏟을 뿐, 정작 백성의 삶을 돌보는 논의를 들은 적이 없다고 말이죠. 제가 직접 경험해 본 바도 큰 차이가 없는 것 같습니다. 그러나 조정 모두 그런 것은 아닙니다. 뜻 있는 선비들도 있습니다. 그들은 세상이 어떻게 돌아가는지도 잘 알고 있습니다. 말을 하지 않을 뿐이죠."

이순신이 엷은 미소를 띠며 "그렇겠죠"라고 짧게 답했다.

"여기로 내려오는 동안 백성들이 어떻게 장군을 생각하고 있는가를 직접 보고 들었습니다. 부디 몸조심하십시오. 부패사건은 강력한 처벌이 내려질 것입니다. 이해해 주시면 고맙겠습니다."

이순신이 동의한다는 듯 다시 고개를 끄덕였다. 식사를 마치고 김희도가 신식을 숙소로 안내했다. 이미 밤이 깊었다. 숲속에서 부엉이 우는 소리가 들려왔다.

이순신은 병력 관리 문제와 둔전을 통한 식량 조달 계획이 순조롭게 진행되자 다른 군수 및 민수 물자 조달에도 박차를 가했다. 한산도 본영은 그 활로를 바다 농사와 기지 내 제조창의 갖가지 기물 생산에서 찾았다. 이를 자본으로 삼아 상거래에도 힘을 기울였다.

가마솥을 직접 주조해서 소금을 굽는 것이 좋은 예였다. 남해와 서해 바다는 다행히도 물고기와 해조류, 소금 등 많은 재화를 내주고 있었다. 물고기는 병사들에게 부족한 단백질을 보충해 주기도 했지만 육지의 생산물들과 교환함으로써 모자라는 군량미를 벌충하는 상품이 되기도 했다.

미역과 김, 파래, 다시마 등 해조류와 조개류 역시 군졸들의 부식거리로 삼거나, 말려서 육지 산물과 바꾸는 재화로 활용했다. 이런 재화를 배로 실어 내 판매하자 몇 달이 지나지 않아 곡식을 수만 섬이나 쌓게 됐다.

한산도의 군수공업은 날이 갈수록 번창했다. 무기류를 제조하는 여러 공방이 활발히 가동됐다. 조선소에서는 수많은 목수들이 판옥선 건조를 위해 망치 소리를 높였다. 바삐 움직일 때는 목수가 무려 이백 명을 넘었다.

병기창에서는 장인들이 오랜 시행착오 끝에 조총까지 만들어 냈다. 새로 만든 조선식 조총인 정철 총통 견본이 곧바로 비변사로 보내졌다.

명나라 사람들이 와서 시험 사격을 하고는 왜의 조총보다 성능이 좋다고 칭찬을 아끼지 않았다. 일본군 포로들을 회유해서 제조 과정에 동참시킨 것이 주효했다.

이순신은 조정의 군수 지원 없이 스스로 백성을 불러 모아 산업을 일으키고 자립한 경제로 군사를 먹이고 입히고 무장했다. 이 같은 고도화하고 효율적인 병참체제가 한산도 본영의 경영을 뒷받침하는 튼튼한 물적 토대가 됐다.

하지만 삼남 해안지역의 통치권을 상실한 임금으로서는 이순신과 수군의 충성심 외에 사실상 이들을 통제할 수단이 없었다. 선조는 답답하고 불안했다. 더군다나 전쟁 발발 몇 년도 안 되는 시점에 선조와 이순신 간에 크게 금이 가는 사태가 발생했다.

세자인 광해군의 분조가 전주로 내려왔을 때였다. 광해군은 이순신에게 수군의 예비무관들을 이끌고 와서 충성 맹세도 하는 한편 무과 시험을 시행하라고 통보했다. 이순신은 불과 몇 십 리를 두고 왜적과 대치하고 있다는 이유로 이를 거부했다. 휘하 무관들로 하여금 광해군이 실시한 전주 무과에도 응시하지 못하게 했다.

이순신은 자신의 고집대로 한산도 본영에서 수군 단독의 무과 시험을 실시하고 여기서 합격자 백 명을 선발했다. 그들은 모두 수군 부대에 배치됐다. 이 일로 이순신은 완전히 동궁의 눈 밖에 났다. 소식을 들은 선조 역시 평소의 의심을 더욱 굳힐 수밖에 없었다.

순천 부사가 조정에서 전주 사건을 심각하게 보고 있다는 소식을 전해 왔다. 순찰사 이정암이 공문을 통해 전주 아닌 한산도 진중에서 자체 과거를 시행하겠다며 이순신이 동궁께 장달을 올린 것은 아주 잘못

된 것이니 벌을 주어야 한다는 장계를 올렸다는 것이다.
 하지만 이순신은 이 같은 조정의 흐름을 철저히 무시했다. 김희도가 들으란 듯이 "가소롭기는…"이라고 말했다. 김희도만이 아니라 몇몇 참모들도 분명히 들었다. 그들은 놀라는 표정이 아니라 모두들 빙긋이 웃었다. 그들의 충절의 대상은 이미 조정이 아니었다. 그들에게는 이미 이순신이 조선의 유일한 희망이었다.

 '공고개주(功高蓋主)'. 신하의 공이 높아 임금의 권위를 덮어 버린다는 뜻이다. 권력의 정점에 있는 선조는 이를 본능적으로 느꼈다. 한산도 군영이야말로 임금의 권위를 능가하는 또 하나의 조정이었다. 한산도 본영은 이제 단순히 임금의 잠재적인 도전자에 머물지 않는다.
 그들은 임금인 자기와 달리 백성들의 존경과 지지를 받고 있다. 그럴수록 선조는 이순신에게 한없이 질투심을 느껴야 했다. 못난 군주는 언제나 잘난 신하에게서 반역의 냄새를 맡는 법이다.
 선조 임금은 본격적으로 이순신을 견제하기 시작했다. 조정의 신하들도 바람의 향배를 읽었다. 그들의 입에서 이순신을 헐뜯는 소리가 공개적으로 나왔다.
 비변사가 왕에게 건의했다.
 "도원수의 장계를 보면 적선 네다섯 척이 빈번하게 출현하는 판에 좌도수사와 우도수사는 충분히 출격 소멸시킬 수도 있음에도 서로 내버려두고 있는 실정입니다. 통제사 이순신 이하 수사들을 모두 신문하고 죄를 주도록 조치해야 할 것입니다."
 조정 신료들이 이순신과 그 부하들에게 죄를 주자는 의견을 올리기 시작하자 선조도 싫지 않다는 표정을 지었다. 어전회의가 거의 끝나 갈 무렵 선조가 갑자기 이순신을 거론했다.

"듣자 하니 이순신은 일을 하는 데 태만하다고들 한다."

류성룡이 감을 잡고 평소처럼 변호하고 나섰다.

"이순신이 아니면 지금과 같은 전과를 가져올 수 없었을 것입니다. 수군과 육군을 통해 여러 장수들 가운데 가장 우수합니다."

"그런데 왜 우리나라 군사는 왜적의 진영 하나도 제대로 공격을 가해 격멸시키지 못하는가."

류성룡은 선조의 발언에 내심 놀랐다. 우리나라 군사라고 하지만 분명 이순신을 겨냥한 것이다. 선조가 한 발 더 나아갔다.

"밖에서는 순신을 어떤 사람이라고들 하는가?"

이번에는 김응남이 류성룡의 발언을 반복했다.

"이순신은 쓸 만한 장수입니다."

선조는 여전했다.

"이순신이 처음에는 힘껏 싸웠으나 그 뒤에는 작은 적일지라도 잡는 데 성실하지 않았고, 또 군사를 일으켜 적을 토벌하는 일이 없으므로 내가 늘 의심하였다. 동궁이 전주로 내려갔을 때 여러 번 사람을 보내어 불러도 오지 않았다지 않는가."

김응남이 갑자기 안색을 바꿨다. 선조가 기대했던 답변을 올리지 못했다는 자책감이 당혹감으로 나타났다. 이번에는 다른 어조로 아뢰었다.

"원균이 왜란 당초에 사람을 시켜 이순신을 불렀으나 이순신이 오지 않자 통곡을 했다고 합니다. 원균은 해상 작전에 성공을 거뒀음에도 도리어 이순신이 위에 있게 되자 두 장수 사이가 크게 벌어졌다고 합니다."

"이순신의 사람됨으로 볼 때 결국 성공할 수 있는 자인가? 글쎄 어떨지 모르겠다."

류성룡은 선조의 뜻이 원균으로 옮겨 가고 있음을 직감했다.

김응남이 선조의 뜻에 부합하기 위해 단어를 신중하게 골랐다. 그가 다시 말했다.

"알 수 없습니다만 장수들은 이순신이 조용하고 중용의 도를 안다고 합니다. 그러나 지금 거제를 지키는 일이라면 원균이 아니고 누가 하겠습니까."

선조가 이번에는 체찰사 이원익을 향했다.

"체찰사는 한산도에 가 봤는가?"

"지난번에 처음으로 가 봤습니다."

"통제사 이순신은 열성을 다하던가?"

"그 사람은 명석하고 뛰어난 사람인 데다 충심을 다해 일을 합니다. 한산도에다 군량을 많이 쌓아 두었다고 합니다."

이원익으로부터 나쁜 평가가 나오지 않자 선조가 세간의 평을 운운하며 다시 물었다.

"처음에는 왜적을 잡는 데 열성이더니 그 뒤에 들으니 태만해진 점이 많다고 한다. 그의 사람됨이 어떠하던가?"

사람들은 류성룡과 이원익을 평하면서 류성룡은 (머리가 명석해) 쉽사리 속일 수가 없고 이원익은 (성품이 곧고 착해서) 차마 속일 수 없다고 했다. 이원익이 여전히 곧바른 소리를 멈추지 않았다.

"신이 보기에는 여러 장수들 가운데 가장 뛰어난 사람입니다. 전쟁터에서 처음에는 열성을 다하다가 나중에 해이해졌다는 평에 대해서는 신으로서는 들은 바가 없습니다."

선조의 얼굴에 실망의 빛이 스쳐 지나갔다. 그가 다시 물었다.

"이순신이 군사를 통솔할 능력은 있는가?"

"신의 생각에는 남해의 여러 장수들 중에서 이순신이 제일이라고 봅니다."

선조는 더 이상 논의를 끌어 봐야 소용없겠다는 듯 어전회의를 파했다. 류성룡이 편전 밖으로 나가는 오 척 단구의 이원익을 따라잡으며 말했다.

"경은 참으로 우직합니다. 하긴 나도 그 점 때문에 경을 좋아하기는 하지만, 분위기가 싸늘할 때도 있습니다."

이원익이 여전히 성실한 태도로 응답했다.

"없는 말을 지어낸 것도 아니잖습니까."

이순신의 한산도 본영은 날이 갈수록 하늘을 찌르는 듯 위용을 과시했다. 통제사가 파견한 첩자들이 수집해 온 첩보에 의하면 일본군 진영에서도 한산도 군영에 넘쳐나는 함선들과 풍부한 비축 식량, 갈수록 날카로워지는 무기 등에 겁을 먹고 있는 것으로 나타났다. 적군이 이럴진대 조선 조정 특히 선조의 위기감은 갈수록 심각해져 갔다.

이순신의 휘하 장수들이나 참모진, 한산도로 밀려드는 의협심 강한 선비들 모두 선조의 불안감을 눈치채고 있었다. 그러면서 조정 주변의 시의심 가득한 눈초리를 가볍게 무시하는 이순신의 기세에도 관심을 기울이기 시작했다. 김희도가 틈날 때마다 조정은 물론 휘하 장수와 선비들의 분위기를 전해도 장군은 그저 "그런가?" 정도의 반응을 보일 뿐이었다.

백여 척의 판옥선과 위풍당당한 거북선 수 척, 그리고 셀 수 없는 협선이 함께 참가한 대규모 해상 모의 전투가 성공리에 끝난 날 저녁, 이순신은 오랜만에 병사들을 위한 위로연을 베풀었다. 병사들에게 소와 돼지 수십 마리가 제공됐다. 부하 장수들과 참모들도 마음 놓고 술잔을 기울였다. 한산도 여기저기에서 흥에 겨운 노래 가락이 들려왔다.

하지만 김희도와 무관 출신 선의봉, 역관 경험으로 만주와 일본 등의 세상사에 밝은 박이량은 마냥 술자리를 즐길 수 없었다. 그들은 선조가 기회만 오면 이순신을 가만두지 않을 것이라는 데 의견이 일치하고 있었다.

이들이 생각해도 한산도 본영은 이미 소왕국이나 다름없었다. 조선 제일의 무장력도 갖추고 있다. 통제사도 그걸 십분 의식하고 있을 것이다. 그렇다고 통제사에게 어찌할 것인지를 묻기도 어려웠다.

그들은 답답한 마음에 주연 모임에서 남겨진 술과 음식들을 챙겨 박이량의 숙소로 자리를 옮겼다. 오랜만에 흉금이라도 털어놓는 시간을 갖자는 의미였다. 박이량의 제안이었지만 다른 두 사람도 흔쾌히 응했다.

방 안에는 가장 자리에 위치한 등잔불만 교교히 불을 밝히고 있을 뿐이다. 장호인은 옆방에서 쉬고 있었다. 그냥 자는 것이 아니라 이따금 일어나 숙소 주변을 배회했다. 그만큼 조심스런 장호인이었다.

술잔이 여러 번 오갔지만 취기는 오르지 않았다. 마침내 나이에서 앞선 선의봉이 화두를 열었다.

"여러분, 한신 장군은 진정 나라를 일으키려고 했던 것일까요, 아니면 끝까지 유방에게 충성을 바치려고 했는데 일방적으로 여후에게 참살당한 것일까요. 어찌 생각하십니까?"

한신이라는 말이 나오자 다른 사람들이 피식 웃었다. 한신이 아니라 뻔히 이순신을 의식하고 있음을 잘 알고 있었기 때문이다.

질문을 던지던 박이량이 다른 이들의 답변도 기다리지 않고 단칼에 정의를 내려 버렸다.

"한신이 독립을 의도했든 안 했든 그것이 중요한 게 아니오. 공고개 주, 그 자체가 이미 그의 운명을 예정한 겁니다. 피할 수 없는 귀결이죠. 그 순간부터 어느 누구도 정해진 운명을 벗어날 수는 없습니다. 한신이 설령 소하처럼 처신했다고 해서 나중에 살아남았으리라고 나는 보지 않습니다."

소하는 유방이 패현에서 정장으로 지낼 때부터 서로 동고동락했던 벗이었다. 뒤늦게 유방 진영에 합류한 한신과는 애초부터 신뢰관계의 높고 낮음을 비교할 수 없을 정도였다.

그럼에도 소하는 유방 앞에서 철저히 몸을 사렸다. 덕분에 유방은 형양에서 항우와 대치하고 있을 때 소하에게 자신의 전략 거점인 관중 지역을 통째로 관리하도록 맡겼다.

물론 완벽하게 믿고 맡겼다는 것은 거짓말이다. 군주는 아무리 자신에게 충성을 바치는 신하라도 마냥 권력을 행사하도록 허용하지 않는 법이다.

유방은 생뚱맞게도 여러 번에 걸쳐 관중에 남아 있는 소하를 위로하는 편지를 보냈다. 소하는 이로써 유방이 자신을 의심한다는 사실을 알

아차렸고 곧바로 자기 가족과 조카를 전쟁터로 보냈다. 이 일을 전해 듣자 유방이 비로소 소하에 대한 의심을 풀었다. 기뻐한 것도 당연했다.

유방이 항우와의 싸움에서 승리하고 돌아올 때 주위 사람들로부터 소하가 관중의 백성들로부터 깊은 신뢰와 사랑을 받고 있다는 세평을 듣고 마음이 편치 않았다.

그런 말이 소하의 귀에 들어갔다. 소하는 뜬금없이 일부 백성의 전답을 강제로 빼앗는 짓을 저질렀다. 이로 인해 주변 백성의 원성이 높아졌다. 유방이 소하를 불러내 모두가 보는 앞에서 크게 질책하고 나무랐지만 뒤에서는 크게 기뻐했다.

박이량이 계속했다.

"소하는 그저 문관에 지나지 않았지만 한신은 무장이었소. 게다가 유방과의 술자리에서 저 유명한 다다익선 이야기까지 하지 않았습니까. 주공인 유방은 십 만 군사를 넉넉히 통솔하겠지만 자기는 백 만 아니, 많으면 많을수록 좋다고 했어요. 그러잖아도 의심이 많은 유방에게 그런 말을 하다니. 유방은 이미 그때부터 한신을 견제하기 시작했을 것입니다."

고개를 끄덕이던 선의봉이 빈 술잔을 내려놓았다. 그가 말했다.

"더욱 결정적인 계기는 한신이 북쪽에 있으면서 유방의 구조 요청을 수차례에 걸쳐서 무시하고 자신이 따로 독자적인 세력을 형성한 거잖소."

김희도는 선의봉이 말하고자 하는 의도를 잘 알고 있었다. 한신의 북쪽 땅과 이순신의 남쪽 땅이 같은 것이라는 시사였다. 그가 이의를 달았다.

"거기에 대해서는 여러 가지 해석이 있는 듯합니다. 비록 한신의 독자적 판단이 유방에게 더 큰 의혹을 불러일으키게 했지만 한편으로는 항우와 유방의 전선을 길고 넓게 해서 항우로 하여금 한군데로 힘을 집중시키지 못하게 하려 했다는 식으로 말입니다."

이번에는 박이량이 김희도를 반박했다.

"유방의 본진이 항우에게 밀리는 상황이었습니다. 당연히 유방으로서는 한신이 북쪽 땅에서 좀처럼 움직이지 않는 것을 두고 야속하게 생각할 수밖에 없었죠. 한신이 정말 다른 뜻이 없었다면, 거꾸로 유방이 자기를 어떻게 생각하고 있을 것인가에 대해 좀 더 숙고해야 했습니다. 내가 보기에는 한신 스스로 섣불리 남하할 경우 항우는 물론 유방으로부터 양쪽에서 협공을 받고 자멸할 수 있다고 판단했으리라 생각합니다. 한신이라고 유방이 자신을 경계하고 있음을 눈치채지 못했을 리가 없어요. 그게 합리적 추론이죠."

고개를 끄덕이는 김희도를 바라보면서 박이량이 계속했다.

"유방이 항우에게 시달리고 있는 와중에 한신이 유방에게 '제나라를 안정시키기 위해 필요하니 임시 왕의 지위를 허락해 달라'고 통보하지 않았습니까. 이야말로 빼도 박도 못 하는 결정적 증거죠. 유방의 지략가인 장량이 깊은 뜻으로 충고하자 진왕의 지위를 부여하기는 했지만 유방으로서는 전쟁만 끝나면 이놈을 가만두지 않겠다며 칼을 갈았을 게 분명합니다."

김희도가 미소를 지으며 말했다.

"지금 통제사께서 남해안 땅을 허락해 달라고 한 것을 비유하시는 건가요?"

그러자 박이량과 선의봉이 키득거렸다.

"전쟁만 끝나면 이놈을 가만두지 않겠다?"

선의봉이 말을 이었다.

"애초 유방이 항우와 형양에서 대치하고 있는 마당에 한신은 제나라를 정복하고 나서 돌아와 보고도 하지 않고 스스로 왕이라고 선포하지 않았습니까. 그 후에도 유방이 항우를 추격하여 고릉에 이르러 한신과 더불어 초를 공격하기로 기약했음에도 그는 오지 않았습니다. 고조는 이미 한신을 사로잡을 마음이 있었지만 다만 힘이 부족했을 뿐입니다. 천하가 평정되고 나서 한신을 다시 믿을 이유가 어디 있겠습니까?"

이번에는 김희도가 기존의 역사서를 비판하고 나섰다.

"저도 동감입니다. 공고개주의 끝은 필연적입니다. 그런 점에서 사마천이 사기에서 '만약 한신이 도리를 지키고 겸손하게 처신하며 자신의 공적을 자랑하거나 재능을 뽐내지 않았다면 그는 주공이나 태공에 견줄 만한 국가의 원훈으로 길이 남았으리라'고 했지만 이는 사마천이 정치가 아닌 학자였기에 그렇게 판단한 것일 뿐이죠. 학자가 갖는 한계라고 볼 수밖에 없습니다."

박이량이 거들었다.

"자치통감도 다를 바가 없죠. '때를 틈타서 이익을 취하려는 것은 시정잡배의 생각이고, 공로를 돌리고 은덕에 보답하는 것이 선비나 군자들의 마음이다. 한신은 스스로가 시정잡배의 뜻을 가지고 그 몸을 이롭게 하면서, 정작 다른 사람에게는 선비나 군자의 마음을 기대했으니 이는 어려운 일이 아니겠는가'라니. 아무리 춘추필법으로 역사를 정리했다지만 그런 유치한 평가가 어디에 있습니까?"

"순진하기로는 우리 조정의 경연도 다를 바 없죠" 하며 김희도가 씩 웃었다.

"조정의 선비 나리들이 뭐라고 한 줄 아십니까. 한신은 본디 배반할 마음이 없었는데 오로지 한고조가 그의 능력을 두려워하고 미워하여 반드시 죽이려고 하였기 때문에 분격한 나머지 역모를 꿈꿨다는 것이죠. 여기까지는 그렇다고 치죠. 하지만 한신의 공적에 제사를 지내지 않을 수 없음을 알면서도 그 집에 살아남은 이가 없게 하였으니, 고조가 진실로 한신을 저버렸다는 것입니다."

"푸하하, 나도 그 이야기를 들은 적이 있소. 기막힌 이야기지. 공적을 기념하기 위해 제사를 지내야 하는데 후손이 없도록 했다?"

박이량은 평소에 조선 조정을 지배하는 주자학을 극력 비판해 왔다. 박이량이 다시 "빌어~먹을" 하며 크게 웃어젖혔다. 그 순간 세 명은 주변으로 시선을 돌렸다. 소리가 너무 컸다는 몸짓이었다. 잠시 침묵이 흘렀다.

박이량이 다시 입을 열었다.

"이건 해서 될 말인지 모르겠습니다만 여러분들이니 솔직히 말씀드리죠. 저는 통제사가 이미 선을 넘어섰다고 봅니다. 이는 단순히 공고개주의 차원이 아닙니다. 통제사께서는 의식을 했든 안 했든 이미 임금과 통치권을 분할하고 계십니다. 유방만큼이나 의심이 많은 선조가 이를 가만둘 것 같습니까? 지금은 형양에 있는 유방처럼 힘이 부족해 가만히 침묵하고 있을 뿐입니다. 두고 보십시오. 왜놈들과의 전쟁이 끝나고 나면."

김희도와 선의봉이 동시에 고개를 끄덕였다. 김희도가 솔직하게 말했다.

"어차피 우리도 통제사와 생사를 같이하기로 했으니 필요하다면 싸워야죠. 그게 운명이라면."

세 명은 다시 술잔을 들었다. 놋쇠 잔끼리 부딪치는 소리가 경쾌했다.

7.

이순신을
용서할 수 없다

새해가 밝았다. 선조 임금이 오랜만에 편전에 나와 자리를 잡았다. 경연청의 시독관 한준겸이 탁자 위에 펼쳐 놓은 주역을 집어 들고 지난번에 수강한 내용을 복습할 겸 다시 읽었다.

읽기가 끝나자 한준겸이 책을 들여다보며 뜻풀이를 이어 갔다.

"오늘도 임괘(臨卦)를 계속해서 강독해 보겠습니다. 임이란 일이 있고 나서부터 군자는 경계할 것을 알아야 한다는 대목까지 진강했습니다. 정주 등 옛 성인들은 임을 대(大)와 같다고 했습니다. 다만 크다고만 한 것이 아니라 양(陽)에 주목해 크다고 한 것입니다. 괘의 모양새를 보면 네 음(陰)이 위에 있고 두 양(陽)이 아래에 있습니다. 양이 힘을 얻어 가는 형국입니다. 천하의 운세상 당연할지라도 군자는 경계할 바를 알아야 한다는 것을 말한 것이라고 정주가 풀이한 것입니다. 이 해석이 매우 좋습니다."

자리에 앉아 있던 류성룡이 문득 한준겸을 쳐다보았다. 정주가 뭐라 했건 이건 뜻풀이가 아니다. 이래 가지고는 담긴 뜻조차 제대로 전하지 못하고 있는 것 아닌가.

경연이란 애초 임금이 경전이나 사서를 통해 제대로 된 통치학을 익힘으로써 하루하루 자신의 마음을 닦고 나아가 백성의 삶을 위해 지혜와 정성을 다하라는 취지다. 류성룡이 한준겸을 향해 입을 열었다.

"양의 기운이 뻗치니 천하의 운세가 당연하다는 것은 지엽말단의 언사입니다. 임괘의 요점은 그저 임하는 것이 아니라 어떻게 임해야 하는가 아니겠습니까. 그 예로 임괘의 첫머리에 있는 지우팔월 유흉(至于八月 有凶)에서 팔월은 오행으로 치환하면 금(金)이며 금은 무력을 상징합니다. 즉 폭력에 의한 다스림은 흉하다고 경계하고 있습니다. 그밖에 함림(咸臨)은 두루 미치고 같게 하는 것이니 열린 자세로 공평하게 백성에게 임하는 것이요, 감림(甘臨)은 감언이설을 통한 다스림입니다. 그리고 지림(至臨)은 정성이 지극한 다스림이라고 봐야 할 것입니다. 지도자가 갖춰야 하거나 거꾸로 경계해야 할 덕목들을 강조한 내용이라 할 수 있습니다."

준엄했다. 경연장에 일순 정적이 감돌았다. 갑자기 당황했는지 한준겸이 책에 시선을 꽂은 채 미동도 하지 않았다. 얼굴색이 붉으락푸르락했다. 선조가 양쪽을 번갈아 보더니 갑자기 주제를 바꿨다.

"영상의 말이 옳소. 과인도 그런 의미로 받아들였소. 그런데 오늘 이렇게 오랜만에 경연에 참석했으니 영상이 할 말이 많은 듯하오. 명나라 군을 위해 군량을 모으느라 동분서주 고생이 많았고 그동안 백성이 겪는 고난을 직접 보고 느낀 바도 많을 것이요. 기탄없이 말해 보시오."

선조의 말을 들으니 그러잖아도 속이 터지는 느낌이었다. 쏟아 내지 않고는 배길 수 없을 듯했다. 류성룡은 그동안 가슴에 쌓아 두었던 조정에 대한 생각을 일거에 토해 내기 시작했다.

"당초에 왜적이 물러가고 한양이 수복됐을 때 나라가 급히 자강책을 세워 곡식을 저장하고 군사를 훈련시키며 전쟁의 피해를 수복하는 등

매일매일 바삐 조치를 취했다면 이미 상당 기간이 지난 지금에는 조금이나마 두서가 잡혀 이를 바탕으로 중흥의 기반을 마련할 수 있었을 것입니다. 그런데도 나라 안팎의 신하들은 장구한 생각을 품고 시간을 아끼면서 이를 도모하기는커녕 모두가 게으름 피우고 세월만 낭비하고 있습니다. 왜적 토벌은 전적으로 명나라 군사에게만 맡겨둔 채 자기가 당연히 해야 할 임무는 전혀 강구하지 않는 실정이 아닙니까. 이 때문에 군정은 여전히 개선되지 못하고 군량 대책도 수립되지 못했으며 민심은 유리되고 말았습니다. 매사가 이런 식이니 어렵게 살아남은 백성들에게는 손톱만큼이라도 다시 일어설 힘이 남아 있지 않습니다. 진실로 마음 아픈 일입니다."

그렇다. 백성들은 지금 도탄에 빠져 있다. 적병의 칼날이 미친 곳은 그 주변 천리 밖까지 황폐해졌다. 식량을 구할 곳이 없으니 모두가 굶주릴 수밖에 없다. 전란으로 전라도와 평안도 일부 지역을 제외하고는 온 나라가 연거푸 몇 해나 농사를 짓지 못했다.

집을 잃고 굶주려서 어딜 가든 길가에는 시체가 줄을 잇고 있다. 사람이 사람을 죽여 그 시체를 먹기까지 하는 비참한 지경이다. 아녀자와 어린 아이들은 마음 놓고 큰 길에 나서지도 못한다.

남원 의병장인 조경남이 류성룡에게 직접 들려준 이야기였다.

"성중에 들어갔는데 마침 명나라 군인 한 명이 술을 잔뜩 먹고 비틀거리며 걷다가 길가에서 토하는 걸 목격했습니다. 그것을 보자 주변에 있던 굶주린 백성 여러 명이 한꺼번에 달려와서 머리를 땅에 처박고 핥아 먹느라 정신이 없었습니다. 힘이 없는 어린 것들은 밀려나서 눈물을 흘리며 울고 있었습니다. 불쌍한 것보다 세상에 대한 분노가 치밀어 올랐습니다."

 사헌부가 직접 선조에게 시정의 비참한 형편을 아뢴 것이 며칠 되지도 않았다. 그 내용이 너무 참혹했다.

 "기근이 극도에 이르러 심지어 사람의 고기를 먹으면서도 전혀 괴이하게 여기지를 않습니다. 그러므로 길가의 굶어 죽은 시체에 온전히 붙어 있는 살점이 없을 뿐 아니라 어떤 사람들은 산 사람을 도살하여 내장과 골수까지 먹고 있다고 합니다."

 류성룡은 사헌부가 묘사한 문구를 하나하나 다시 떠올렸다. 그는 이왕 털어놓은 김이라고 여겨 조정에 대해서도 칼날을 세우기 시작했다.

 "오늘날 급선무는 오직 백성을 편하게 하는 정사를 실시해 백성들로 하여금 다시 살 수 있다는 희망을 갖게 하는 것입니다. 그런 뒤에 군량을 모아 놓고 그 식량을 베풀어 병사들을 모집해 주야로 훈련시킴으로써 용감한 군사로 만들어 내야 합니다. 그러면 외침도 방어할 수 있고 국내의 변란도 소멸할 수 있어 조정이 반석처럼 안정될 것입니다. 하지만 그토록 변고를 당한 뒤에도 이 나라의 선비들은 편협하고 공허한 논의만 되풀이할 뿐입니다."

 경연장은 곡소리만 들리지 않을 뿐 마치 초상집이 된 듯했다. 하지만 이왕 토로하기 시작했으니 결론을 내릴 수밖에 없다고 류성룡은 다짐했다.

 "하루빨리 군역을 곡물로 내게 하는 군역 개혁, 공납 방물 진상을 토지의 결수에 따라 쌀로 부과하는 세제개혁에 박차를 가하지 않으면 안 될 중차대한 시기입니다. 군사개혁을 위해서는 사족이나 서얼, 공노나 사노 등을 떠나 용맹스럽고 힘센 자 만 명을 초모한 뒤 이들을 이천 명씩 나눠 다섯 군영으로 조련시키는 방안도 마련하지 않으면 안 됩니다. 시간은 결코 우리 편이 아닙니다."

류성룡은 평소에 염두에 두었던 군사개혁 방안까지 일사천리로 쏟아냈다. 막힌 속이 뻥하고 뚫리는 기분이었다.

침묵 속의 선조와 신하들은 아무런 말이 없었다. 류성룡은 주변을 둘러보았지만 분명하게 느낄 수 있었다. 수긍하는 표정들이 아니었다. 선조에게서도 아무런 표정의 변화가 보이지 않았다. 오랜 경험으로 그것이 동의의 몸짓이 아님을 직감할 수 있었다.

그럴만하다고 류성룡은 생각했다. 그들의 머릿속 생각도 짐작할 수 있었다. 전쟁이 길어지면서 가뜩이나 농토가 황폐해지는 바람에 전답에서 나오는 소출이 사라지고 자연히 소작농들이 바치는 것도 없다. 권력이 있는 자들은 땅에서 나오는 소득이 줄자 이전보다 더 방군수포제나 공납 등의 이권에 목을 매는 형편이었다.

더군다나 서얼이나 관노, 사노 심지어 사족을 묻지 말라? 조선이 어떤 나라인가. 신분제야말로 이 나라를 지탱하는 근간이 아닌가. 경연장에 앉아 있던 신하들이 자기네들의 존립 근거 자체를 부정하려드는 류성룡을 이상한 눈으로 쳐다보기 시작했다.

선조는 갑자기 경연을 파하고 내전으로 들어갔다. 신하들과 임금은 온몸으로 류성룡의 요구를 거부해 버렸다.

류성룡에게는 애초부터 잘못된 조정 출입이었다. 차라리 백성들 사이에서 하루하루를 보내는 것이 더 나았다. 조금이라도 희망을 품은 그가 잘못이었다. 류성룡은 경연장을 나왔다. 홀로 걸어가는 데 바람이 유난히 차가웠다.

전쟁은 지도층의 맨얼굴을 여과 없이 드러냈다. 임금과 조정은 백성을 지켜 주기는커녕 수시로 속이고 빼앗았다. 자신들은 도망가면서 백성을 성안에 가둬 두고 억지로 적과 싸우게 했다. 임금은 한밤중에 줄행랑을 치다가 그마저도 여의치 않으면 국경을 넘어가더라도 혼자 살겠다고 징징거렸다.

한양이 수복됐는데도 선조는 돌아오려 하지 않았다. 한양으로 돌아가자는 요청이 나올 때마다 "비가 많이 내려 형세가 어려우니 형편을 보아 가며 처리하겠다"느니 "명나라 경략 송응창이 나가지 말라 했다"느니 거짓 변명을 늘어놓기 일쑤였다. 독촉이 거듭되자 선조는 마침내 속내를 털어놓았다.

"백성들이 변란을 일으킬지 모른다."

어느 날은 뜬금없이 경기도의 도적 떼가 한양을 침범할 우려가 있다며 불안해했다. 선조에게는 자기 안위만이 유일한 고민이었다.

"경기도는 나라 수도의 외곽이다. 도적의 형세가 이와 같은 데도 경들은 전혀 듣지도 알지도 못하는 것 같이 처신하니 한심하기 짝이 없다. 지금 항복한 왜인들을 선봉으로 삼아 도적 떼를 끝까지 찾아서 섬멸하고 국위를 떨쳐야 하는 것 아닌가."

명나라 장수들은 이런 조정의 모습을 흘겨보며 비웃었다.

"그대들은 단지 종이를 자르고 붓을 놀리는 짓만 하고 있지 않은가."

"조선의 선비들은 전란 중에도 술이나 먹고 돌아다니거나 기생을 끼고 시나 읊어 대면서 난리를 평정하는 일에 대해서는 아랑곳하지 않으니 국가의 존망을 따질 자격도 없다."

명군 장수들의 비아냥거림은 그대로 명 황실로 전해졌다. 마침내 황제의 칙서가 조선 조정에 도달했다.

"근자에 적이 한 번 들어오자 왕성을 지키지 못하여 들판에는 죽은 자의 뼈가 드러나고 종묘와 사직이 폐허가 되고 말았다. 그 원인을 추적해 보건대 어찌 다 우연으로만 돌리겠는가. 혹자는 말하기를 왕이 심모원려 없이 환락에 빠지고 뭇 소인에게 현혹되어 백성을 돌보지 않고 군사무기와 군량을 제대로 정비하지 않아서 도둑을 자초한 것이 하루아침의 일이 아니다. 그런데도 신하들 중에 이를 제대로 고하는 자가 없다고 하지 않는가."

그렇게까지 모욕이 쏟아져도 조정의 누구에게서도 반성의 기미는 보이지 않았다. 선조는 그저 칙서 앞에서 고개를 숙이고 공손히 받는 흉내만 냈다. 그것으로 끝이었다.

일본군이 한양을 떠나 전황이 조금씩 안정되자 조정은 그때부터 백성을 의심하고 적대하기 시작했다. 궁궐을 태우고 임금이 탄 가마에 돌을 던지고 심지어 종묘 신주에 몽둥이를 휘둘렀던 자들이 다름 아닌 백성이었다는 생각이 다시 머리를 쳐든 것이다.

조정의 신하들은 기회가 왔다는 듯이 선조 앞에서 의병들이 세운 공들을 깎아내렸다. 명나라 군사가 조선에 들어옴으로써 일단 화급한 재난을 넘겼다고 판단하자 온갖 꾀를 써서 의병들을 무력화하려 들었다. 신하들이 일제히 의병장 곽재우를 위험인물로 지목한 것도 그때였다.

전쟁 초기 곽재우는 왜적을 보고도 싸우지 않고 도망친 경상감사 김수를 강력하게 비난했다. 그는 이 땅의 관리들이 보이는 비겁 행위를 보다 못해 스스로 재산을 팔아 의병을 일으켰다. 그 후 왜적 앞에서 도망치기 바쁜 관군들에게 보란 듯이 여러 번이나 왜적을 물리치기도 했다. 경상도 백성들 사이에서 곽재우의 이름이 휘날리기 시작했다.

하지만 조정에서는 자기들 외에 어느 누구도 무력을 장악하는 게 두려웠다. 그런 마당에 조선 땅 이곳저곳에서 싸움을 할 줄 아는 무장들이 의병의 기치를 들고 일어서고 있다. 조정은 점차 이들을 의심의 눈초리로 바라봤다.

선조는 어떻게 해서든 이들을 족쇄로 옭아매려 애썼다. 마침내 하유문을 내려 전국 각처의 이만육천여 명에 달하는 의병들에게 명나라 군사의 식량 보급에 나서라는 명령을 내렸다. 전투가 한창 중인데도 조정은 툭하면 의병들을 소집해 무너지기 시작한 성곽 수리 등을 떠맡겼다.

전쟁 이태를 넘어서면서 조정은 마침내 의병을 해체하라는 놀라운 명령까지 내렸다. 의병이 군사력으로 남아 있는 것 자체가 영 불안했던 것이다.

의병이 무서웠던 것은 그들이 의병 활동에 그치지 않고 불만이 하늘을 뚫고 있는 백성들에게 반란을 위한 무력을 제공할 수도 있다는 우려 때문이었다. 선조 스스로 백성이 무섭다고 하지 않았던가.

마침내 조정의 망상은 망상으로 끝나지 않았다. 현실로 불거졌다. 의병의 눈부신 활약은 백성들에게 새로운 깨달음을 안겨주었다. 관군만이 있는 것이 아니었다. 뜻만 있다면 백성 스스로 의병을 만들어 낼 수 있다는 믿음이 뿌리를 내리기 시작했다.

새로운 자각이 다른 쪽으로 발산됐다. 곳곳에서 의병의 기치를 높이든 토적의 무리가 나타났다. 관군이나 토적이나 하는 짓은 똑같았으니 백성들에게는 그게 그것이었다. 불안한 것은 조정뿐이었다.

전쟁 발발 삼년 째에 충청도 홍산에서 이몽학이 난을 일으켰다. 이번에는 다른 곳의 토적들과 차원이 달랐다. '백성을 편안하게 하고 나라를 안정시키기 위한 것'이라고 기치를 높이 세웠다.

그런지 며칠 되지 않아 호미와 쟁기를 들고 그들에게 투항하는 백성이 수만 명에 달했다. 순식간에 홍산, 청양 등 여섯 고을이 점령당하는 바람에 군수들은 활과 창을 들어 보지도 못하고 난을 피해야 했다. 임천 군수는 포로가 됐다.

고을마다 수령들이 떠나자 남아 있는 아전과 백성들은 일제히 이몽학을 편들었다. 방어사 이시언이 군사를 동원하여 토벌에 나섰으나 두 번이나 패해서 퇴각했을 정도였다.

곽재우, 김덕령 등 일세를 풍미하는 의병장들이 조선 조정에 실망해 이몽학과 연합하고 있다는 헛소문이 들불처럼 번져갔다. 마침내 도원수 권율까지 진압에 나설 차에 이몽학의 부하 몇 명이 이몽학의 목을 베어 가지고 장군에게 투항했다.

문제는 그다음이었다. 조정이 백성들 사이에 떠돌던 소문을 근거로 반격에 나선 것이다. 곽재우는 체포됐다가 간신히 혐의를 풀고 군진으로 돌아갔다. 하지만 김덕령은 어찌된 셈인지 끝내 풀려나지 못했다.

김덕령은 선조가 그의 빛나는 의병 활동을 칭찬해 한 때 충용장군이라는 호까지 하사했던 의병장이었다. 그러나 그의 공적이 빛날수록 그를 두려워하는 목소리도 커지던 참이었다. 이몽학과의 연계설이 사실이냐 거짓이냐 중요한 게 아니다. 백성들 사이에 김덕령이라도 민심을 대변해 주기를 바라는 숨은 욕구가 있었다는 것이 더 위험했다.

몇몇 신하들이 이번 기회를 맞아 그를 처리하자고 주장했다. 사간원은 국왕에 대한 간쟁과 논박을 담당하는 관청이다. 사간원의 정육품인 정언은 학문이 뛰어나고 인품이 강직한 사람 가운데서 선발되는 자리다. 사간원 정언인 김택룡이 말했다.

"국가가 차츰 편안해지고 있는 데 장수 하나쯤 무슨 대수입니까. 즉시 처형하여 후환을 없애야 합니다."

선조로서도 목에서 손이 나올 만큼 듣고 싶었던 간언이었다. 그다음은 일사천리였다.

김덕령은 체포되어 서울로 끌려와 가혹한 국문을 당했다. 심문을 당한 지 이십일 만에 몸이 옆으로 쓰러지면서 머리를 땅에 꼬라박았다. 국문장의 병사들이 그의 얼굴을 들어 올렸지만 이미 숨은 끊어진 뒤였다. 그의 나이 겨우 서른이었다. 김덕령의 소식을 들은 전국의 의병장들이 일제히 자취를 감추기 시작했다. 곽재우도 산 속으로 들어가 버린 후 다시는 나타나지 않았다.

골치 아픈 존재는 의병만이 아니다. 선조의 눈에는 이 나라의 수군도 의문투성이였다. 그럴수록 통제사 이순신에 대한 의혹은 커져갔다. 어전회의건 경연장이건 틈만 나면 "바다와 육지의 여러 장수들이 팔짱을 끼고 서로 바라보기만 할 뿐 한 가지라도 계책을 세워서 적을 치는 일이 없다"며 불만을 늘어놓았다. 수군이 요즘은 전투를 꺼리면서 재물 축적에만 관심을 쏟는 것 아니냐는 노골적인 언사까지 흘러 나왔다.

선조의 의중을 읽은 비변사가 나름대로 계획을 세워 선조에게 건의했다.

"육지에 주둔하고 있는 왜적의 군영과 보루가 갈수록 공고해지고 병력도 많은 상황이라 우리의 나약한 육군과 무딘 병기를 가지고는 한 개의 주둔지를 격파하기도 어려운 실정입니다.

그러나 수군으로 하여금 바닷길을 가로막고 군량 수송로를 끊게 한다면 적의 형세가 저절로 수그러들 것이니 이야말로 병법에서 말하는 실로서 허를 치는 전술이라 할 수 있습니다.

다만 거제도 안에 적이 진치고 있어 우리 수군들이 견내량을 통과하여 부산 쪽으로 나아갈 수 없으니 마땅히 거제의 왜적을 쳐서 그들의 힘을 꺾는 한편 육군이 웅천의 적을 공격하면 우리 수군이 동쪽으로 나아가는 데 길이 막히지 않을 것입니다."

임금이 오랜만에 기분 좋은 목소리로 "속히 시행하라"고 명령을 내렸다.

이번에는 경상·전라·충청도의 삼도체찰사 겸 좌의정인 윤두수가 발 벗고 나섰다. 오랜만에 자신이 공을 세울 수 있는 기회로 여긴 것이다. 윤두수는 원균의 친척뻘이기도 했다.

이번 기회에 이순신을 작전에서 제외함으로써 이순신이 아니더라도 수군이 건재하다는 사실을 입증하고 싶었다. 게다가 서인인 윤두수는 동인인 류성룡이 이순신과 가깝다는 점도 익히 알고 있었다.

윤두수는 곧바로 권율 장군과 함께 거제도 내의 장문포 공격작전 계획을 수립했다. 한산도에는 원균으로 하여금 이번 수군 작전을 통괄케 하라는 명령을 하달했다. 하지만 윤두수의 작전안을 받아 본 비변사는 입장이 곤란해졌다.

주로 문신들로 구성된 비변사가 보더라도 작전안이 너무 허술했다. 육군의 공격계획부터 무모하기 짝이 없다. 우리 병사들이 가지고 있는 무기라고는 활과 화살뿐인데 이것을 갖고 공고한 성을 공격하거나 험한 요새를 파괴하기란 애초에 불가능한 일이었다.

그래도 명색이 좌의정인 윤두수 아닌가. 그가 임금의 마음을 읽고 앞장선 일에 정면으로 반대하기도 어려웠다. 윤두수의 작전안을 받아 든 비변사는 어쩔 수 없이 물에 술탄 듯, 술에 물탄 듯한 보고서를 올렸다.

"체찰사 윤두수가 도원수와 참작하여 처리하게 하되 늦추지도 말고 너무 급하게도 하지 않도록 해서 위급한 형편을 구제하라는 뜻으로 선전관을 보내 지시를 내려 보내야 할 것입니다."

비변사 보고서의 문장에서 보듯 장문포 작전계획은 처음부터 계륵이었다. 선조도 스스로 명령을 내린 처지인 만큼 작전안을 놓고 이러쿵저러쿵 하기 어려웠다. 비변사의 보고서를 훑어본 후 그저 고개를 끄덕일 뿐이었다.

하지만 비변사에서 다시 올라온 보고서는 더 한심했다. 전라도와 충청도에서 병사들을 아무리 긁어모아도 모두 삼천 명에 미치지 못하는데 적군은 무려 사만에서 오만 명에 이르는 데다 공격 목표인 장문포에만 왜군 팔천 명이 도사리고 있다는 것이다. 이쯤 되면 비변사조차 공격을 하자는 것인지 말자는 것인지 입장이 불분명했다.

윤두수는 구 월 이십이 일 거사할 계획임을 만천하에 공표했다. 그럼에도 공격 작전은 계속 늦춰져 이십구일에 겨우 시작됐다. 아니나 다를까, 작전은 실패로 끝나고 말았다. 육군부터가 적의 소굴 앞까지 갔다가 싸워 보지도 않은 채 그대로 회군하고 만 것이다.

막상 웅천 왜성으로 가기 위해 해안에 도착해 보니 조선군의 공격 금지를 명령한 명나라 조정의 패문이 도로 위에 꽂혀 있었다. 왜군이 꽂아 놓은 패문을 목격한 조선 육군은 어차피 싸우기도 싫은 마당에 옳다구나 하면서 그대로 철군하고 말았다. 육군 장수들은 권율에게 작전 상황을 보고한 뒤 제각기 자기네 고향으로 돌아가 버렸다.

선조는 조선 수군이 바다에서는 강하지만 왜성과 방파제에 의지하는 왜군의 방어체계를 깨부수는 데는 적합하지 않다는 점을 이해하지 못했다. 더군다나 작전 총사령관인 윤두수는 이순신 대신 원균을 수군 공격의 선봉장으로 삼았다. 원균이 용감하게 돌격전을 감행하면 거제도의 장문포를 쉽사리 공략할 수 있으리라고 믿었다. 그러나 원균이 한 일이라고는 장문포 앞에 나와 있는 왜 수군의 초병들과 접전을 벌인 것뿐이었다.

장문포 작전은 처음부터 희극에 가까웠다. 조선군은 작전 기일과 장소를 사전에 공지해 놓고 그 기일에 맞춰 순변사들이 경상, 전라, 충청의 삼도를 돌아다니며 모병을 하고 다녔다.

순변사들의 모병에 불만을 품은 각 도의 감사들은 모병 행위가 너무 가혹하다면서 순변사들을 조정에 고발하는 소동까지 벌였다. 각 감영 내에 숨어 있던 조선인 첩자들은 이런 작전 내용과 추이를 낱낱이 왜군 측에 제공했다.

조선 육군과 수군의 장문포 공격 계획을 알게 된 고니시와 명의 사신 심유경은 왜군들에게 성을 굳건히 지키도록 하는 한편, 패문을 성 밖에 내걸라고 지시했다. 조선 조정이나 군사들이 명 황제의 기표나 패문을 하늘의 명령처럼 떠받드는 점을 잘 알고 있었기 때문이다.

장문포 공격은 병법에 어두운 윤두수와 조선 조정이 왜군에게 철저히 농락당한 작전이었다. 게다가 염탐이나 첩보활동을 제대로 하지 못해 적들이 전선을 이미 해안가 깊숙한 곳으로 이동시킨 것조차 전혀 모르고 있었다.

류성룡의 비밀 편지를 받아 든 이순신은 다 읽은 후 김희도에게 건네주었다. 김희도가 다 읽고 나서 이순신을 바라보았다. 이순신이 운주당 밖 바다에 떠 있는 수많은 판옥선과 거북선들을 바라보며 말했다.

"함선이 아무리 많은들 뭐하겠느냐. 싸울 줄 모른다면 무기는 그냥 거추장스러운 짐일 뿐이다."

김희도가 쓴웃음을 지었다.

"언제까지 이런 모습들을 지켜봐야 하는 것인지요."

이순신은 응답도 없이 그저 고개를 좌우로 흔들었다.

권율이 보낸 장문포 작전 실패에 관한 장계가 조정에 도착했다.

"적들은 성벽을 굳건히 쌓고 움직이지 않았습니다. 바다로 나오려는 뜻이 전혀 없어 맞붙어 싸울 수가 없었습니다. 통분할 일입니다."

장계를 받아 든 조정이 확대 어전회의를 열었다. 영의정 류성룡을 비롯해 병조판서 이항복, 좌승지 구성, 검열 심열 등 평소 참석하지 않았던 신료들이 대거 얼굴을 비쳤다.

선조가 입을 열었다.

"내가 요즘 담증이 있어 오랫동안 여러분을 만나보지 못했다. 지금 장계를 보았는데 왜적을 치는 일이 그렇게 쉬울 거라고 생각했는가. 이렇게 해서 큰 공을 세울 것을 기대하고 있었다면 만사에 무슨 걱정이 있겠는가. 옛날에는 군사를 동원할 때 하늘과 땅에 제사를 지내 고하기도 했는데 조정에도 알리지 않고 경솔하게 제멋대로 거사했으니 어찌 성공할 리가 있겠느냐. 웃을 일도 못 된다."

류성룡은 아연실색했다. 이미 지난 초하루 날 선전관을 시켜 주야로 달려가라는 어명까지 내린 장본인이 선조였다. 그런데 갑자기 담증이 있어 오랫동안 만나보지 못했다니! 그랬던 임금이 이제 와서 적은 병력으로 왜군을 쫓아낼 수 있다고 보는 것 자체가 어불성설 아니냐며 장문포 작전을 비웃고 있다.

작전 자체가 이미 세상의 웃음거리가 돼 버렸으니 선조도 아차 싶었을 것이다. 군왕으로서의 체면도 있고 또 추후 있을 명군 측의 항의를 예상이라도 했는지 자신은 처음부터 모르는 일이었다고 발을 빼고 있지 않은가.

선조가 말을 이었다.

"싸움을 할 때에는 반드시 먼저 적을 헤아려야 한다. 어찌 적을 헤아려 보지도 않고 먼저 싸울 수 있겠는가. 여러 장수들이 왜적에게 속은 것이다."

류성룡이 보다 못해 끼어들었다.

"들으니 여러 장수들이 처음에는 육군을 거느리고 견내량을 건너 거제도로 가려 했다는 데 만일 그대로 시행했더라면 반드시 대패했을 것입니다. 조선 육군이 견내량을 나룻배로 건너서 장문포와 영등포까지 진군하여 왜군 진영을 공격하려 했다고 가정해 보십시오. 팔천 명의 왜군이 견내량 맞은편에 있는 나루터와 장문포에 이르는 길목에 매복해 있다가 삼천 미만의 조선군을 도륙했을 것이 틀림없습니다."

선조는 못들은 척하면서 다른 신료들을 돌아봤다.

"한 명의 왜적도 잡거나 죽이지 못했는가?"

여전히 일말의 성공 흔적을 찾아보려는 선조를 향해 류성룡이 쐐기를 박았다.

"왜적들이 나와서 싸우지 않는데 어찌 사로잡을 수 있겠습니까. 바다에서 싸웠기 때문에 크게 패하지는 않았지만 육지에서 싸웠다면 반드시 크게 패했을 것입니다."

사년 넘게 끌어오던 명과 왜의 강화협상이 마침내 결렬됐다. 일본은 화가 단단히 나 있었다. 명 사신 심유경이 조선의 남쪽 네 개 도를 일본에 넘겨주고 명의 황녀를 도요토미 히데요시의 후궁으로 보내겠다고 합의했으면서도 끝내 이를 지키지 않았다는 이유였다.

그 네 해 동안 경상도 땅은 온통 백골과 잡초로 뒤덮였고 백성은 유랑의 길을 헤매야 했다. 그것도 모자랐는지 일본군이 다시 침략해 올 것이라는 불길한 소식이 곳곳에서 들려왔다. 물론 그것은 사실이었다.

히데요시가 두 번째 침략에 동원한 병력은 십이만 명. 이미 조선 땅에 주둔하면서 남해안의 왜성에 틀어박혀 있는 이만 명을 더하면 모두 십사만 명이나 됐다.

일본이 이 정도의 군사만을 준비한 데는 나름대로 속셈이 있었다. 그들의 전쟁 목적은 이제 조선을 통째로 먹자는 것이 아니었다. 대신 조선의 남부 지방에 초점을 맞추고 있었다. 오로지 조선 남부 지방의 할양만을 원할 뿐이다.

침략 목표를 축소 조정했으니 이제 전쟁의 주 무대는 남해안이다. 일본군과 조선군의 한판 승부만 남았다. 당연히 전투는 제해권 장악을 위한 해전이 중심이 될 것이다. 히데요시도 이순신과 맞서기 위해 일본 수군을 전면 개편하고 전력을 크게 강화했다. 최대 규모의 수군 함선들이 나고야 성 앞바다를 가득 메웠다.

일본의 재침 계획이 분명해지면서 조정에서는 철수하는 일본 수군의 퇴로를 차단하자는 논의는 아예 자취를 감추었다. 어떻게 하면 일본군의 부산 상륙을 저지할 것인지가 급선무로 떠오른 것이다.

이 때문에 조정 신료들 사이에서는 조선 수군의 전진기지를 한산도에서 더 동쪽으로 옮겨야 한다는 주장이 다시금 제기되기 시작했다.

윤두수의 친동생인 좌찬성 윤근수가 건의문을 올렸다.

"신은 지난번 한산의 수군을 하루빨리 거제도에 진주토록 하는 것이 시급하다고 아뢴 바 있습니다. 이제 적이 재침할 조짐이 드러나 상황이 매우 급박해졌습니다. 우리 수군이 거제에 진주하여 수로를 제압하고 있다가 오가는 적선들을 잡아 죽임으로써 적의 길을 끊어야 합니다. 따라서 수군 장수들이 싸움을 꺼려 미처 막지 못했다고 핑계하거든 군법으로 처리하여 군율을 엄하게 시행해야 합니다. 이순신이 속히 진주하도록 엄하게 신칙하여 다른 말로 핑계 대지 못하도록 해야 합니다."

좌의정 김응남도 원균을 거제도로 보내자고 촉구했다. 원균을 다시 경상도 수군통제사로, 이순신을 전라도 통제사로 하여 두 사람을 대등하게 둬야 할 것이라는 의견도 나왔다.

고니시는 전쟁터에서 첩보의 역할을 누구보다 깊이 인식하고 있는 장수였다. 그런 그가 조선 조정의 이런 논의 과정을 모를 리 없었다. 그는 책사인 요시라를 경상우병사 김응서에게 보내 자신의 숙적인 가토가 곧 부산으로 건너올 것이라는 첩보를 흘렸다.

반간(反間)은 그 존재를 정확히 파악한 후 역이용할 때만 가치를 인정할 수 있는 것이다. 불행히도 김응서에게는 고니시처럼 반간계가 무엇인지를 알 만한 식견이 없었다. 흥분한 그는 곧바로 비밀 장계를 통해 이 내용을 조정에 알렸다. 조정은 덩달아 이순신에게 가토 군의 접근을 차단하라는 지시를 내렸다.

통제사의 참모들은 조정의 명령서를 읽고 나서 모두 허허거리며 웃었다. 김응서라는 말이 나오자 이번에는 모두가 고개를 가로로 저었다. 일고의 가치도 없다는 투였다. 이순신은 조정의 명령을 이행하지 않았다. 이후로도 재차 출동 명령이 내려왔으나 이를 거부했다.

그해 십일 월 칠 일 선조는 별전에서 확대 어전회의를 열었다. 선조가 신료들에게 각자의 의견을 내도록 재촉했다.

임진년 초기 전쟁발발 책임을 지고 영의정에서 탄핵당했다가 대제학으로 부활한 이산해가 조심스럽게 선조의 심기를 읽으며 말을 꺼냈다.

"대체로 바다 싸움은 육지와 다릅니다. 육지 싸움은 쉽지 않지만 바다 싸움에서는 적을 쳐서 이길 수 있습니다. 그런데 원균이 제 역할을 하지 못하면서 수군이 바다 싸움에서 성과를 거두었다는 말을 들어 보기 힘들게 됐습니다. 분개할 일입니다."

선조가 물었다.

"원균은 어떤 인물인가?"

류성룡이 나섰다.

"원균은 목숨을 아끼지 않고 용감하게 싸우는 것이 장점입니다. 그러나 만약 지친 군사들을 무마하라고 요구한다면 그는 잘해 내지 못할 것입니다. 원균이 바다 싸움에서 잘못을 저지르자 영남의 수군들이 대부분 원망하고 있어 원균을 쓸 수 없다는 점은 분명합니다. 더구나 이순신과 원균의 사이가 나쁘다는 것은 조정에서도 다 아는 사실입니다."

"이순신도 그러한가?"

이원익이 류성룡을 지지했다.

"이순신은 자신에 대한 변명을 하지 않았지만 원균은 언제나 성을 내는 기색을 보였습니다. 공로를 서로 다투는 게 상정이라 해도 원균은 그 도가 심합니다. 이순신을 한산도에서 옮기도록 해서는 절대로 안 됩니다. 옮기기만 하면 모든 일이 다 틀어져 버릴 것입니다."

윤두수가 반박하고 나섰다.

"원균은 신의 친척인데 대체로 이순신이 그의 후배임에도 벼슬은 원균의 윗자리에 있기 때문에 그렇게 분노하는 것입니다. 아마도 조정에서 참작하여 처리하는 것이 옳을 것입니다."

선조가 신하들의 의견이 여전히 미진한 듯 유도성 발언을 하기 시작했다.

"내가 이전에 들으니 조정에서 원균이 이순신만 못하다고 하였기 때문에 원균이 이렇게 화를 낸 것이라고 한다. 사실 왜적을 잡을 때는 원균이 공로를 많이 세웠고 이순신은 원균의 뒤를 따라다녔다고 들었다. 이순신이 왜적의 수급을 많이 잡아서 원균보다 낫지만 그렇게 공로를 세울 수 있었던 것도 원균 덕분이라고 하지 않던가."

윤근수가 선조의 속뜻을 읽었다. 자신 있는 표정으로 말을 꺼냈다.

"임진년 싸움에서 공로를 세운 여러 장수들을 꼽아 보면 그중에서 원균이 가장 용감하고 강직했습니다. 바다 싸움에도 능해 적을 만나는 족족 싸워서 이기기만 했지 실패한 일이 없어 군사들이 겁을 내지 않았습니다. 응당 해전에서 여러 번 싸워서 승리한 사람을 골라 세워야 소기의 성과를 거둘 수 있을 것입니다. 원균이 수군을 통솔한다면 꼭 승리할 수 있으리라 믿습니다. 만일 적임자가 아닌 사람을 그 자리에 앉혀 놓는다면 적을 감당키 어려울 듯합니다."

"정확한 진단이오."

선조가 수긍의 의미로 고개를 끄덕였다.

이원익이 고집스럽게 자신의 견해를 다시 내밀었다.

"원균은 결단코 기용해서는 안 될 인물입니다. 그에게는 군사를 미리 주어서는 안 되고 다만 전투에 임해서 돌격전을 담당케 해야 합니다. 평상시에 군사를 거느리게 하면 반드시 원망하고 배반하는 자들이 많을 것입니다."

선조가 퉁명하게 응답했다.

"원균에 대한 견해가 서로 너무나 다르다. 내 듣기로는 원균이 지극히 청렴한데도 오히려 탐오하다고 하는 자들이 많으니 이해하기 어렵다."

어전회의가 끝나고 윤두수와 윤근수는 좀 더 밀어붙일 필요가 있다는 데 일치했다. 윤두수가 원균의 진영을 직접 찾아갔다. 원균의 대접은 극진했다.

윤두수가 떠난 직후 원균의 서장(書狀)이 비변사에 도착했다. 비변사가 다시 이를 선조에게 올렸다.

"신의 어리석은 생각에는 수백 명의 수군을 영등포 앞으로 나가 몰래

7. 이순신을 용서할 수 없다 225

가덕도 뒤에 주둔하면서 포작선 등을 가려 뽑아 삼삼오오 짝을 지어 절영도 밖에서 무위를 떨치는 한편, 백여 명이나 이백여 명씩 앞바다에 나가 위세를 떨치면 가토 기요마사는 평소 수전에 불리한 것에 겁을 먹고 있으니 군사를 거두어 돌아갈 것이라고 생각됩니다. 이는 신이 쉽게 말하는 것이 아니라 바다를 잘 알기 때문입니다. 더 이상 잠자코 있을 수 없어 우러러 아뢰는 바입니다."

가토의 군대가 바다를 건너 조선에 상륙했다. 조정에서 보기엔 아무래도 요시라가 가르쳐 준 그대로였다. 이렇게 되자 이순신의 명령 거부 문제가 일파만파로 확대됐다. 조정회의에서도 이순신에 대한 분노가 넘쳐났다.

이산해가 선조의 의중을 대변하고 나섰다.

"신이 지난번에 원균을 만났는데 원균이 하는 말이 '왜놈들이야 뭐 그리 두려울 것이 있겠습니까'라고 말했습니다. 처음에는 그 말을 듣고 망령된 소리로 여겼는데 이제 와서 보니 틀린 말이 아니었습니다."

선조가 고개를 절레절레 흔들면서 말했다.

"고니시가 손바닥을 펼쳐 보이듯 가르쳐 주었는데도 우리나라에서는 해내질 못했으니 고니시도 조선에서는 하는 일이 늘 이 모양이라고 했다는 보고. 이렇게까지 조롱당하고 있으니 우리나라는 고니시보다 훨씬 못한 셈이다. 한산도의 장수는 편안히 누워 뭘 해야 좋을지도 모르고 있지 않은가."

윤두수가 선조의 말에 영합했다.

"사실 이순신은 나가서 싸우기가 싫은 것입니다."

"이순신은 원균이 없어서 이렇듯 머뭇거리는 것입니다."

이산해가 박자를 맞췄다.

류성룡은 내심 놀랐다. 임금의 마음이 이순신을 떠난 것이야 어쩔 수 없다 해도 비위를 맞추려는 신료들이 너무 심하다.

조정의 분위기는 이미 걷잡을 수 없이 흘러갔다. 선조가 다시 입을 열었다.

"지금 이순신에게 어찌 가토의 머리를 베 오기를 바라겠는가. 한탄한들 무슨 소용이 있겠는가."

선조가 고개를 숙이더니 어깨를 들썩이며 길게 한숨을 쉬었다.

"우리나라는 다 됐다. 아, 이제 어찌할 것인가. 순신이 어떤 자인지 모르겠다. 여진족을 물리쳤다는 거짓말로 상관인 이일로부터 비난을 받은 사건 이후로 사람들은 모두 그가 간사하다고들 해 오지 않았는가. 영의정도 여기 있지만 이런 일은 이제 없어야 한다. 그의 죄는 결단코 용서할 수 없다."

선조가 류성룡에게로 고개를 돌렸다. 네가 천거한 사람이 아니냐는 무언의 질타였다. 류성룡이 조용히 말을 꺼냈다.

"이순신은 신과 같은 마을 사람입니다. 신은 젊었을 때부터 그를 알고 있는데 자기 직책을 잘 감당해 낼 수 있는 사람이라고 여기고 있습니다."

류성룡의 변명이 계속되자 선조가 이순신에 대한 의구심을 더욱 노골적으로 드러냈다.

"이순신을 용서해 줄 수 없다. 일개 무장의 주제에 어찌 감히 조정을 업신여길 생각을 한단 말인가. 도체찰사 이원익이 내려가면서 말하기를 평상시에는 원균을 장수로 임명할 수 없지만 적과 싸울 때는 써야 한다고 했다. 지금이 바로 싸워야 할 때다."

드디어 선조가 원균을 향한 속내를 드러냈다. 김응남이 한 발 나아갔다.

"수군으로는 원균만 한 사람이 없으니 그를 버려서는 안 됩니다."

선조가 말했다.

"그를 수군의 선봉장으로 삼으려 한다."

"지당하신 말씀입니다"라며 조정 신료들이 일제히 고개를 숙였다.

윤두수와 김응남이 쐐기를 박고 나섰다.

"이순신은 조용한 것 같지만 거짓이 많고 앞으로 나서지 않는 사람입니다."

겁이 많아 적 앞에 나서지 못한다는 다른 표현이었다.

"원균의 문제를 급히 처리하도록 하라."

선조가 자신감을 되찾은 표정으로 명령을 내렸다.

"나는 이순신의 사람됨을 자세히 모르지만 지혜가 적은 듯하다. 임진년 이후 한 번도 거사를 하지 않았고 이번 일도 하늘이 준 기회를 취하지 않았으니 법을 범한 사람을 어찌 매번 용서할 것인가."

조정 여론이 정해지자 선조는 곧바로 이순신 제거 작전에 들어갔다. 임금에게는 어차피 원균이라는 대안이 있었다. 사헌부가 빠른 속도로 이순신을 탄핵하고 나섰.

"통제사 이순신은 나라의 막대한 은혜를 입어 순서를 뛰어넘어 높은 자리에 올랐음에도 힘을 다하여 은혜에 보답할 생각은 하지 않고 있습니다. 바다 가운데서 군사를 끼고 앉아 여러 해를 지내고 보니 군사들은 늙어 약해지고 방비할 여러 가지 일에 대해서는 손 한 번 대지 않고 그저 남의 공로나 가로채려고 기만하는 장계나 올리고 있습니다. 결국 적의 배들이 바다를 덮으면서 밀려오는데도 오히려 길목을 지켰다거나 적의 선봉을 막아 냈다는 말을 듣지 못했습니다. 붙잡아다 신문하고 법대로 죄를 주기 바랍니다."

선조가 "천천히 처리하라"고 사헌부에 지시했지만 류성룡은 쓴웃음을 지었다. 선조가 우부승지 김홍미에게 비망기를 내렸음을 다름 아닌 김홍미에게서 전해 들었기 때문이다. 비망기에는 이미 죽일 수도 있음을 내비치고 있었다.

"신하로서 임금을 속인 자는 반드시 죽이고 용서하지 않는 것이므로 지금 고문을 끝까지 시행하여 내막을 캐어 내려 하는데 어떻게 처리할 것인지 대신들에게 물어보도록 하라."

참으로 알 수 없는 선조의 말투였다. 자기 스스로 반드시 죽이겠다는 의사까지 밝혀 놓고는 어떻게 처리할 것인지 대신들에게 물어보도록 하라고 한다. 어디서부터 어디까지가 자신의 의지이고 어디서부터 어디까지가 장래를 위한 책임회피용인지 헷갈릴 정도다.

이순신이 체포되자 류성룡은 어떻게든 구명에 나서고 싶었으나 자칫 자신에게까지 화가 미칠 수 있어 고민했다. 그만큼 구명 작업은 비밀리에 추진할 수밖에 없었다. 류성룡은 이순신의 가족이 가지고 온 사 개월 분의 난중일기와 장계 초안들을 자기보다 중립적인 우의정 정탁에게 넘겨주었다.

이원익이 발 벗고 나서겠지만 이원익 역시 원균을 비판해 온 만큼 선조의 마음을 움직이기 어렵다는 판단에서였다. 류성룡의 부탁을 받은 정탁이 고개를 끄덕였다.

며칠 후 정탁의 상소문이 올라갔다. 전란 시기 장수의 가치를 조심스럽게 강조한 문장이었다.

"이순신은 참으로 장수의 재질이 있고 바다 싸움과 육지 싸움에 못 하는 일이 없습니다. 이런 인물을 과연 쉽사리 얻지 못할 뿐 아니라 또한 적들이 무서워하고 있는 자인데 만일 죄명이 엄중하여 조금도 용서할 도리가 없다고 하고, 공로와 죄를 서로 비겨 볼 만한 점이 있는지도 묻지 않고 끝내 벌을 내린다면 공이 있는 자도 스스로 더 내켜서 하려 들지 않을 것이고 능력 있는 자도 스스로 더 애쓰려 하지 않을 것입니다."

정탁의 상소문을 받아 든 선조는 고민했다. 역시 걱정은 일본군이었다. 증오심이 넘쳐흘렀지만 이순신의 전쟁 기술은 타의 추종을 불허하는 것 또한 사실이었다. 고민 끝에 정탁의 상소문을 받아 주기로 결정했다. 이 정도로 하면 이순신의 군사권도 박탈할 수 있고 땅에 떨어졌던 임금의 권위도 다시금 과시할 수 있으리라는 데 생각이 미친 것이다.

이순신은 한양으로 압송된 뒤 한 차례 고문을 받았으나 투옥 한 달 만에 풀려날 수 있었다. 대신 선조의 뜻대로 백의종군의 명이 떨어졌다. 옥에서 나왔지만 여전히 죄인의 몸이었다.

도성 안에서는 거처할 수 없어 남대문 밖 윤간의 종 집에 이르러 몸을 풀었다. 바닥에는 거적이 깔려 있었다. 금부 나졸들이 문 밖에서 보초를 섰다. 저녁에 영의정 류성룡이 사람을 통해 잣죽을 보내왔다.

아침에 한양을 떠난 이순신은 며칠 후 전라도 구례에 도착했다. 도원수 권율과 순찰사 병마사들이 그를 맞았다. 이들은 이순신을 초계에 소재한 도원수 본영에서 무밭을 가꾸는 신분으로 문서를 꾸민 후 실제로는 원수부의 군사 고문으로 일하도록 합의했다.

이순신이 몸을 조리하는 동안 김희도를 비롯 옛 부하들이 몰려들었다. 원균이 통제사로 부임한 지 불과 몇 달밖에 되지 않았는데 여수 진영과 한산도 본영에서는 큰 마찰이 일고 있었다.

원균은 한산도에 부임하자마자 이순신이 정해 놓은 제도를 다 바꾸고 장수와 군사들 중에 이순신이 신임하여 부리던 사람들을 거의 다 내쫓았다. 김희도 또한 판옥선 제조창으로 가야 했다.

장졸과 백성들은 불안에 떨기 시작했다. 사람들은 삼삼오오 모일 때마다 만약 왜군을 만나면 그저 도망치는 수밖에 없다며 원균을 비웃었다. 원균의 수군은 싸우기도 전에 여수와 한산도 군영에서부터 무너지고 있었다.

옛 부하들은 이순신을 만나자 눈물로 하소연하기 바빴다. 원균이 한양으로 갖다 바치는 뇌물 짐이 줄을 잇는다고 했다. 부하들이 전했다.

"온갖 계략을 다 써서 장군을 모함하려 듭니다. 하루 이틀이 아닙니다."

동료 장수들, 부하들이 전해 오는 소식을 들을 때마다 이순신의 마음은 심란해졌다. 오랫동안 절필했던 난중일기를 다시 써보려 했으나 붓이 제대로 움직이질 않았다.

"나라에 죄를 지었다면서 어머님의 영전에 장례도 치루지 못하게 한다. 이런 판에 원균은 그저 나를 죽이지 못해 안달이다. 나 같은 운수는 고금을 통해 둘도 없을 것이다. 때를 잘못 만난 것인가. 오로지 죽고 싶을 뿐이다."

어느 날 권율 장군이 허허 웃으며 방 안에서 지도를 그리고 있는 이순신을 찾아왔다. 그는 대뜸 원균 이야기부터 꺼냈다.
"원균이 뭐라고 한 줄 아십니까?"
권율이 비변사에서 내려온 공문을 보여 주었다. 선조가 변함없이 부산으로 진격하라는 명령을 내리자 원균이 장계를 올려 핑계를 대고 있었다. 수군과 육군이 함께 나가서 웅천의 적진을 무찌른 후에야 비로소 부산으로 진격할 수 있다는 것이다.
원균이 건의한 내용은 이순신이 지난 세월 줄기차게 피력한 전술 그대로였다. 통제사로 부임하자마자 종래의 자신에 차 있던 작전 계획을 완전히 뒤집은 것이다.
"이자가 이제 와서 전혀 딴소리를 하고 있지 않습니까."
권율이 공문을 다시 건네받으며 화를 냈다.
이순신은 담담한 표정으로 말했다.
"상식적으로 철옹성에 진을 친 수만 명의 왜군을 공격하려면 그보다 몇 배의 병력이 필요합니다. 손자병법에도 포위작전이 성공하려면 열 배의 군사가 필요하다고 하지 않았습니까. 안골포 작전에 동원할 수 있는 병력이 얼마 정도인가요."
"그곳에 인접한 우리 병력은 경상우병마사 김응서의 군대입니다. 그 숫자도 수천 명에 지나지 않습니다. 그저 낙동강 하구에서 산청 초계 지역까지를 담당하고 있는 정도죠."

초라한 조선 육군 병력으로는 도저히 왜성들을 파괴할 수 없다고 판단한 김응서는 여전히 요시라에게 매달렸다. 자신을 중심으로 선조와 요시라 그리고 고니시 간의 비밀 대화 창구를 만든 다음, 통제사 원균이 함대를 이끌고 부산으로 나아가 왜군을 격파하도록 하자는 내용으로 선조를 구워삶아 보려 했다.

그러나 원균은 수군만으로는 부산포 공격이 어렵다는 장계를 계속 올렸다. 선조의 총애를 받는 수군의 원균과 육군의 김응서가 이렇게 서로 엇갈린 주장을 하자 조정이 난감해하던 차에 비변사가 권율에게 어찌하면 좋을지 자문을 구해 왔다. 권율도 답장을 올리기 전에 자문을 구하기 위해 이순신을 찾은 것이다.

이 와중에 명나라 군의 정보장교가 초계로 이순신을 방문했다. 그가 전한 소식은 놀라울 정도였다. 자기네가 수집한 첩보에 의하면 고니시는 의령을 거쳐 곧바로 전라도를 치고 가토는 경주, 대구 등지로 진을 옮긴 다음 그대로 안동으로 가려 한다는 내용이었다.

명군 장교가 목소리를 낮췄다.

"하지만 그들이 이번 작전을 펼치기 전에 해결해야 할 숙제가 하나 있습니다. 반드시 원균의 조선 함대를 분쇄해 후방의 안전을 도모해야 한다는 것이죠. 그래서 왜군들이 맹렬하게 원균을 향한 반간계를 진행하고 있다고 합니다. 어떻게 하든 원균을 부산 쪽으로 유인한 다음 앞뒤를 포위해 전멸시켜 버리겠다는 복안입니다."

일본군 재침 분위기가 노골화하자 선조는 또다시 한양에 체류하는 것을 불안해했다. 그럴수록 선조의 밀지는 하루가 멀다 하고 원균에게 밀어닥쳤다. 빨리 부산을 치라는 명령이었다.

유월 들어 선조가 별전에 나아가 영의정 류성룡 등 신하들을 인견했다.

"명군이 다시 나온다 해도 꼭 적을 토벌한다고 기약하기 어렵다. 게다가 양식이 떨어질까 염려된다. 중전을 피난시키고 싶은 데 자세히 헤아려 결정하라."

다시 시작인가? 류성룡은 분노가 표정으로 드러날까 고개를 더 숙였다.

"명나라에서 우리나라의 동정을 모른다고 생각하시면 안 됩니다. 이러한 때에 가벼이 움직여서는 곤란합니다. 그들은 임금이 또다시 도망친다고 생각할 것입니다."

"어찌 중국인들이 모를 거라고 생각해서 그러겠는가. 저 적들은 모두 십만 명인데 호남과 충청도를 유린할 뜻을 가지고 있으니 명군이라고 어떻게 막을 수 있겠느냐. 전에 명의 선발대인 조승훈이 평양에서 하루만에 박천까지 도망가지 않았느냐. 명군 역시 믿을 것이 못 된다."

파천에는 윤두수도 반대의 의사를 표시했다.

"강화로 피신하면 형세상 편리하겠지만 민심이 동요할까 걱정됩니다."

"그럼 불가하다는 것이냐? 나도 남쪽으로 내려가고 싶을 뿐이다. 다만 내전을 조용한 곳으로 피난시키자는 것 아닌가."

류성룡이 마지못해 답했다.

"강화도라고 어찌 안전한 땅이 되겠습니까. 게다가 명나라 사람들은 전쟁터에 묶어 두고 조선 사람들만 화를 피할 계책을 세우고 있다고 하면 어떻게 되겠습니까."

선조가 말없이 불편한 기색을 내보였다. 좌우가 한동안 침묵을 지켰다. 선조가 어쩔 수 없다는 듯 승정원을 통해 비망기를 내렸다. "명군이 한양에 가득하니 여염집이 시끄럽고 능욕당할 폐단마저 없지 않다"면서 "옹주 등을 우선 강화로 피난케 하라"는 내용이었다.

 한산도 시절 중군장이던 이덕필이 이순신을 찾아와서 명나라 양 총병이 심유경을 붙잡아 갔다고 전했다. 심각했다. 강화 협상을 담당했던 심유경이 붙잡혀 갔다면 외교 협상이 실패로 돌아갔다는 의미다. 이제 조선과 명, 그리고 왜 간에는 무력에 의한 해결책 외에 다른 수단이 남아 있지 않았다.
 불길한 기운이 다시 조선 전토를 덮고 있었다. 저녁에 홀로 식사를 끝낸 이순신이 스스로 감정을 억제하지 못하고 통곡했다.
 "이제 와서 날 보고 어찌하라는 것인가. 이제 와서…."

8.

반격

새벽녘의 거제도 칠천량, 일본 수군은 천여 척의 함선을 동원해 조선 함대에 총공격을 가했다. 원균이 부산으로 진격한다며 끌고 나간 조선 함선들은 포위 공격에 걸린 채 모조리 불에 타 침몰했다.

전라 우수사 이억기는 끝까지 항전하다 배 위에서 조총을 맞고 죽었다. 너무나도 어처구니없는 패배에 당황한 원균은 다짜고짜 도망 길부터 찾았다. 가까이 섬이 보였다. 간신히 육지에 내려 뒤뚱뒤뚱 달렸다. 고개를 돌려 보니 왜군 무사들이 칼을 휘두르며 쫓아오고 있었다. 잠시 후 칼날이 옆구리를 쑤시고 들어왔다. 옆으로 쓰러진 채 위를 바라보니 몇몇 무사들이 자신을 내려다보고 있었다. 웃는 소리가 들리는 듯했다.

살육의 바다에서 기적같이 탈출에 성공한 몇 척의 조선 함선은 한산도로 돌아갈 엄두도 내지 못했다. 적선이 까맣게 깔려 있는 바람에 바닷길을 우회해 전라남도 고성까지 도망쳐야 했다.

칠천량 전투는 조정에 피해 상황을 담은 장계를 올릴 만한 장수가 한 명도 살아남지 못할 만큼 처절한 패배였다. 소식을 접한 선조가 비망기를 내렸다.

"오늘날 조정의 대신들이 사기를 잃고 소리도 제대로 내지 못하고 있으니 아, 슬프도다. 평일에는 사리를 논의하는데 날카롭고 국사를 계획하는 데 있는 계책을 다하여 심지어 모두가 도성을 지키자고 하고 나를 겁쟁이라고 기롱하더니 오늘에 이르러서는 어찌 이처럼 사기가 땅에 떨어져 버렸단 말인가."

 선조가 어전회의를 소집했지만 완전히 초상집이었다. 옥좌에 앉자마자 선조는 창백한 얼굴로 신하들을 둘러보았다. 어느 누구도 입을 열려고 하지 않았다. 선조가 다그치듯 류성룡을 쳐다보았다. 류성룡이 앞으로 나섰다.
 "만일 한산도를 잃어버린다면 수군이 가장 중요시해야 할 길목을 잃어버린 것입니다. 이제 적군은 일사천리로 남해안을 훑어올 것입니다."
 선조가 떨어지지 않는 입을 뗐다.
 "한산도를 고수하여 호랑이와 표범이 버티고 있는 듯한 형세를 만들어야 했는데도 반드시 출병을 독촉하여 이런 패배를 초래했으니 이는 사람이 하는 일이 아니고 실로 하늘이 그렇게 만든 것이다. 이제 와 말해도 소용이 없지만 어쩔 수 없는 일이라고 방치한 채 아무런 대책도 세우지 않을 수 있겠는가. 남은 배들만이라도 수습해서 전라와 충청도 지방을 지켜야 할 것이다."
 류성룡은 마음속으로 놀라지 않을 수 없었다. 이렇게 된 것이 인간의 짓이 아니라 하늘이 그렇게 만든 것이라니. 또다시 선조 특유의 책임회피 어법이다.
 덕분에 어전회의가 열릴 때부터 잿빛 얼굴을 한 채 침묵하던 윤두수와 윤근수, 김응남 등 원균을 두둔해 왔던 신하들의 얼굴이 조금씩 펴

지기 시작했다. 어차피 선조와 한 배를 타고 있다는 믿음이었다.

선조가 말했다.

"아닌 게 아니라 무슨 일이든 그때의 정세를 살펴보고 나서 해야 하는 법이다. 요해지를 든든히 지키는 것이 가장 중요한데도 도원수가 원균을 독촉해서 이렇게 되지 않았는가."

권율이 원균을 독촉한 것은 선조의 어명 때문이었다. 어명이 내려진 것 또한 원균을 비롯한 윤두수, 김응남 등이 부산 쪽으로 나갈 수 있다고 맞장구를 쳐주었기 때문에 가능한 것이었다. 이제 와서 부산 진출이 커다란 실책으로 드러나자 모두가 발을 빼며 책임을 권율에게 돌리고 있다.

무엇보다 장수를 새로 파견하는 것이 급선무였다. 신하들은 누구를 보냈으면 좋겠는가를 놓고 하나같이 선조의 눈치를 살폈다. 이항복이 바로 입을 뗐다.

"오늘 할 일은 오직 통제사 임명에 있습니다. 하루속히 복직을 시켜야 마땅합니다."

이항복이 누구라고 지칭하지 않았어도 조정의 신료들은 그가 누군지를 익히 알고 있었다. 다만 이름을 대기에 면목이 없을 뿐이다.

제해권을 장악한 일본군의 진격에는 더 이상 거칠 것이 없었다. 불과 며칠 만에 전라도 서쪽 해안의 고흥, 보성, 장흥을 거쳐 완도와 해남의 전라우수영까지 손아귀에 넣었다.

이순신이 호남이 없다면 나라도 없다고 절규한 전라도 전역이 풍전등화의 위험에 처했다. 일본군은 경상도 황석산에서 전라도 남원에 이르기까지 과감 무쌍한 작전을 펼쳤다.

그들에게는 이제 아무런 두려움도 없었다. 왜란이 발생한 이후 조선 육군이 왜군에 맞서 승리를 거둔 것은 성을 굳건히 지키던 몇 번의 경우뿐이었다. 성 밖으로 나온 조선 육군은 어차피 상대가 아니었다.

그런 마당에 조선의 자존심이었던 수군이 완전히 자취를 감추고 말았다. 설령 이순신의 귀신이 다시 나타난들 배가 없는 데 제깟 것이 뭘 하겠는가라는 자신감이 일본군 사이에 넘쳐흘렀다.

조선의 병사와 백성들이 곳곳에서 처참하게 죽어 가고 있을 때 천리 밖 한양의 고위 관리들은 또다시 난리를 피해 도망갈 궁리를 하고 있었다. 선조가 나인과 왕자들을 우선 황해도 해주로 피신시키라고 명했다.

"왕자를 보호할 사람이 없어서는 안 될 것이니 재상 몇 명을 딸려 보내는 것이 어떻겠는가. 어가와 왕자들이 서로 떨어져 있을 때 의외로 주선해야 할 일이 있으면 대신이 없어서는 안 될 것이다. 어떻게 해야 할지 비변사에서 논의토록 하라."

선조의 명이 떨어지자 한양은 다시 극심한 혼란에 빠져들었다. 사간원 사헌부 홍문관의 삼사와 승정원이 일어나 피난 명령을 철회하라고 청했다. 모두가 선조 앞에서 공공연히 탄식했다.

"내전의 움직임이 이런 판이니 백성들 모두가 우리만 빈 성을 외로이 지키다가 부질없는 죽음을 당할 필요가 없다고 공공연히 말합니다."

류성룡이 간곡히 간했다.

"변경이 위태하다는 소식이 조금이라도 들어오면 우선 처자를 보호할 계책만 생각하여 재산을 챙겨 어린 자식들을 이끌고 성을 빠져나가니, 이렇게 되면 백성들도 이를 본받아서 며칠 안으로 성이 텅 비게 될 것입니다. 도성을 일단 버리면 사방이 와해되어 결국에는 왜적의 사기만 앙양시키는 결과를 초래할 것입니다. 적들이 승승장구하여 곧바로 무인지경으로 쳐들어오게 되면 어느 한 곳도 견고한 지역이 없게 될 것입니다."

그래도 선조는 듣지 않았다. 오히려 화를 내며 반박했다.

"듣건대 조정 관리의 가속들이 대부분 도성을 떠났다고 하는데 그러면서도 내전을 떠나지 못하게 강요하다니 대체 무슨 심사로 그러는 것인가? 이렇게 하는 것이 충성이란 말인가. 그 이유를 알고 싶으니 비변사에 물어보라. 언관이라는 자들이 임금에게는 바른말을 하면서 신하에게는 왜 바른말을 하지 못하는가."

이쯤 되면 신료들도 더 이상 할 말이 없다. 적이 쳐들어와 남해안에 웅크리고 기회를 엿본 지 몇 년이나 지났건만 조정은 그동안 아무런 대응도 하지 못했고 이를 누구보다 잘 아는 사대부들이 왜군의 재침에 놀라 가장 먼저 도망을 쳤기 때문이다.

중전과 세자 일행이 피난길에 올랐다. 한양의 민심은 이제 놀라움보다 조롱이 먼저였다. 한양에 남아 있던 몇몇 신하들이 선조에게 민심을 전했다.

"왜적의 세력은 임진년에 미치지 못하지만 인심은 도리어 더 험할 정도로 붕괴되고 있습니다."

선조가 답답하다는 듯이 한숨을 내쉬었다.

"어찌 그렇게까지 됐단 말인가. 지금은 창의하여 의병을 일으키는 사람이 하나도 없단 말인가."

의병이라니! 류성룡은 목이 턱하고 막혔다. 의병을 무서워해서 그들을 박해한 것이 선조 자신이 아니었던가. 가장 뛰어난 의병장인 김덕령조차 선조가 형장의 죽음으로 내몰지 않았는가 말이다. 이제 와서 의병을 일으키는 사람도 없냐는 말이 어떻게 나오나. 아무리 임금이라도 이 무슨 망발인가.

류성룡은 보이지 않게 주먹을 꽉 쥐었다. 과거 선조 앞에서 아무리 어처구니없는 일을 당했어도 단 한 번이나마 살인충동을 느낀 적이 없었다. 하지만 지금은 다르다. 조선의 땅과 그 땅 위에 사는 백성이 이토록 비참해진 것은 누구보다 선조 자신 때문이 아닌가. 불운하게도 정신이 제대로 박힌 임금을 만나지 못한 자신의 신세가 한없이 서러웠다.

칠천량 패배로 조선 수군이 전멸했다는 소식을 이순신이 접한 것은 전투 이틀만인 칠월 십육일이었다. 도원수 권율이 급보를 받고 달려왔지만 두 사람은 한참 동안이나 아무런 말도 하지 못했다. 잠시 후 이순신이 침묵을 깼다.

"제가 연해안 지역으로 가보는 수밖에 없을 것 같습니다. 가서 직접 보고 듣고 한 연후에 대책을 세워 보겠습니다."

망연자실하던 권율도 그제야 한숨을 놓았다.

"나로서도 지금은 뭐라고 해야 좋을지 갈피를 잡을 수 없소. 그리해 준다면 참으로 고맙겠소. 이게 다 불민한 조정이 통제사를 버린 업보인 듯하오."

권율이 이순신의 손을 덥석 잡았다. 한참 동안 잡고 있더니 조용히 입을 열었다.

"힘닿는 대로 통제사의 복직을 애써보겠습니다. 뒷일은 모두 내게 맡겨두시고 빨리 현황을 살펴보기 바랍니다. 필요한 것이 있으면 내 바로 준비해 드리겠습니다."

여름 뜨거운 공기가 겨우 사라진 음력 팔월 초삼일, 남행 중이던 이순신을 조정의 선전관이 찾아왔다. 임금의 교서였다. 칠 월 이십삼 일 자로 삼도 수군통제사로 재임명한다는 것이다.

"왕은 이르노라. 아, 나라가 의지하여 온 것이 오직 수군뿐인데 하늘이 무심하게도 한 차례의 싸움에서 모두 다 없어졌으니 이후 바닷가 여러 고을을 그 누가 막아 낼 수 있겠는가. 지금 당장 세워야 할 방책은 흩어져 도망간 군사들을 불러 모으고 배들을 거둬들여 급히 요해처에 튼튼한 진영을 세우는 것이다. 그러나 이 일을 책임질 수 있는 사람은 위엄과 은혜와 지혜와 재능에 있어 평소 안팎으로 존경을 받던 이가 아니면 이런 막중한 임무를 감당해 낼 수 없을 것이다. 생각건대 그대의 명성은 일찍이 수사로 임명되던 날부터 크게 드러났고 그대의 공로와 업적은 임진년의 승첩이 있는 후부터 크게 떨쳐서 변방 군사들은 마음속으로 그대를 만리장성처럼 든든하게 믿어 왔다. 하지만 지난번 그대의 직책을 교체시키고 그대로 하여금 백의종군하도록 하였던 것은 역시 나의 모책이 좋지 못했기 때문이다. 그 결과 오늘날 이런 패전을 당하게 됐으니 더 이상 무슨 말이 필요하겠는가."

교서를 받들고 절을 올렸지만 이미 기력이 완전히 빠져나간 듯 몸은 흠뻑 젖은 솜뭉치 같았다. 전날 밤도 토사곽란을 앓다 새벽까지 거의 인사불성이었던 차다. 방 밖에서는 비가 추적추적 내렸다. 세상이 원망스러워 저절로 눈물이 뺨을 타고 내렸다.

이순신은 절망했지만 민심은 절망하지 않았다. '장군이 돌아왔다'는 소문이 전광석화처럼 영호남 지방으로 퍼져 나갔다. 이순신이 가는 곳마다 고을 수령들이 나와 접대에 분주했다. 가는 길마다 백성들이 머리 숙여 인사하고 손을 흔들었다.

낙안 인근에 이르니 사람들이 몰려나와 무려 오리에 걸쳐 환영 행렬이 그치지 않았다. 그들 모두 고향을 등지고 도망쳤다가 장군이 돌아온다는 소식을 듣고 다시 고향을 찾아왔다고 했다. 초계를 떠나 순천까지 오는 길에 하나 둘 부하들도 모였다.

낙안과 달리 해안가인 순천은 마을들이 텅 비어 있었다. 백성들이 왜 마을을 떠났느냐고 묻자 얼굴을 비친 병졸들이 저마다 한마디씩 했다.

"병마사가 적이 쳐들어온다고 겁을 먹고는 창고에 불을 지르고 물러갔습니다요. 그 때문에 이곳 백성들도 뿔뿔이 흩어졌던 것입니다. 장군께서 오셨으니 그들도 곧 돌아올 것입니다."

한참을 내려가자 길가에 사람들이 많이 모여 있었다. 한쪽 길가에는 수많은 백발노인들이 술병을 들고 서 있었다. 이순신을 보자 저마다 술잔에 술을 따라 바쳤다. 예의상 몇 잔을 들이켠 후 사양하려 했으나 어느 누구도 물러서려 하지 않았다.

"제 잔도 받아 주십시오."

"제 잔도 있습니다. 제발."

거리가 멀고 사람들에 치여 다가오지 못하는 한 늙은이가 잔을 위로 받쳐 든 채 "아이고, 아이고" 하며 울기 시작했다. 이순신이 부하를 시켜 잔을 받아오도록 했다. 한 늙은이가 울자 모두가 큰 소리를 내며 따라 울었다.

한 마을 주민이 전부 곡소리를 냈다. 이순신도 울고 휘하 부하들도 저마다 옷소매로 얼굴을 감췄다. 내 한 몸 쓰러질 것 같다고 쓰러질 수 있는 것이 아니었다. 그들은 누가 자기를 지켜줄 것인지를 본능적으로 알고 있었다.

하지만 전황은 비극적이었다. 전주성이 일본군의 손아귀에 떨어졌다는 소식이 들려왔다. 일본의 좌군 오만 명은 전라도를 완전히 장악하기 위해 전주를 떠나 남하하기 시작했다. 우군 육만 명은 한양을 향해 북상 중이었다. 한양은 또다시 시작된 피난 행렬로 북새통을 이뤘다.

완연한 가을 날씨로 접어든 팔월 끝자락, 이순신은 마침내 벽파진에 도착했다. 벽파진은 명량해협의 길목으로 오랫동안 진도의 관문 역할을 하던 곳이다. 고려 시대에 삼별초 군사들도 이곳으로 상륙했다.

백제·신라 시대에는 일본에서부터 우리나라 남해와 서해를 거쳐 중국까지 가는 바다 길목이었다. 벽파진만 장악하고 있으면 중국과 일본 사이에는 그날부터 무역이나 외교사절의 교류가 뚝 끊어질 정도였다. 장보고가 이웃에 있는 완도에다 청해진을 설치한 것도 이 같은 전략적 이점에서였다.

벽파진에서 병사들과 전함을 수습해 보름 후 진도 앞 협로를 통과, 전라 우수영 앞바다로 진을 옮겼다. 그날 대충 짐들을 풀고 식사를 마치니 벌써 바깥은 어두웠다. 이순신은 잠자리에 들기 전 일기장을 펴 들었다.

"우수영에서 내 전선은 열두 척이다. 그것이 내가 그 위에 입각해야 할 사실이었다. 그것은 많거나 적은 것이 아니고 그냥 사실일 뿐이다."

다음 날 거제 현령 안위, 미조항 첨사 김응함, 녹도만호 송여종이 우수영 관아로 들어와 이순신 앞에 엎드렸다. 모두 고개를 숙인 채 어깨를 들먹이고 있었다. 옛 부하들을 바라보면서 이순신은 온갖 감회가 머릿속을 배회했다. 김희도 역시 그들의 모습을 지켜볼 수밖에 없었다.

이순신이 고개를 들라고 했지만 그들은 여전히 흐느끼기만 했다. 한참을 그대로 있었다. 이순신도 목석같이 서서 그들을 바라볼 뿐이었다. 마침내 김응함이 조용히 앞으로 다가와 다시 무릎을 꿇었다. 안위와 송여종도 김응함 옆으로 와 흐느꼈다.

이순신의 입에서 "모두 다 내 탓이었네"라는 말이 흘러나왔다.

수군이 다 쓰러진 뒤에 지치고 흩어진 군사들이 어디 있으랴 생각했지만 이순신이 돌아왔다는 소식에 의외로 많은 병사들이 우수영 군영을 찾아왔다. 하지만 군량도 무기도 모두 사라진 뒤였다. 철 늦은 가을 이어선지 바닷바람도 차기만 했다.

우수영 앞에 모인 병사들을 살펴보고 있는데 앞바다에 헤아릴 수 없는 어선들이 모여들었다. 수상해서 김희도를 보내 알아보도록 했다. 김희도와 병사들이 가서 그중 나이 들어 보이는 몇 명을 데리고 돌아왔다. 초라했지만 선비의 옷차림도 있었다.

"큰 적이 바다를 뒤덮고 있는데 너희들은 어쩌자고 여기로 왔느냐?"

"저희들은 대감님이 여기로 오셨다는 소식을 듣고 찾아왔습니다."

백발의 늙은이가 고개를 더욱 숙였다.

"대감님 저희는 그저 대감님과 함께 가고 싶습니다. 저희가 어디로 가겠습니까. 그저 저희를 버리지만 말아 주십시오."

기가 막혔다. 수군 또한 목숨이 경각에 달려 있는 마당에 무턱대고 찾아온 이들을 어떻게 보호하라는 말인가.

잠시 바라보던 이순신에게 문득 한 생각이 스쳐갔다.

"너희들이 정녕 나와 같이 하고 싶다면 어쩔 수 없다. 하지만 수군이 없어지면 너희들도 목숨을 부지하기 어려울 것이다. 각오는 돼 있는가."

"네, 여부가 있겠습니까. 같이 있게만 해 주신다면 저희가 할 수 있는 일은 무엇이든 하겠습니다. 명령만 내려 주십시오."

"좋다. 그럼 내가 수군도 살고 너희들도 살 수 있는 방안을 내놓겠다. 만일 따르지 않는다면 나도 더 이상 어쩔 수가 없다."

모두 하나같이 고개를 숙였다.

"여부가 있겠습니까. 장군님이 하라는 대로 하겠습니다."

"지금 여러분이 보다시피 군사들이 배도 고프고 옷도 없어서 이대로 가다가는 모두가 굶어 죽을 수밖에 없는 처지다. 이 같은 상황에서 어찌 적을 막아 주기를 바라겠는가. 너희들이 만일 여벌옷이나 양식을 조금씩 내어 우리 군사들을 도와준다면 필히 적들을 무찌를 수 있을 것이고 그렇게 되면 너희들도 죽음을 면할 수 있을 것이다."

공의 말이 떨어지자마자 대표 모두 얼굴이 밝아졌다. 전혀 어려운 주문이 아니었기 때문이다. 모두가 이순신의 제의를 반겼다.

이순신은 곧바로 부하들에게 해로통행첩을 준비하도록 했다. 전라도와 충청도 해안을 통행하는 배는 공용이건 민간용이건 증명서를 발급받도록 했다. 증명서가 없는 배는 간첩선으로 인정한다는 경고도 발표했다.

수군은 민간 배의 크기에 따라 대-중-소 등급을 매기고 큰 배 곡식 세 섬, 중간 배는 두 섬, 작은 배는 한 섬을 받고 통행첩을 발급했다.

당시 피난민들은 재물과 식량을 있는 대로 배에 싣고 바다로 나왔기 때문에 곡식을 내는 것은 큰 부담이 아니었다. 오히려 수군의 보호를 받을 수 있어 다행스럽게 생각했다. 이후 통행첩을 받아 간 배가 오천여 척에 이르렀다. 이순신은 열흘이 못되어 만여 석의 곡식과 병사들을 추위로부터 보호할 피복을 확보했다.

구월 들어 때 이른 북풍이 불어오기 시작했다. 벽파진 건너편에 신호 연기가 피어오르기에 배를 보내 실어와 보니 정탐조장 임준영이었다. 판단력이 뛰어나고 업무 처리가 정확해 믿을 수 있는 부하였다.

"적선 이백여 척이 몰려오는 데 오십여 척은 벌써 어란포 앞바다로 들어왔습니다."

어란포라면 벽파진에서 멀지 않은 곳까지 왜군이 진출했다는 의미다. 이순신이 김희도와 안위 등을 불렀다. 안위가 지금 당장 싸울 수 있는 형편은 아니라는 점을 지적했다. 김희도가 고개를 저었다.

"물론 우리 형편에 섣불리 나설 수는 없습니다. 하지만 적군은 다행히 대부대가 아닙니다. 우리 쪽 실정을 탐지하기 위해 일부러 접촉하려는 것입니다. 장군, 지금이 오히려 기회일 수도 있습니다. 숫자가 적은 적이라 상대하기에 부담이 없고 승리할 경우 적은 장군의 존재를 재확인하면서 기겁을 할 것입니다. 우리 수군에는 다시금 자신감을 심어 줄 수 있습니다."

"그렇군요." 안위도 고개를 끄덕였다. "그렇다면 적을 유인하는 것은 제가 맡겠습니다."

이순신의 허락이 떨어지자 안위와 송여종이 바로 판옥선을 준비하겠다면서 일어섰다.

안위의 판옥선과 협선 두 척이 어란포로 접근해 갔다. 아니나 다를까. 조선 수군을 확인한 왜군이 아타케 여덟 척을 몰아 쫓아오기 시작했다. 안위는 당황해서 우왕좌왕하는 듯 배를 젓다가 뒤로 돌아 도망치기 시작했다. 오리쯤 달리자 왜선은 여덟 척 그대로이고 뒤에는 쫓아오는 흔적이 보이지 않았다.

안위가 깃발로 신호를 올렸다. 그때 인근 섬 뒤쪽에서 대기하고 있던 이순신의 나머지 함선들이 일제히 왜군의 뒤로 나타났다. 멀리서 쏘는 각종 포가 아타케 함선을 두들기기 시작했다. 왜군 병사들이 견디다 못해 바다로 뛰어들었고 잠시 후 여덟 척은 모두 바다 속으로 가라앉았다. 우리 수군이 일제히 승리의 함성을 올렸다.

전초전이긴 하나 왜군이 패배했다는 소식이 일본군은 물론 조선군 병사들에게 전해졌다. 맑은 하늘에 천둥번개나 다름없었다. 조선 수군이 지옥불처럼 되살아난 것이다.

하지만 일본 수군의 수뇌부는 침착했다. 더 이상 조선 수군의 얍삽한 전술에 넘어갈 필요가 없다고 판단했다. 그들은 조선 수군의 함선이 십여 척에 불과하다는 사실을 파악하고 있었다. 일본 수군 전체가 한꺼번에 밀어붙이면 아무리 이순신이라도 어찌 해 볼 도리가 없을 것이다. 일본 수군이 본격적으로 움직이기 시작했다.

이순신도 대해전이 임박했음을 인식하고 있었다. 일본 수군이 몰려오자 조선군 함선이 기껏해야 열세 척임을 들어 좁은 길목인 울돌목으로 전쟁터를 확정했다. 휘하 참모진은 진도 어민들을 모아 지역적 특성, 시간대에 따른 해류 변화, 깊고 낮은 위치 등에 관한 정보를 철저히 수집했다. 정탐병들도 적 함대의 진격 추이를 면밀히 주시하고 전달했다.

이순신은 참모진의 건의에 따라 명량해협의 유속이 너무 빨라 등진 채 진을 펼 수 없다고 판단, 좀 더 서쪽으로 옮겨 조류가 완만한 우수영 앞바다 쪽으로 함대의 위치를 옮겼다.

일본 수군이 마침내 명량 앞바다에 나타났다. 정탐병들과 탐후선의 보고를 종합해 보면 무려 백삼십 척이 넘었다. 이들은 명량 해협을 만나 잠시 전진을 멈췄다. 해협의 길이가 오리나 되고 수심이 얼마나 되는지 정확히 몰라 아타케 등 대형 군선이 자칫 좌초하지 않을까라는 우려 때문이다.

일본 수군 지휘부는 잠시 망설였으나 이순신 함대의 판옥선이 겨우 열세 척이라는 점에 안심하고 세키부네 등 중형 군선들로 초반 공격진을 꾸몄다. 승리가 확실할 경우 모두가 달려들어 조선 수군의 흔적을 완전히 짓밟아 버릴 작정이었다.

하지만 아타케 등 대형 함선들이 공격에 합세하지 못한 것이야말로 조선군에게는 하늘이 내려 준 축복이었다. 참모들의 장소 선택이 성공을 거둔 셈이었다.

아침이 되었다. 명량 해협의 조류가 잠시 멈추더니 서서히 북서 방향으로 바뀌었다. 일본 함선들이 우수영 앞바다로 진격하기가 용이해졌다. 잠시 후 일본 함대가 조류를 타고 진격해 왔다.

개전 초기 세키부네 여러 척이 이순신의 대장선을 에워쌌지만 대장선은 각종 포와 화살을 난사하며 반격했다. 곧이어 안위와 김응함 등이 쏜살같이 대장선 쪽으로 접근하면서 일본 함대에 포를 난사했다.

바로 그 시점에 조류가 거꾸로 흐르기 시작했다. 이번에는 일본군이 역류를 만난 셈이었다. 조선 함선들이 일제히 일본 함대를 향해 돌격해 들어갔다. 조총과 포탄, 화살이 난무하는 가운데 역류를 거역하기 힘든 왜선들이 좁은 해협에서 서로 노를 젓다 자기들끼리 부딪혔다.

조선 수군이 기회를 놓칠세라 공격을 퍼부었고 이 과정에서 일본 함대의 선봉에 섰던 구루시마 마치후사가 사살됐다. 자기네 장수가 목이 잘린 채 조선 수군의 배에 효시되자 사기를 잃은 일본 함선들이 부서진 서른한 척을 남겨 둔 채 일제히 방향을 돌려 퇴각했다. 조선 수군의 완벽한 승리였다.

적선이 퇴각한 후 이순신 함대가 무안군 어외도에 이르니 무려 삼백여 척의 피난선이 몰려와 있었다. 우리 수군이 승첩을 거뒀다는 소식을 듣고 이순신을 기다리고 있던 배들이었다. 함대가 나타나자 저마다 혼신의 힘으로 노를 저어 다가왔다. 육지에는 이미 이들이 갖다 바친 양식들이 산처럼 쌓여 있었다.

정탐 병사들이 왜적의 상황을 보고했다. 패전한 일본 수군들은 달아나면서 해남 지방 여기저기에 불을 지르는 만행을 저질렀다. 다행히 백성들은 그들보다 앞서 깊은 산중이나 앞바다의 섬들로 피난했기에 무자비한 약탈을 피할 수 있었다. 이순신은 피난민들을 고향 땅으로 되돌려 보내는 한편 그들이 수군의 보호 아래 고기 잡고 농사를 짓도록 안전 조치를 강화했다.

조정의 선전관이 남해안의 이순신 본영과 각 지역을 둘러본 후 선조에게 장계를 올렸다.

"신이 전라도에 들어가 해안가 백성들의 말을 들어 보니 모두가 이순신을 칭찬하며 한없이 아끼고 받들었습니다."

장계를 읽어 보는 선조는 수군이 되살아난 사실에 기쁘면서도 한편으로는 마음이 착잡해졌다. 왜 모두가 이순신을 이토록 아끼는 것일까. 심지어 이런 보고문을 작성하는 선전관까지도 밝은 표정이었지 않은가.

늦가을 들어 명의 경리 양호가 선조를 방문했다. 이순신의 승첩을 축하하기 위해서였다. 선조가 양호를 안쪽 자리에 놓여 있는 화로 가까이로 안내하면서 미소를 지었다.

"근일 들어 날씨가 추워지고 있습니다. 대인의 기체는 어떠하신지요."

"하하, 임금의 은혜에 힘입어 편안합니다."

"전에 들으니 대인이 손가락을 다쳐 심히 아파하셨다는데."

"아직 다 낫지는 않았지만 많이 좋아졌습니다."

궁인이 녹용을 녹인 십전대보탕을 대령했다. 선조가 잔을 경리 앞으로 내밀었다.

"명군 덕택에 흉적이 조금 물러났습니다. 저희들도 종묘사직을 도로 모시고 와서 한양에 봉인했습니다. 대인의 위덕으로 말미암은 것이니 참으로 감사드리지 않을 수 없습니다. 절을 하여 사례하고 싶습니다."

선조가 일어서서 절을 하려 했다. 경리가 사양했다. 선조가 거듭 절하려 했으나 끝내 따르지 않았다. 그러면서 경리가 이순신으로 화제를 옮겼다.

"통제사의 활약을 저희 황실에서도 크게 경하했습니다. 명에서도 보기 드문 장수입니다."

"통제사가 사소한 왜적을 잡은 것은 바로 그의 직분에 마땅한 일이며 큰 공도 아닌데 대인이 은단으로 상을 베풀고 표창하여 가상히 여기시니 과인의 마음이 불안하기까지 합니다."

"통제사는 훌륭한 사람입니다. 패배 끝에 다 흩어진 전선을 다시 수

습하여 큰 공을 세우지 않았습니까. 매우 가상합니다."

경리의 칭찬이 계속되자 선조가 다시 화제를 바꾸려는 듯이 선물 명부를 꺼내들었다. 명단이 길었다.

여름이 왔다. 왜란도 이제 만 일곱 해를 넘어섰다. 남해 바다는 폭염과 함께 다시 전쟁 열기로 달아올랐다. 왜군 함선 백여 척이 고흥의 녹도로 침범해 왔다. 십 개월여 전 명량해전에서 참패한 이후 남해안 곳곳에 축조한 왜성들에 칩거하며 민간인 약탈과 산발적인 도발로 시간을 끌어오던 왜군이 다시 대규모 침공에 나선 것이다.

녹도는 판옥선으로 저어 갈 경우 고금도와 약 하루 거리다. 조선 수군을 견제하려는 왜군의 의도적인 행동임이 분명했다. 통제사 이순신과 명군 수군도독 진린은 휘하 전선을 이끌고 녹도에서 삼십 리 떨어진 금당도로 전진했다. 왜란 중 처음으로 이뤄진 조선과 명 수군의 연합작전이었다.

척후선으로 보이는 세키부네 두 척이 금당도 앞에 펼쳐진 연합함대를 목격하더니 급히 도주했다. 밤이 깊어지자 이순신은 녹도만호 송여종에게 전선 여덟 척을 주어 절이도 해역으로 나가 매복하라고 지시한 후 금당도에서 밤을 새웠다. 절이도는 녹도와 조명 연합수군이 머물고 있는 금당도 사이에 있는 작은 섬이다.

한밤중에 탐후선이 급히 돌아와 바람결에 노를 젓는 소리가 멀리서 들려왔다고 보고했다. 이튿날 동이 틀 무렵 일본 수군 백여 척이 절이도 해상에 나타났다. 이순신이 직접 전투에 나섰다.

조선 수군을 목격한 일본 수군이 당황했다. 전진에 몰두하다 보니 조선군이 만반의 준비를 한 채 기다리고 있을 거라고는 예상하지 못했기 때문이다. 대장선에서 바라 소리가 울리자 조선 수군의 함선들에서 일제히 고함치는 소리가 하늘을 덮었다. 접근해 오는 적선을 향해 화포가 일제히 굉음을 내며 포탄을 발사했다.

선두를 형성해 오던 일본 함선들에서 선박이 터지고 깨지는 소리가 요란했다. 적선 오십여 척이 잇따라 불타오르고 조선 수군이 왜군 백여 명의 머리를 베었다. 왜군 시체가 절이도 앞바다에 가득 떠다녔다. 왜선을 격파한 전과로 보자면 한산도 해전의 쉰아홉 척보다 작지만 명량 해전의 서른한 척보다는 큰 것이었다.

이후에도 수군 통제영이 운영하는 비밀 첩보조가 날로 성과를 올렸다. 히데요시가 사망했다는 첩보 내용이 부산 왜관으로부터 수군 본영으로 날라 들어왔다. 이순신은 급히 비밀 장계를 써서 조정으로 올려 보냈다.

"일본에서 도망해 온 사람이 말하기를 히데요시가 칠월 초에 병사했으므로 흉적들이 철수해 돌아가려 하고 있다는 소식입니다."

이순신의 첩보가 조정에 보고된 후 두 달 만에 일본군이 명군에 공식적으로 철군을 통지했다. 조정은 명군이 일본군과 철군 협상을 벌이고 있는 것을 뒤늦게 감지하고 부산을 떨기 시작했다.

선조의 계산은 영악했다. 느닷없이 친히 남쪽으로 내려가 조명 연합군과 백성들의 사기를 진작시키겠다고 밝혔다. 어전회의를 소집하더니 신료들 앞에서 말했다.

"지금 명군 제독이 다시 진군을 도모하니 조선 조정으로서도 해야 할 일이 많다. 내가 몸소 남쪽으로 가 그 뒤에서 책응해야 군량 수송과 군사 모집에 백성의 마음을 움직일 수 있을 것이다. 그리 되면 중국 장수들도 소식을 듣고 마음 쓰기를 달리할 것이다. 목숨이 끊어지지 않은 마당에 어찌 마냥 뒤에 머물러 있겠는가. 이 뜻을 군문에 고하고 모든 일을 하자 없이 준비하여 빠른 시일 내에 내려갈 수 있도록 비변사가 속히 논의하여 결과를 아뢰도록 하라."

류성룡은 자신감에 차 있는 선조의 얼굴을 보니 오히려 마음이 허허로웠다. 왜란 초에는 왜적의 칼날이 수도권에 이르지도 않았는데 대가가 황급히 북쪽으로 파천했고 정유재란 때는 왜적이 겨우 남쪽 변방에 이르자 내전이 먼저 황해도로 옮겨 갔다.

지난 일곱 해 동안 임금이 행한 모든 일이 구차하게 목숨을 보전하려는 계책뿐이었고, 적을 섬멸하기 위해 죽음을 무릅쓴 채 의로움을 진작시키려 한 적은 단 한 번도 없었다. 지금 비록 남쪽으로 내려가겠다는 하교를 밝히고 있지만 어찌 이를 믿으라는 말인가.

군문에서 즉각 선조의 하교에 반대 의사를 표명하고, 비변사도 선조를 적극 말리고 나섰다. 사람들이 선조의 속셈을 알아채고 그에 영합한 것이다. 신하들이 그렇게 나올 것이라는 점을 선조가 모를 리 없을 것이다.

다음 날 류성룡은 김희도에게 편지를 전해 주면서 쓸쓸히 문밖의 밤하늘을 쳐다보았다.

"빨리 출발하게. 내 마음은 편지에 다 담아 놨으니 더 할 말이 뭐가 있겠는가."

김희도가 일어서면서 어렵게 말을 꺼냈다. 두 어른 사이를 왕래하면서 오랫동안 가슴에 담아 온 질문이었다.

"임금과 신하가 잘못 만났을 때도 충절은 여전히 유효한 것인지요?"

류성룡이 질문에 놀란 듯 미소로 응답했다. 김희도가 말을 이었다.

"제가 통제사에게 질문했더니 그냥 웃기만 하시더군요. 영상 어르신께서도 지금 그 말을 듣자 웃고 계십니다. 저는 도통 두 분의 표정을 이해하기 어렵습니다."

류성룡이 자리에서 일어났다. 김희도의 소매를 잡고 문밖으로 함께 걸음을 옮겼다.

"조심해서 가게. 저번에 보내 준 말린 서대는 잘 먹었다고 전해 주게. 서대는 생김새와 달리 그 맛이 일품이야."

밖에서 말이 기다리다 지쳤는지 히힝 하는 소리가 먼 곳에서 들려왔다.

왜군의 철수 조짐이 확연해지면서 조정에 부는 바람도 이상한 쪽으로 바뀌기 시작했다. 단풍이 완연한 늦가을 지평 이이첨이 갑자기 칼을 빼들었다. 류성룡을 탄핵하고 나선 것이다. 그러나 류성룡은 차분했다. 어차피 올 것이 왔을 뿐이라고 여겼다.

"류성룡은 본래 교묘하고 영리하고 아첨하는 자질로서 문필의 작은 재주를 꾸며 오랫동안 국정을 문란케 하고 조정 권세를 마음대로 희롱하였으며 국사를 그르치고 백성을 병들게 한 죄 이루 다 말할 수가 없습니다."

이이첨의 상소 내용이 밝혀지자 마치 기다렸다는 듯이 여러 군데서 일제히 상소를 올렸다.

　병조정랑 윤홍은 류성룡을 아예 선비들 사이를 당쟁으로 이끈 장본인으로 몰고 갔다.

"성룡이 선비 무리를 애써 가르고 뜻에 거슬리는 자는 배척하기를 원수같이 하고 고깝게 보이는 자는 등용을 꺼려했습니다. 조정을 매양 불안하게 했고, 남인, 북인이라는 말을 세상에 만들어 냈으니 이것은 실상 그자가 조작한 것입니다."

　이런 내용은 약과였다. 드디어 오랜 시간 감춰졌던 본심이 수면 위로 떠오르기 시작했다. 임진왜란과 정유재란은 결국 류성룡이 불러온 것으로 이 때문에 임금의 위엄에까지 손상을 입혔다는 이야기가 나왔다. 그 말이야말로 선조와 조정의 일부 세력들이 진정으로 하고 싶은 말이었다.

"만약 변고가 생긴 후에 즉시 자강책을 세워 군량을 준비하고 급히 중국 군사를 요청하여 합세해서 왜적을 토벌했다면 국사가 어찌할 수 없는 지경에는 이르지 않았을 텐데 일부러 강화론으로 시간을 끌다가 끝내 장수와 군졸이 해이해지고 임금의 위엄이 떨치지 못하게 만들었습니다. 이해만을 따지는 생각이 한 번 그 마음에 발하자 장구하고 원대한 계책은 없이 목전의 안일만을 따라 스스로 나라를 그르친 죄에 빠졌음을 깨닫지 못했습니다."

　조정 신료들의 발걸음은 착착 맞아 들어갔다. 마침내 사간원이 기다렸다는 듯 류성룡을 탄핵하고 나섰다. 언론이 앞장서면 이제 일사천리다.

"정권을 잡은 이래 붕당을 결성하여 국사를 그르치고 사심을 자행해 백성을 괴롭힌 죄는 한두 가지가 아닙니다. 류성룡은 대신으로서 맨 먼저 화친을 주장하고 명나라 간신 심유경과 서로 표리를 이뤘습니다. 영의정을 지낸 다섯 해 동안 그가 경영하고 조처한 것이 대부분 유명무실했고 다만 문자나 짓는 것으로 그날그날의 책임을 때우는 것이 고작이었습니다. 군사 일을 독단한 나머지 온갖 악폐로 백성을 도탄에 빠지게 하고 촌락이 텅 비게 만들었습니다."

류성룡은 마침내 조정의 민낯을 보았다. 여태껏 살갑게 지내던 몇몇 신료들마저 얼굴 마주치기를 꺼려했다. 류성룡의 시대가 막을 내렸음을 확인한 사람들이 새로운 흐름에 올라타기 위해 저마다 분주했다.

더욱 화나게 만드는 것은 선조의 태도였다. 조정이 당을 지어 매일처럼 류성룡을 탄핵하는 목소리를 높이고 그때마다 류성룡은 물러나겠다는 사직서를 임금에게 올렸다. 하지만 선조는 매번 사직서를 윤허하지 않는다는 말만 되풀이했다.

교활했다. 자신은 결코 사직을 허락하고 싶지 않지만 신하들의 독촉은 그칠 줄 모른다. 결국 그들에게 떠밀려 선조로서도 어쩔 수 없다는 시늉을 냄으로써 자신에게 아무런 책임이 없음을 만천하에 연출해 내는 것이다.

류성룡은 아무리 탄핵 상소가 난무해도 그저 사직원만 올릴 뿐 일절 대응하지 않았다. 이런 류성룡에게 결정타를 날리는 사건이 발생했다. 성균관 유생들이 집단행동에 나서면서 류성룡을 나라를 어지럽게 만든 적폐로 규정했다.

류성룡은 충격을 받았다. 조정 정치가 아무리 타락할지언정 최소한 성균관 유생들은 맑아야 한다는 믿음이 일순간에 무너져 내린 것이다.

젊은 유생들이 공론이 무엇인지를 고민하기는커녕 벼슬아치들의 앞잡이가 되어 놀아나고 있다. 그들과 똑같은 어휘를 쓰고 그들과 똑같은 음모와 조작, 선동을 즐기려 한다면 이제 조정에서 내가 설 자리는 어디에도 없다는 생각이 류성룡의 뇌리를 채웠다.

조정과 역사와 학문에 대한 모든 미련이 사라졌다. 임금도 이제 그의 눈에 들어오지 않았다. 그는 즉시 짐을 싸서 거주지를 한양 밖 전농리로 옮겼다. 거처를 옮겼다는 것은 이제 조정에 나가지 않겠다는 무언의 항의였다. 더는 사직원도 올리지 않겠다는 결연한 의사 표시였다.

조정은 조정대로 더 이상 류성룡에게 추호의 존경도 표시하지 않았다. 마침내 사간원, 사헌부, 홍문관 삼사에서 동시에 류성룡을 탄핵해야 마땅하다는 의견이 올라왔다. 조정의 모든 신하들이 의견을 함께 한다는 정치적 절차일 뿐이다.

무려 칠년이다. 이 엄청난 전란에 백성은 죽음보다 더 큰 고통을 겪어야 했다. 누군가는 책임을 져야 했다. 임금이 아니라면 영의정이 희생해야 명분이 선다. 임진년 선조가 북쪽으로 파천할 때 류성룡은 전쟁 발발의 책임을 지고 파직을 당한 바 있다. 이제 이것이 두 번째다.

이순신은 당시 고금도에서 수군 전력을 강화하기 위해 매일 같이 땀을 쏟고 있었다. 왜군과의 마지막 결전을 앞두고 상하가 일치단결하여 각오를 새롭게 하던 때였다. 그러던 차에 조정의 소식을 전하는 조보가 도착했다. 조보를 전달하는 김희도의 손이 가늘게 떨고 있었다.

"올 것이 왔습니다."

조보를 들여다보던 이순신이 고개를 떨군 채 탄식을 쏟아 냈다.

"나랏일이 어찌 하나같이 이 지경이냐."

류성룡이 탄핵당하고 있다는 소식은 조정 대신들이 벌이던 이제까지의 권력다툼과 차원이 다른 것이다. 이순신에게 있어 류성룡의 탄핵은 자신의 존재를 부정당하는 것이나 다름없었다.

류성룡은 단순히 이순신의 후원자가 아니라 조선 수군의 대들보였다. 이제 고금도 수군 본영의 미래도 불투명해졌다. 이순신은 입을 다물고 말았다. 김희도가 조심스럽게 말을 꺼냈다.

"제가 다시 한양을 다녀오겠습니다. 영상 어르신의 결심을 다시 한번 확인하고 싶습니다."

말없이 탁자를 주시하던 이순신이 고개를 들었다. 그리고 고개를 저었다.

"나는 영상을 잘 안다. 그분이 어떤 생각을 하고, 어떤 자세로 이 세상을 살아가는지를 잘 알지. 그분의 생각은 변함이 없을 것이다."

"하지만 지금은 다릅니다. 선조와 조정이 영상을 잔인하게 배신했습니다. 이전과는 다릅니다."

김희도를 떠나보낸 이순신은 일기 쓰기를 마친 후 주역 점을 쳐봤다. 점괘로 혁(革)이 나왔다. 주역 책을 쥔 손이 부르르 떨렸다. 이를 어찌할 것인가.

혁의 괘는 연못 속에 불이 있는 것이라고 했다. 단(彖)에서는 이를 물과 불이 서로 얽히고 두 여자가 같이 살아서 서로 그 뜻을 얻지 못하는 것이라고 풀이하고 있다.

하지만 때가 아니면 안 된다. 그렇게 해서 모두에게 하늘의 명이 받아들여져야만 온 백성이 기뻐하여 크게 형통하고 마땅함에 후회가 없다.

혁은 시대의 흐름에 의해(元) 지도자의 길로 나아가는 사람이 자라면서(亨) 그에 합당한 공부를 하고 적당한 때(利)에 변화를 주도하여 성취하고, 마침내 일을 이루고 난(貞) 다음에 물러나는 일련의 과정이다.

그렇다면 그 주인공은 누구인가. 과연 있기라도 한 것일까. 하긴 세상에 사람이야 없겠는가. 시절이 수상할 뿐이다.

9.

충절도 반역도
허락되지 않는 땅

류성룡의 전농리 거처를 찾아간 김희도는 마음속으로 놀랐다. 너무나 초라한 세 칸짜리 집이었다. 기와집이라지만 낡아서 지붕 위 기와들 사이에는 잡초들이 여기저기 자라고 있다. 그래도 무려 다섯 해나 영의정을 지낸 이 나라의 기둥 같은 분 아니신가. 나라의 대우함이 너무 심하다는 생각이 들었다.

　한 평 정도의 좁은 사랑방에는 책을 올려놓은 탁자가 한가운데 덩그라니 놓여 있었다. 흘끗 보니 대학연의였다. 제왕의 통치학이라니, 무슨 뜻일까. 선조를 제대로 가르치기 위해? 아니면 이 나라의 통치가 선현들의 가르침과 얼마나 동떨어져 있는지를 따져보기 위해서?

　김희도를 맞아들이는 류성룡의 표정은 의외로 밝아 보였다. 김희도가 위로 겸 문안 인사를 올렸다.

　"조정에 계실 때보다 더 건강해 보이십니다."

　"그렇지? 모든 것을 털어 버렸더니 그렇게 기분이 상쾌하네."

　담백한 답변이었다. 조정에서 벌이는 당파 놀음이나 탄핵 소용돌이에는 아무런 관심도 없다는 투였다. 세상의 인심에 달관한 표정이었다.

　"전쟁 준비로 바쁠 텐데 다시 왔구만. 그래 일본군이 철수 준비를 한다더니 그쪽 분위기는 어떤가."

"철수는 확실한 것 같습니다. 순천 왜성에 처박혀 있는 고니시가 우리 수군을 피해 달아나기 위해 진린 제독에게 엄청난 뇌물을 갖다 바친다는 정보가 계속 들어오고 있습니다. 퇴각하는 길인데 조용히 물러날 수 있도록 도와달라는 것이죠. 진린 장군도 태도가 점차 변해가고 있습니다. 길을 열어 주는 것이 옳다는 것이죠."

"명나라 인간들의 한계지. 그들이 조선인들의 사무치는 원한을 이해할 수 있겠는가. 애초부터 그들에게 조선을 살려달라고 빌었던 우리가 잘못이지."

잠시 침묵이 흘렀다.

"조정에서 탄핵 분위기가 심각하다고 해서 다시 찾아뵈었습니다."

"허허 그냥 때가 돼서 올 것이 왔을 뿐인데 뭘. 소란 피울 것도 없네. 물러나라면 물러나면 되지 않는가."

"그래도 너무하지 않습니까. 지난 칠 년의 전쟁 기간 그토록 철저하게 부려먹다… 죄송합니다, 이제 전쟁이 끝나니 헌신짝처럼 내다 버리겠다는 것 아닙니까. 그야말로 토사구팽이 아닐 수 없습니다."

"물러날 때를 알면 언제든 물러날 줄 아는 것이 조정에서 일하는 사대부의 자세일세. 그보다는 통제사의 앞날이 더 걱정되는군. 물론 명으로부터 도독의 벼슬을 얻었으니 조정에서도 심한 짓은 할 수 없겠지만. 알 수 있나. 저들이 하는 짓이 하도 괴이해서."

"그래서 다시 말씀드리고자 이렇게 무릅쓰고 찾아뵈었습니다. 영상대감께서는 선비로서의 처신으로 끝나실지 모르지만 이 나라 백성들의 끝없는 고통을 언제까지 방치할 수 있겠습니까. 일본이 물러난다고 그걸로 끝나는 것도 아니지 않습니까. 지금 북쪽에서는 여진족이 무섭게

치고 올라오고 있습니다. 누르하치가 보통 인물이 아니라고 합니다. 조선은 내외로 위기입니다. 통제사께서도 그것을 크게 우려하고 있습니다. 뭔가 상황을 반전시킬 수 있는 혁신적 조치가 뒤따르지 않으면 이 나라는 또다시 암흑 속으로 빠져들게 분명합니다. 그런데도 대감께서는 침묵만 지키고 계시지 않습니까."

"허허, 자네 이 나라가 몇몇이 들고 일어나 다시 회복시킬 수 있는 상황이라고 생각하는가? 나는 그렇게 생각하지 않네. 이 나라는 회복이 불가능한 고질병에 걸려 있네. 어느 나라든 나라에 인재가 없어서 망하는 게 아니지. 망징(亡徵)이 그 나라의 골수를 파먹기 시작하면 뜻 있는 인재들은 자취를 감추기 마련이고 그 후로는 어찌할 도리가 없네. 조선이 바로 그런 처지야."

"그럴수록 고치겠다는 의인이 출현해야죠. 이 나라를 건국한 태조께서도 속까지 병든 고려를 뒤집어엎기 위해 일어나지 않으셨습니까."

"허허, 무인이라면 그런 꿈을 꿀 수도 있겠지. 불행히도 나는 평생을 성리학만 공부해 온 사대부에 불과하네. 하늘이 내게 부여한 명은 다른 게 아닐세. 나는 평생 포은 정몽주 선생의 뜻을 가슴에 품고 살아온 사람이야. 그분이 뭐라고 했나. 큰 집이 장차 기울어지는데 기둥 하나가 이 집을 붙들고 있으며, 큰 바다 물이 마구 흘러오는데도 갈대 한 포기가 이를 버티고 있으니 일이 되지 않을 줄 알면서도 그 일을 하는 것은 자기의 본분이 정해져 있는 까닭이라고 하셨네."

기침으로 멈추었던 류성룡이 다시 말을 이어 갔다.

"나무 기둥이 집을 버티는 것은 기둥 스스로의 본분이고, 갈대가 바닷물을 버티는 것은 갈대의 본분이야. 그밖에 다른 이유는 있을 수 없네.

이와 같이 살다가 이와 같이 죽고, 지위를 얻고 지위를 잃으며, 재앙과 복록은 인연에 따라 발생하는데도 오히려 나의 마음은 편안하게 되니 때의 불행한 것과 형세의 어려움 등을 군자는 고통으로 여기지 않는 법일세."

"지금 무인이라면…이라고 말씀하셨습니까?"

"그러네."

"그렇다면 통제사의 입장을 이해하시는 건지요."

"통제사라고 자신의 욕심을 채우기 위해서 살아온 사람이 아니지 않는가. 그분이 할 일이 있다면 그것은 오로지 백성의 안위를 위해서일 뿐이고 그 길이 옳다면 그것도 하늘이 통제사에게 부여한 명이라고 할 수 있겠지."

김희도는 고개를 숙인 채 말이 없었다. 류성룡도 잠시 말을 끊은 채 찻잔을 들었다. 그때였다. 문 바깥에 인기척이 들렸다. 문 가까이 오는 소리가 들리더니 낮은 목소리가 들려왔다. 방 안의 대화를 방해하지 않으려는 표시였다.

"대감마님."

류성룡이 문 쪽으로 시선을 돌렸다.

"안해냐?"

"네, 마님. 이조좌랑께서 급한 일이라며 찾아오셨습니다."

"그래? 얼른 들라 해라."

잠시 후 문이 열리더니 이조좌랑 신식이 들어왔다. 김희도는 그가 몇 년 전 암행어사로 통제사 본영을 찾아왔던 것을 기억해 냈다. '어느새 좌랑이 됐구만' 하고 생각했다.

그런데 김희도가 보기에도 신식의 얼굴에 긴장한 표정이 역력했다. 그가 힐끗 김희도를 보더니 놀란 기색을 보였다. 낯익은 얼굴이라는 표정이었다. 류성룡이 안심시켰다.

"내가 신임하는 젊은이일세. 걱정 말게."

류성룡이 다시 김희도를 향해 말했다.

"조정에서 뜻 있는 젊은 선비들을 이끄는 준재일세. 그런데 두 사람은 아는 사이인가?"

"예, 한산도 본영에서 본 적이 있습니다…. 너무 급한 일이라 본론부터 말씀드리겠습니다"라고 말하면서 신식이 류성룡 앞에 무릎을 꿇었다.

"영상, 통제사 어른이 위험한 것 같습니다."

"통제사가? 무슨 일로?"

"오늘 아침 저희 숙부가 집으로 오셨습니다. 내수사에서 일하던 홍순욱이라는 정체불명의 인물이 있는데 이자가 얼마 전에 선조의 선전관으로 고금도 본영으로 출발했습니다. 전투 상황을 점검하고 임금에게 보고한다는 것입니다. 선전관이 전투 상황을 점검한다는 것부터 이상해서 무슨 말이냐고 했더니 그자가 선조의 밀명을 받은 것 같다는 말씀을 하셨습니다."

김희도가 끼어들었다.

"밀명을요?"

신식이 김희도에게 고개를 끄덕이더니 다시 류성룡을 바라보며 말을 이었다.

"내용까지는 모르겠습니다만. 그자가 자신의 부하로 조총 사격 능력이 뛰어난 병사를 두 명이나 데려갔다는 것입니다. 그런데 이상한 것은 그들 부하 모두 홍순욱에게 불려간 이후 주변 사람들에게 출세 길이 열렸다며 자랑스러워하는 모습이었답니다. 병조에서도 소문을 듣고 고개를 갸우뚱하고 있습니다. 이상한 점은 홍순욱이라는 자가 내수사 소속이면서도 내수사 사람들과 함께 일한 적이 별로 없다는 것입니다."

"아까 출세 길이라고 하셨나요?"

김희도가 다시 물었다.

류성룡이 갑자기 허공을 노려봤다.

"선조가 정체불명의 인간을 끌어내 선전관으로 삼았다는 말이렷다."

"네, 그렇습니다."

"희도 군, 빨리 본영으로 돌아가게. 아무래도 느낌이 좋지 않네. 불길해. 금상이 만일 통제사에게 손을 댄다면 사실 이번 기회밖에 없겠지. 전쟁이 끝나면 금상도 도독 지위인 통제사에게 손을 함부로 댈 수가 없어. 하지만 마지막 전투 장면에서 이순신이 전사한다면 그것은 금상이 무엇보다 바라는 일이 되겠지. 그래, 맞아. 내 이제 기억이 나네. 금상이 가토 기요마사를 잡기 위해 암살이라도 계획해 보라고 하자 신료들이 자객을 쓰는 것은 왕도에 어긋나는 일이라고 아뢰었지. 그러자 뭐라고 한 줄 아나? '불을 끄려고 사다리를 빌려오는 데 무슨 예의가 필요한가'라고 했네. 그럴 만한 분이지."

김희도도 류성룡의 말을 듣는 순간 이순신과 부하들이 여진족 추장을 꾀어내어 죽이자 선조가 이를 두고 의로운 처사가 아니라며 비판했던 일이 불현듯 떠올랐다. 하지만 의로운 방식으로 싸우라는 명령을 내린 이후 몇 달이 지나도록 여진족을 평정했다는 소식이 들려오지 않자 그는 결국 자신의 복심을 드러내는 새 명령을 내렸다.

"니탕개의 반란이 그칠 줄 모른다. 장수들은 우을기내를 유인해 체포한 방식으로 니탕개를 잡아 죽이는 작전을 펼치도록 하라."

그렇다. 선조는 미래에 자신의 두통거리가 될 통제사를 미리 제거하려고 일을 꾸밀 가능성이 크다. 김희도는 온몸에 강한 전류가 흐르는 것을 느꼈다. 그가 일어섰다.

"죄송하지만 지금 곧 출발해야겠습니다. 다시 뵐 수 있을지 모르겠습니다. 부디 건강에 유념하시기를 빌겠습니다."

"그러게, 당장 출발하게."

김희도가 작별 인사를 하는 둥 마는 둥 문밖으로 나와 말이 묶여 있는 곳으로 달려갔다. 한양에서 고금도까지 너무나 먼 거리가 그를 초조하게 만들었다. 말을 달린다 해도 이틀 밤낮을 쉬지 않고 달려야 한다. 말이 그렇게 달릴 수는 없다. 말을 교체할 곳도 마땅치 않다.

그렇다. 정읍현감이 육진 시절 함께 통제사를 모셨던 옛 동료임이 떠올랐다. 일단 아산 통제사의 집으로 달려가 거기서 말을 바꾼 후 정읍에서 다시 교체하는 수밖에 없다고 판단한 김희도는 말 등에 채찍을 힘껏 휘둘렀다.

남쪽 바다에도 어김없이 겨울이 찾아왔다. 조선 수군의 제해권은 이미 남해 섬을 넘어 한산도 앞바다까지 회복된 상태였다. 조선 수군이 장악한 작전 범위가 넓어질수록 왜성에 틀어박혀 있는 바람에 고립무원의 섬이 돼 버린 고니시 유키나가 군은 커다란 불안감을 느껴야 했다.

일본으로의 철수를 위해서는 조선 수군의 포위망을 뚫고 부산까지 후퇴해야 한다. 하지만 이순신과의 해전에서 자신의 부대가 살아남을 수 있을까 두려웠다. 배에 온갖 진귀한 선물을 가득 싣고 진린 진영을 왕복하는 부하들에 의하면 이순신은 싸우지 말라는 진린의 지시에 강하게 반발하고 있었다.

퇴로를 열어 주는 것이 양쪽의 피해를 줄이는 길이라는 진린의 설득에도 이순신은 끝까지 "결단코 저 왜적들을 남김없이 죽이기 전에는 천추의 한을 풀 수 없다"는 말을 되풀이한다는 것이다.

고니시는 어쩔 수 없이 사천의 왜성에 주둔하고 있는 시마즈 요시히로에게 구원을 요청했다. 고니시의 편지를 받은 시마즈로서도 난감했다. 잔뜩 독이 오른 이순신을 상대로 한 구원 작전은 위험천만한 모험이었다.

그렇다고 위기에 처한 아군을 나몰라 할 수도 없지 않은가. 게다가 고니시는 서쪽으로 진출한 왜군 총사령관이다. 히데요시 정권의 핵심 인물이기도 했다. 관백이 죽었어도 남아 있는 세력은 여전하다. 나중에 일본으로 돌아가서 책임론이 떠오를 수도 있다. 심지어 보복당할 수도 있다.

게다가 조명 연합함대가 노량으로 진출해 이곳을 지키려 든다면 이 역시 자기 부대에 대한 공격일 수밖에 없다. 피한다고 될 일이 아니었다. 고니시 구원 여부를 떠나 어차피 한판 승부가 불가피하다고 시마즈는 결론을 내렸다.

시마즈도 즉시 부산과 김해 일대의 일본 수군에게 긴급 지원을 요청했다. 이에 따라 일본 수군의 부산 본영은 삼백여 척의 구원 선단을 편성했다.

조선군도 최후의 전쟁 준비로 눈코 뜰 새 없이 돌아갔다. 이순신은 매일 밤 본영에서 참모들과 작전을 숙의했다. 아무리 머리를 짜내도 노량 밖에 결전의 장소가 떠오르지 않았다.

홍순욱이 고금도에 도착한 것은 참모들이 노량의 수로 지역과 날씨 정보를 있는 대로 수집하면서 최후의 결전을 준비해 갈 때였다. 홍순욱은 곧바로 수군 본영으로 가 이순신에게 선조의 밀서를 건네주었다.

선조의 밀서는 통제사에게 마지막까지 최선을 다해 국가와 조정에 충성하라는 상투적인 어구로 시작되고 있었다. 하지만 본론은 선전관이 마지막 해상 전투를 관전하고 우리 수군의 활약상을 그대로 임금에게 보고할 것이라는 내용이었다.

선전관이 함선에 올라타고 전투에 참가한다? 게다가 홍순욱은 전투 현장에서 자신을 보호할 것이라며 두 명의 병사까지 대동했다. 조금 이상하다고 생각했지만 그가 가지고온 밀서나 다른 첨부 서류들 모두 조정에서 파견한 선전관이 분명했다.

이순신은 별말 없이 선전관이 제시한 공문서를 대장선의 참모 군관에게 전하면서 탑승을 알렸다. 참모는 서류를 확인한 후 고개를 끄덕이며 홍순욱과 조총을 걸친 병사 두 명을 숙소로 안내했다.

홍순욱은 저녁 식사로 나온 연포탕을 신기해하며 맛있게 들었다. 그는 숟가락을 부지런히 입으로 옮기면서 내가 이제 조선의 역사를 새롭게 써나갈 것이라고 마음속으로 다짐했다.

겨울이라 초저녁인데도 바다는 이미 칠흑같이 어두웠다. 적선들이 남해로부터 노량 쪽으로 와서 정박하는 것이 헤아릴 수 없이 많다는 정탐선들의 보고가 속속 들어왔다.

십일월 십팔일 이순신은 도독 진린과의 약속대로 밤 열 시에 같이 출발해 새벽 두시쯤 노량에 도착했다. 왜군도 노량해전을 각오하고 있는 듯했다. 해협을 가득 메운 왜선들의 불빛이 한없이 이어졌다.

구원 선단 삼백 척에 시마즈 휘하의 함선들까지 합쳐 오백 척 가까이가 조선 수군을 대적했다. 조명 연합군은 조선 수군의 판옥선 예순 척과 진린 부대의 명나라 함선 이백여 척이었다.

양쪽 다 피할 수 없는 만남이다. 결전에 임하는 조선 수군의 전의는 비장했다. 이들은 지난해 칠천량에서 수중 고혼이 된 병사들의 유족이며 동료였다. 정유재란 때 코 베이고 목숨을 잃은 백성의 가족들이었다.

"장호인! 장호인! 호인아!"

죽을힘을 다해 고금도에 도착한 김희도는 숙소에 들어가자마자 장호인을 불렀다. 막사 근처에서 잔류 병사 두 명과 이야기를 나누다 김희도의 다급한 목소리를 듣고 장호인이 달려왔다. 장호인 역시 다급한 표정이었다.

"형님, 심상치 않은 일이 일어난 것 같습니다."

"심상치 않은 일이지."

김희도가 맞장구를 치다가 수상한 얼굴로 장호인을 쳐다보았다.

"너도 알고 있었냐?"

"네? 뭘요. 아니 지금 이 섬에 수상한 자들이 들어와 여기저기 쑤시고 다닌다고 합니다. 뭐하는 짓인지 모르겠지만 아무래도 기분이 이상해서 일단 강막지를 형님 댁에 보내 형수님과 아이를 돌보게 해놨습니다."

순간 김희도의 얼굴이 일그러졌다. 보나마나 홍순욱의 짓거리다. 그 자가 자기 목숨까지 노리고 있음을 직감한 김희도가 장호인을 향했다.

"지금 딴소리할 때가 아니다. 가능한 한 빨리 통제사에게 달려가야 한다. 탐후선이나 없으면 협선이라도 빨리 대기해라."

"아니 지금 이곳 분위기도 심상치 않은데…."

"알고 있어. 하지만 어쩔 수 없다. 통제사 어른이 위험에 처할 수도 있는 상황이다. 내가 빨리 가지 않으면 막지 못할 수도 있어."

"예? 막지 못하다니."

"임금이 아무래도 수상하다. 밀사를 통제사에게 보낸 모양이야. 선전관의 탈을 쓴 모양인데 그 밀사가 대장선에 함께 탔는가 보다. 빨리 가서 그자를 막아야 한다. 잘못하면 무서운 일이 일어날 수도 있단 말이다."

순간 장호인이 놀란 표정으로 김희도를 쳐다보았다.

"그렇다면 지금 이 섬을 뒤지는 놈들도 그것과 관련 있는 일인가요?"

"그럴지도 모르지. 하지만 너도 알다시피 내가 지금 가족을 돌볼 수 없는 급박한 처지다. 그러니 네가 여기 남아서 내가 돌아올 때까지 제아하고 아이를 지켜줘라. 그건 그렇고 넌 빨리 협선이라도 찾아보고 나서 내 집으로 가야겠다."

"협선요? 지금 함선이라는 함선은 다 출정했는데요?"

"어디 빨리 구할 데를 찾아봐라. 시간이 없어."

장호인이 조금 전 함께 대화를 나누던 병사들에게 뛰어갔다.

병사들이 고개를 젓는 모습이 보였다. 그러다 한 명이 뭐라고 하더니 장호인과 함께 조선창 쪽으로 달려가기 시작했다. 그렇다, 조선창이면 쓸 수 있는 배가 있을 것이다. 김희도도 그들을 따라 달려갔다.

조선창에 도착한 장호인과 병사들이 목수들에게 뛰어가 소리쳤다.

"통제사에게 갈 배가 필요하다. 급하다!"

호인의 목소리에 목수들이 다가왔다. 김희도가 다그쳤다.

"배를 준비해라, 그리고 격군도 필요하다. 있는 대로 모아 봐라."

장호인은 병사들을 모아 보겠다며 함께 온 병사 두 명과 뿔뿔이 헤어져 막사로 달려갔다.

선창가에는 다행히 긴급 연락을 목적으로 남겨 놓은 탐후선 한 척이 대기하고 있었다. 격군이 모자라자 김희도는 장군이 위험하다며 목수들에게도 노를 저으라고 명령했다. 탐후선이 겨우 바다 위에 떴다. 도대체 이 배가 언제나 노량으로 갈 수 있단 말인가. 김희도는 숨이 막혀 왔다.

배의 이물에서 앞바다를 바라보던 김희도가 장호인에게 말했다.

"일단 집사람을 강막지 집으로 피신시키는 것이 어떻겠느냐? 그놈들도 강막지 집까지 살피지는 않을 테니."

"알았습니다. 염려 말고 다녀오십시오."

김희도의 시선은 연신 격군과 배의 이물 사이를 왕래했다. 그리고 생각했다.

'이 시대와 나라는 나를 천시하고 기만해 왔다. 개인으로서는 결코 받아들일 수 없는 고리타분한 구질서, 그러나 개인으로서는 도저히 넘어설 수 없는 기존의 제도와 왕과 양반만이 세상을 경영한다며 큰소리치는 시대와 나라. 그래 나는 때를 잘못 만난 불운한 저항아였다. 그래서 나는 이런 나라 이런 세상을 떠나고 싶었다. 그때 내가 찾은 것이 바로 이순신이었다. 그 이순신이 지금 알 수 없는 위험 속으로 빠져들고 있다.'

격군으로 노를 잡은 목수들은 장군이 위험하다는 말에 어디서 그런 힘이 나왔는지 초인적인 노력으로 배를 저어 갔다. 얼마나 지났을까. 저 멀리 노량 앞바다가 보였다. 온통 불빛이 덮여 있어 멀리서도 그곳이 어떤 상황인지를 짐작할 수 있었다.

전투는 일본 수군의 조총 사격으로 시작됐다. 조명 연합군의 함선들이 다가가자 접근을 막겠다는 듯이 일제히 조총을 쏴대기 시작한 것이다. 선봉대로 나간 판옥 전투함들에서도 갖가지 총통이 일제히 불을 뿜었다.

순식간에 하늘이 총알과 포탄, 함선이 타는 연기로 뒤덮였다. 애초부터 일본 수군의 주무기는 조총이고 조선군은 총통이었다. 화력은 조명 연합군이 우세했다. 전투가 격렬해질수록 일본군의 피해는 커갔다.

김희도의 탐후선은 혼잡한 전쟁터를 곧장 뚫고 들어가며 저 멀리 보이는 대장선을 향해 있는 힘을 다해 노를 저었다. 김희도는 제발 아직은 아무 일이 없기를 천지신명에게 기도했다. 그렇다. 저기 대장선에서 북소리와 징소리가 요란하지 않은가. 통제사가 힘차게 북을 치는 소리임에 틀림없다.

사물의 형체가 흐릿하던 겨울 새벽녘. 더 이상의 피해를 줄이기 위해 일본 함선들이 하나 둘 방향을 틀어 노량 바깥쪽으로 달아나기 시작했다. 그럴수록 조명연합군의 기세는 올라갔다. 대장선에서도 자신감을 얻은 전 장졸들이 있는 힘을 다해 총통을 발사하고 가까이 있는 적선을 향해 화살을 날렸다.

강막지의 집으로 돌아간 장호인은 오랜만에 칼을 빼들었다. 사정 이야기를 들은 강막지는 집 바깥의 오솔길 끝에서 장호인과 장호인에게는 보이지 않는 길 저쪽을 주시하고 있었다.

장호인이 방 안쪽을 들여다보자 어린 신도 군이 장호인을 향해 미소를 던졌다. 자그마한 입이 실룩거렸다. '아저씨'라고 부르는 입술 모양이었다. 형수는 어린 신도를 껴안은 채 장호인에게 뭔가 소식을 묻는 표정을 지었다. 장호인은 그들에게 고개를 끄덕였다.

장호인은 망설였다. 형수에게 형님이 다녀갔다는 이야기를 해야 하는가, 왔긴 했지만 이순신 장군이 위험한 처지에 있어서 전쟁터로 바로 떠났다는 이야기를 전해 주어야 하는가, 아니면 침묵을 지켜야 하는가 혼란스러웠다. 장호인은 끝내 입을 다물기로 했다.

장호인이 오솔길로 시선을 돌리는 순간이었다. 강막지가 급하게 달려오고 있었다. 집 마당으로 들어선 강막지가 위급한 표정을 지으며 오솔길의 끝자락 쪽을 가리켰다. 그들이 오고 있다는 신호였다.

"몇 명이에요?"

강막지가 손가락을 셋을 가리켰다.

셋? 셋이라면 아무리 힘을 써도 불리할 수밖에 없을 것이라는 생각이 들었다. 그렇다면 내가 최대한 시간을 끄는 수밖에 없다. 그 사이에 형수와 아이를 살려야 한다.

"막지 형, 막지 형이 형수와 아이를 돌봐 줘요. 내가 저놈들을 상대할 테니. 막지 형님은 그들과 싸우지 말고 가족을 데리고 도망쳐요. 여기 주변을 잘 알 테니 숨을 곳이 있으면 가서 숨고."

강막지가 고개를 끄덕인 다음 방 안으로 쏜살같이 들어갔다. 그리고는 제아와 신도를 데리고 집 뒤쪽으로 데리고 갔다. 그들의 뒷모습을 보니 막지가 뭔가 피할 틈을 생각해 낸 듯했다.

장호인이 방문을 닫은 후 고개를 돌리자 세 명의 남자가 달려오고 있었다. 모두 칼을 찬 모습이었다. 틀림없었다. 이순신 장군은 물론 핵심 막료인 김희도까지 암살하려 하는 것이다.

'속임수를 써서라도 우선 한 명을 처리해야 한다. 그 뒤 두 명을 방어하거나 다른 방향으로 도망치면서 시간을 끌어야 한다.'

달려오던 세 명이 집 마당에 한 남자가 칼을 든 채 서 있는 장면을 목격하자 발걸음을 늦춰 걸으면서 다가왔다. 세 명이 장호인을 앞에 세운 채 미소를 지었다.

중간에 선 남자의 얼굴은 누가 봐도 교활한 시골 아전의 얼굴이었다. 그의 왼손이 자주 자신의 염소수염을 쓰다듬었다. 길쭉한 얼굴의 오른쪽 남자는 뺨에서 귀 쪽으로 길게 흉터 자국이 나 있다. 왼쪽은 아무런 특징이 없지만 건장한 몸집에 힘깨나 쓰는 장사의 티가 났다. 셋 다 긴 칼을 노골적으로 흔들고 있다.

중간에 선 염소수염의 남자가 장호인을 노려보며 말했다.

"네가 김희도의 호위병사냐? 희도라는 놈은 어디로 갔느냐. 네가 말을 잘 들으면 내 너를 살려 주고 선물도 줄 수 있다. 까불지 말고 순순히 내 말을 듣는 게 좋을 거다."

장호인이 웃으면서 되받았다.

"보아하니, 양반집 사랑방에서 거렁뱅이 노릇하며 찬밥 그릇이나 핥아먹던 얼굴들이구만. 내 불쌍히 여겨 찬밥이라도 남겨주고 싶지만 어쩌겠나. 내가 다 먹어 버렸으니. 정 배고프다면 내 조금 있다가 대변이라도 볼 테니 그거라도 빨아먹든 핥아먹든 마음대로 하거라."

옆에 선 두 명이 화난 표정으로 칼을 들고 앞으로 나서려 하자 중간의 남자가 칼끝을 좌우로 흔들며 가로막았다.

"애 상주야, 너는 뒤로 돌아가거라. 뒤로 도망치는 놈이 있을지 모르니 제대로 살피고."

얼굴에 흉터 자국이 있는 남자가 집 뒤쪽으로 돌아가려는 순간 장호인이 쏜살같이 쫓아가 칼을 휘둘렀다. 갑작스런 공격에 주춤하던 남자가 장호인 쪽으로 돌아서며 칼로 내려쳤다.

쨍하는 소리와 함께 두 칼이 공중으로 튀었다. 건장한 체구의 남자가 장호인 쪽으로 칼을 휘두르며 접근해 왔다. 중간에 있던 남자는 곧바로 툇마루 쪽으로 뛰어갔다.

장호인은 한 놈이라도 빨리 처리할 수만 있다면 승산이 있다고 생각했다. 아전 같은 놈은 전문 칼잡이가 아니라는 확신 때문이었다. 그가 다가오는 건장한 체구의 남자를 피해 다시 상주라는 자의 옆구리를 노리고 칼을 찔렀다.

맞았다. 칼에 찔린 자가 고통스런 표정을 지으며 손을 갖다 댔다. 치명상이었다는 판단과 함께 장호인은 곧바로 칼을 빼 옆에 서 있던 건장한 남자의 칼을 되쳤다. 건장한 남자의 얼굴에서 미소가 사라지는 모습이 눈에 띄었다.

그가 쓰러진 동료와 장호인을 번갈아 노려보며 장호인에게 다가갔다. 장호인이 보기에 덩치만 클 뿐 순박한 마음의 소유자라고 직감했다. 장호인이 상대 남자의 칼과 부딪친 직후 마치 힘에 부친 듯 옆으로 쓰러지는 모습을 연출하자 아니나 다를까, 그가 곧바로 찌르기 자세로 공격해 왔다.

　장호인은 자신을 향해 직진하는 상대의 칼을 올려치면서 올라간 칼날을 곧바로 상대의 어깨를 향해 꽂아 내렸다. 우두둑 소리와 함께 붉은 피가 옷자락을 적시는 동시에 상대의 칼이 땅에 나뒹굴었다.

　'이번에는 내가 찌르기로 들어간다.'

　장호인은 두 손으로 칼자루를 쥔 채 자기 어깨를 들여다 보려는 상대의 가슴을 향해 있는 힘을 다해 칼을 쑤셔 넣었다.

　"으흐윽…" 하는 단말마와 함께 건장한 체구가 앞으로 고꾸라졌다.

　노량 앞바다는 대혼전이었다. 모두가 전투에 여념이 없는 혼란스런 시간. 대장선의 난간에서 전투를 지켜보던 홍순욱이 조심스레 주위를 살폈다. 지휘소의 이순신은 아들 휘와 조카 완 그리고 몇 명의 참모들에 둘러싸인 채 오른손으로 북을 두드리고 있다. 대장선은 적선을 쫓고 있었고 그 바람에 통제사를 보호하는 방패는 앞쪽으로 몰려 있었다. 지휘소와 전 병사들도 앞쪽을 향해 싸움에 열중하고 있다.

　홍순욱은 기다리던 기회가 왔다고 판단했다. 그는 자신의 옆에서 이따금 조총을 쏴대는 부하에게 신호를 보냈다.

　어두컴컴한 갑판에서 두 명의 병사가 소리 없이 총구를 안쪽으로 돌렸다. 조총의 총구에 이순신의 옆모습이 드러났다. 두 명의 조총에 동시에 불을 당겨졌지만 일단 한 명이 이순신을 향해 발사했다. 다른 한 명은 뜻하지 않은 실패를 대비해 추가 발사를 기다리고 있었다.

이순신이 갑자기 동작을 멈추더니 서서히 옆으로 기울었다. 명중이었다. 조총을 든 또 다른 병사가 잽싸게 배 바깥으로 방향을 돌린 후 보이지도 않는 적을 향해 총을 발사했다.

지휘탑이 갑자기 부산해졌다. 휘와 완이 이순신을 부축하고 쓰러지는 이순신이 그들에게 뭐라고 지시하고 있다. 이때다 싶은 홍순욱이 지휘탑으로 달려갔다. 그는 신속하게 갑옷으로 이순신을 감싸면서 완이 잡고 있던 북채를 들어 북을 요란하게 치기 시작했다. 홍순욱은 휘에게 아버님을 선실로 옮기라고 외쳤다.

김희도의 배가 드디어 대장선을 따라잡았다. 김희도는 대장선에 오르기에는 너무 많은 시간을 잡아먹는다는 판단에 지휘탑이 있는 배의 중간 쪽으로 노를 저어 갔다. 김희도는 배 중간에서 일어나 선 채 목청껏 "대장선! 장군! 장군!" 하고 외쳤다.

얼마나 지났을까, 김희도의 목소리를 알아 챈 조카 완이 배 바깥으로 얼굴을 내밀었다. 그의 얼굴은 온통 눈물로 얼룩져 있었다. 불길했다. 완이 외치는 소리가 희미하게 들려왔다.

"아아, 돌아가셨어요. 총에 맞으셨습니다."

김희도는 그 자리에서 멍하니 서 있었다. 여전히 총탄들이 여기저기로 날아다녔지만 이미 그에게 있어 실존적인 삶은 끝난 것이나 다름없었다. 그는 마침내 주저앉은 채 두 손으로 얼굴을 파묻었다.

왜선들은 조명연합군의 협공을 받다가 마침내 관음포 방면으로 후퇴했다. 이 해전에서 삼백여 척의 전선을 격파당한 왜군은 간신히 남해 방면으로 도망쳤다. 고니시는 양쪽 함대가 치열하게 전투를 벌이는 동안 순천만을 출발해 노량 바깥의 다른 섬들 사이로 빠져나간 후 전속력으로 부산을 향했다.

염소수염이 강막지의 방이 텅 빈 것을 확인하고 나서 바깥으로 나왔다. 마당 한가운데서 시체로 쓰러져 있는 자신의 부하들을 목격하자 잠시 멍한 얼굴을 지었다. 하지만 분노한 건지 아니면 부하를 잃어서 슬픈 건지 그의 얼굴에는 아무런 표정이 없었다.

그가 서서히 장호인 쪽으로 걸어갔다. 장호인은 칼날을 앞으로 내세우면서도 안심했다. 아까의 행동으로 봐서는 전문 칼잡이가 아님이 분명했기 때문이다. 그가 말했다.

"내 분명히 너에게 고했다. 말을 들으라고."

그의 말투 어디에도 자신의 부하 두 명이 살해됐다는 이야기가 담겨 있지 않았다. 그저 극히 냉정하고 사무적인 목소리다. 그가 칼날을 비스듬히 땅 쪽으로 향한 채 장호인의 칼날 거의 끝까지 다가갔다.

장호인이 틈을 주지 않기 위해 곧바로 상대의 칼 쥔 오른손을 내려쳤다. 하지만 쨍하는 소리와 함께 장호인의 칼이 성큼 뒤로 밀려났다. 그의 오른손이 엄청난 압력을 느끼는 순간이었다. 의외였다.

정신을 차리고 다시 칼을 원위치하려는 데 이번에는 상대 남자가 여유를 주지 않겠다는 자세로 다시 자신의 칼을 아래서 위로 휘둘렀다. 원래의 위치로 돌려세우려던 장호인의 칼이 다시금 하늘로 치켜세워졌다. 그때였다.

장호인의 옆구리에 강한 통증이 지나갔다. 너무 고통이 심해서 눈이 감길 정도였다. 또다시 같은 장소를 더 큰 고통이 지나갔다. 두 번이나 연속으로 칼날이 뚫고 들어왔음을 직감했다.

몸 전체가 휘청거림을 느낄 수 있었다. 그리고 이번에는 목 부분에 뭔가 차가운 금속이 훑고 지나간다는 생각이 들었다가 사라졌다.

강막지는 제아와 신도를 데리고 뒷마당으로 가서 반대편 쪽으로 달려갔다. 조금만 달려가면 부둣가에 갈 수 있고 그러면 거기서 배를 얻어 탈 수 있다는 판단에 강막지는 자기 집과 부둣가를 가로막고 선 야산을 넘으려 했다. 자신이 아이를 업고 제아가 뒤따라 달려왔지만 여인의 몸이라 속도가 빠르지 않았다.

하지만 평소의 제아와 너무 다르다는 생각이 들었다. 늘 씩씩한 모습이었는데 오늘은 왠지 한 걸음 한 걸음을 힘들어하는 모습이었다.

'그랬구나.'

강막지는 돌아와 제아를 부축하려 손을 내밀었다. 제아가 강막지를 쳐다보며 말을 꺼냈다.

"배 속 아이 때문에 뛸 수가 없어요. 멀리 갈 수가 없을 것 같아요."

제아가 숨을 몰아쉬며 강막지를 똑바로 쳐다봤다.

"아저씨한테 부탁이 있어요. 꼭 들어주세요. 신도를 살려 주세요. 신도를 애 아버지에게 보내 주세요. 신도만 살려 주신다면 전 아무래도 괜찮아요."

강막지가 예상한대로 제아의 아랫배가 불룩해 있었다. 자신이 생각해도 그 몸이라면 산을 넘어 부둣가까지 도망가는 것은 불가능한 일이었다.

강막지가 고개를 가로로 젓는 중에도 제아가 몰아쉬는 숨 사이로 말을 이어 갔다.

"애 아버지를 찾을 수 없으면 황해도 구월산으로 가세요. 월정사 밑에 사당골이 있어요. 거기에 제 식구들이 남아 있을 테니. 지내는 데 불편이 없을 거예요."

강막지가 어쩔 수 없다는 듯 힘없이 제아를 바라보고만 있었다.

"아주머니가 정 그러시다면 신도는 제가 맡겠습니다. 저에게 목숨이 붙어 있는 한 신도를 책임지겠습니다. 반드시 신도 아버님을 찾아뵙겠습니다."

제아가 고맙다는 표정을 지으며 품 안을 뒤져 은장도를 꺼내 들었다.

"애 아버지가 제게 선물한 것입니다. 설령 세월이 지나더라도 이 은장도를 보면 신도를 알아볼 겁니다. 제발 부탁합니다."

강막지가 은장도를 받아 들었다. 그리고 황급히 자기 허리춤에 끼었다. 등에 업힌 신도는 신음소리조차 내지 않고 있었다. 어린 아이의 양쪽 조막손이 자신의 적삼을 꽉 움켜쥐고 있는 것이 그대로 강막지에게 전해져 왔다. 강막지는 느낄 수 있었다. 자신의 등을 적시는 따뜻한 기운이 신도의 얼굴에서 흐르는 눈물임을.

강막지가 여전히 서 있는 모습을 보자 제아가 빠르게 손을 흔들었다. 강막지의 눈이 눈물로 흐릿해졌다. 주춤거리던 강막지는 돌아서자마자 빠른 속도로 산을 치고 올라갔다.

제아는 산길에 난 좁은 오솔길의 밑을 내려다보고 있었다. 한 남자가 칼을 든 채 빠른 속도로 달려오는 모습을 보고 일부러 목표를 알려 주는 자세를 취했다. 남자가 제아를 보고 한걸음에 달려왔다.

"네, 샛서방을 숨겨 주기 위해 일부러 그렇게 서 있는 거냐? 가련한 년."

남자가 자신이 수염을 쓰다듬던 손으로 제아의 얼굴을 쳐들었다. 그때였다.

남자의 말이 끝나기도 전에 제아가 온몸을 던져 남자에게 매달렸다. 염소수염이 한 손으로 밀쳐내려 했지만 제아는 꿈쩍도 하지 않았다. 이미 남자의 왼쪽 팔뚝을 꽉 깨문 채였다.

남자가 칼잡이 끝을 제아의 머리를 향해 내려쳤다. 그래도 제아의 머리는 움직이지 않았다. 남자가 얼굴을 찡그리며 팔을 세게 흔들었다. 그럴수록 제아는 더욱 달라붙었다.

염소수염이 고개를 흔들며 칼을 거꾸로 세워 제아의 목과 어깨 사이를 푹 찔렀다. 그제야 겨우 제아의 입과 몸이 동시에 풀어졌다.

남자가 자신의 팔에서 흐르는 피를 쓰윽 손으로 씻으며 주위를 둘러보았다. 아차! 싶었다. 제아가 서 있는 장소 바로 위쪽은 두 갈래로 길이 갈라지고 있었다. 양쪽 오솔길 모두 사람의 흔적은 남아 있지 않았다. 그저 적막하고 교교한 풍경이 자리를 지킬 뿐이었다.

양쪽 길을 번갈아 쳐다보던 염소수염이 작은 신음소리를 내뱉었다.

"이런 교활한 년 같으니."

통제사 이순신이 전사했다는 소식이 조정에 닿았다. 승정원의 보고를 받은 선조는 짧게 응답했다.

"알았다."

그뿐이었다. 표정에 아무런 변화가 없었다.

너무나 짧은 응답에 잠시 놀란 표정을 짓던 도승지가 다시 말했다.

"방금 군문도감의 당하관이 전하기를 이순신이 전사하였으니 한시

바삐 후임을 임명해야 하는데 전하의 뜻이 무엇인지 확인이 필요하다고 했습니다."

"알았다. 내일 아침에 승지가 보고서를 가지고 비변사로 가라. 후임 통제사는 비변사에서 추천하도록 할 것이다. 나머지 모든 일은 승정원에서 살펴보고 알아서 하라."

그러던 선조가 첫 보고를 받은 지 엿새 만에 표변했다. 이순신의 사망 원인이 전사라고 공식 발표된 뒤였다. 신료들이 모인 장소에서 선조가 갑자기 이순신에게 극도의 호의를 표시했다.

"이순신에게 벼슬을 추증하고 그의 장례는 관에서 치르도록 하라. 아들이 몇 있다고 들었는데 몇이나 되는가. 거상 기간이 끝난 뒤 모두 벼슬에 임명해야 할 것이다. 바닷가에 그의 사당을 세워 주는 것도 좋을 것이다."

살아 있는 이순신은 결코 허용할 수 없지만 죽은 이순신은 둘도 없는 충신이란 말일까. 임금의 눈치를 살피던 조정의 대소 신료들도 앞을 다투어 이순신을 칭송하기에 바빴다. 누군가는 성웅이라고까지 했다. 그렇게까지는 아니라면서 조목조목 그 이유를 대는 서인 쪽의 목소리도 나왔다.

노량해전이 끝난 후 조선 조정의 업무 추진은 참으로 신속했다. 모든 것이 일사천리였다. 선조는 이순신을 제일의 충신으로 추켜세우면서도 그동안 그가 거느렸던 고금도 수군 본영의 산더미 같은 군수 물자와 수군의 지휘권을 재빠르게 장악해 나갔다.

조명연합군의 지휘권을 행사했던 명나라 수군 도독 진린은 조선 조정에 수군의 최고 책임자 자리를 오래 비워 두는 것은 상식에 어긋나는 것이라며 후임 통제사를 빨리 임명하도록 요구했다.

그러면서 그는 전라좌수영 시절부터 이순신의 휘하에서 장군을 오랫동안 보좌했던 또 다른 이름의 이순신(李純信)을 천거했다. 당연히 충무공의 부하 가운데서 새로운 수군통제사가 나와야 한다는 의미였다. 그것이 모두에게 무리 없이 받아들여질 수 있는 순리이기도 했다.

비변사는 선조의 지시대로 후임자를 논하면서 진린의 천거를 무겁게 받아들였다. 여태껏도 늘 명군의 지시를 받아오지 않았던가. 하지만 선조의 반응은 의외였다.

그는 슬쩍 충청병사 이시언을 거론했다. 이시언은 왜란이 한창이던 때 일어난 이몽학의 난을 진압하는 데 공을 세운 장수였다. 선조는 그의 임금에 대한 충성심을 높이 평가했다.

선조는 왕명의 출납을 맡고 있는 승정원을 통해 진린에게 거절의 편지를 보내도록 했다. 전쟁이 끝난 마당에 굳이 명군의 지시에 따라야 할 것은 아니라는 생각이 묻어 있었다.

"통제사 이순신이 귀하의 휘하에서 힘껏 싸우다가 적의 탄환을 맞고 전사하였으니 무척 애석한 일입니다. 그 직무는 삼도의 수군을 통솔하게 되어 있는 만큼 누가 직무를 대신하기가 대단히 어렵습니다. 여러 가지를 고민하던 끝에 이미 충청병사 이시언을 후임으로 배치하였습니다. 분부대로 이끌어 가지 못해 송구한 마음 어디 둘 데 없으나 양해해 주실 것을 간절히 바랍니다. 날씨가 몹시 추워졌습니다. 아무쪼록 귀한 몸조심하시기 바랍니다. 이만 씁니다."

이시언은 수군통제사로 부임하자 가장 먼저 대규모 인사교체를 단행했다. 이순신 휘하의 맹장들은 대부분 육군으로 신분이 바뀌었다. 고금도 본영은 이시언의 부하들로 교체됐다.

이순신의 죽음과 함께 서해와 남해는 다시 선조의 바다가 됐고 해상의 패권은 조정으로 넘어갔다.

십일 월 하순에 가토가, 그 며칠 후, 고니시가 부산항을 떠나면서 일본군은 조선에서 완전히 자취를 감추었다. 일본군의 흔적이 사라질수록 이미 관직에서 쫓겨난 류성룡에 대한 부관참시가 더욱 속도를 올렸다.

이젠 탄핵 정도가 아니었다. 삼사는 합세해 매일처럼 그를 삭탈관작하라고 소리를 높였다. 삭탈관작은 죄를 지은 자의 벼슬과 품계를 빼앗고 벼슬아치 명부에서 아예 이름을 지우는 행위다. 선비로서의 삶과 존재를 완전히 부정해 버리는 것이다.

선조는 크게 은혜를 베풀 듯 파직으로 끝냈다. 이제 임진왜란과 정유재란의 모든 책임은 류성룡 개인에게로 전가됐다.

노량해전 후 조정은 공신 책봉 과정에서 홍순욱을 높이 평가했다. 홍순욱의 공로에 대해 특별히 "이순신의 사망 사실을 감춘 채 군사를 지휘한 공"이라고 적시했다. 정규 승선 인원이 아닌데도 대장선에 탑승하여 이순신 최후의 현장에 재빨리 출현하여 사망 사실을 확인한 다음, 북채를 들고 용감하게 북을 두드려 수군의 항전 의지를 돋구었다는 자세한 설명까지 곁들였다.

군공청(軍功廳)은 한발 더 나아갔다. 누가 봐도 낯 간지러운 극찬이었다.

"홍순욱이 군사를 지휘하여 싸움을 독려한 공은 당상직을 부여해도 아까울 것이 없습니다."

당상관이라면 문신의 경우 정삼품 통정대부, 무신은 정삼품 절충장군 이상의 품계를 가진 자를 뜻한다. 조정에서 정사를 볼 때 대청 위에 올라가 의자에 앉을 수 있는 자격을 갖춘 자를 가리키는 데서 당상관이라고 붙여진 이름이다.

당상관이 되면 왕과 같은 자리에 앉아서 정치의 중대사를 논의할 수 있다. 어느 날 정체를 알 수 없는 인물이 혜성처럼 조정에 나타나 주요 대신들과 어깨를 나란히 하기 시작한 것이다.

홍순욱은 선조를 만났고 덕분에 시대를 만났다. 그의 주변을 많은 사람들이 구름처럼 따랐다. 출세하려는 선비들은 그의 집을 문지방이 닳도록 드나들었다. 지방 관료들은 자기네 구역에서 나오는 온갖 특산물을 갖다 바쳤다. 그렇게 그의 집은 북적거렸다.

홍순욱의 저택은 웅장했다. 남산 아래에 위치한 집은 말 그대로의 구중궁궐이 아니더라도 담벼락 끝에서 반대편에 서 있는 사람을 제대로 식별할 수 없을 정도였다.

저택 뒤에는 짙푸른 남산 숲이 자리 잡고 있어 한여름에도 시원한 골짜기의 선들바람이 불어왔다. 시냇가 가장자리에 자리 잡은 관음정은 하루가 멀다하고 주연이 베풀어졌다.

홍순욱은 아침에 일어나자마자 부하가 갖다 놓은 방문 예정 명단을 훑어보았다. 대부분 그대로 받아들였지만 몇 명은 먹줄을 그었다. 그러면 손님이 와도 주인은 출타 중이거나 다른 용무로 손님을 접대할 시간이 없다는 소리를 들어야 했다.

누구는 그래도 갖고 온 선물 보따리를 대신 전해 달라고 호소했고 다른 이는 투덜대며 선물을 도로 싸서 갖고 갔다. 그날 예정된 손님 접대를 대충 끝낸 홍순욱은 늦은 오후에 예약된 손님을 관음정으로 안내하도록 했다.

손님이 정자의 사방을 둘러보며 아첨이 담긴 적당한 어휘들을 골라내기 위해 애썼다.

"관음정? 으음, 소리를 본다라. 소리 내어 흐르는 시냇물을 바라보는 것은 물론, 백성의 소리도 주의 깊게 듣겠다는 뜻에서 지은 것이겠군요. 훌륭하기 이를 데 없습니다."

정자 위에 자리를 잡은 방문객은 연신 미소 띤 얼굴로 홍순욱의 눈치를 살폈다. 뭔가 부탁이 있는 자들이 말할 기회만 찾을 때 보여 주는 전형적인 몸짓이다. 홍순욱이 자랑하듯 부연 설명을 했다.

"물론 백성의 소리도 중요하지만 종묘사직을 지키는 것 또한 중요한 일이 아니겠습니까. 관음에는 늘 임금의 말씀에 귀 기울이고 눈여겨 살피면서 한시라도 충정을 잊어서는 안 된다는 의미가 함께 담겨 있는 셈이지요."

방문객이 고개를 크게 끄덕이며 "과연"이라며 찬사를 토해 냈다. 홍순욱이 그에게 술잔을 건넸다. 그리고 은근히 자신이 임금을 뵈었다는 말을 강조했다.

"왜놈들이 물러가고 오랜만에 나라에 평화가 찾아와서인지 상감께서도 요즘엔 항상 웃음이 떠나지를 않습니다. 어제께 뵈었을 때는 저에게 결혼생활은 어떤가하고 관심까지 기울여 주셨습니다. 하하하."

앞에 앉은 자가 술잔을 받으며 역시 "으하하, 그것 참" 하고 응답했다. 그가 곧바로 박자를 맞췄다.

"그러게 말입니다. 늦장가에 깨가 쏟아질 법한데 저에게도 조금은 들려주시지요. 아하하하."

홍순욱의 기분에 한참이나 영합하던 손님이 조용히 말을 꺼냈다.

"오랜만에 풍년을 만나서인지 소출을 꽤 많이 얻었습니다. 시장에 백은이 몰래 나돈다는 소식을 듣고 수소문해 벼 오백 석을 바꿨습니다. 혼자 보기 아까워서 대감께 보여 드리려고 갖고 왔습니다."

"은괴 소식은 나도 들었소. 요즘 양반들이 너도나도 백은 수집에 나선다더니 영감도 예외가 아니군요."

"하하하, 저라고 시정 돌아가는 소식을 모를 리가 있나요. 대감, 필요하실 때 쓰시면 감사하겠습니다…. 근데 꼭 드릴 말씀이 하나 있어서 어렵게 찾아뵈었습니다. 실은 제 자식이 가평현감으로 가 있는데 고과 점수가 안 좋게 나왔나 봅니다. 자식이 찾아와 하는 말이 경질 가능성도 있다고 하더군요. 자식 가진 부모의 마음을 조금이라도 헤아려 주셨으면 하고 이렇게 부탁드리러 왔습니다. 면목이 없습니다."

홍순욱은 말없이 고개를 끄덕였다. 주안상 가장자리에는 이름과 직책 등이 담긴 종이가 올라 있었다. 찾아온 목적을 끝낸 손님은 몇 번씩이나 고개를 숙여 예의를 표한 다음 조용히 물러났다.

홍순욱은 손님을 배웅하고 나서 하인들에게 은괴를 지하창고에 넣으라고 지시했다. 꾀나 피곤한 하루였다.

10.

이 땅에도
꽃은 피는가

언젠가부터 홍순욱의 집 근처를 배회하는 장년의 장사치가 있었다. 어느 날은 봇짐을 지고 있었고, 어느 날은 옷을 바꿔 입은 채 어린 아이들을 대상으로 값싼 검붉은 엿을 가위로 잘라 팔았다. 오랜만에 선비의 의상을 입고 나타나기도 했다. 김희도였다.

김희도가 지켜보는 솟을대문은 늘 굳게 닫혀 있었다. 어느 날 커다란 가마 하나가 대문을 지나 안으로 들어가는 모습이 목격됐다. 하지만 가마 안에 누가 타고 있는지를 알 방법은 없었다. 살림 짐이 많은 걸 보면 젊은 부인일 수도 있다.

어느 날은 봇짐장수의 모습으로 지나가는데 말 탄 자가 대문 안으로 들어가고 있었다. 한눈에 홍순욱임을 알 수 있었다. 한참을 지켜봤지만 다시 나오는 모습은 보이지 않았다. 그다음 날은 아예 나오는 모습이 없었다.

어느 날 밤, 집에 머무는 것이 확인된다고 해도 그날 밤 어느 방에서 잠을 청할지는 알 수가 없다. 하지만 김희도는 그날 그믐달 아래서 문밖 돌담의 한 틈바구니를 뒤져 방의 위치를 확인했다. 이 집에서 일하는 종 석관 노인 덕분이었다.

이전의 성조차 잃어버린 석관 노인은 홍산 현감 출신인 윤영현의 소개로 알게 됐다. 석관 노인은 원래 부안에서 이름 있는 양반이었다. 하지만 아들이 정여립 사건에 휘말리면서 국문장에서 형틀에 묶인 채 사망했다. 이 바람에 집안은 온통 풍비박산이 나고 남은 가족 모두 종의 신분으로 바뀐 채 기축옥사의 공신들 집으로 뿔뿔이 흩어졌다.

가족들은 그래도 과거의 친인척이나 지인들을 잊지 않았다. 그들은 희생자 가족들끼리 몰래 연락을 취하면서 후일을 도모하고 있었다. 연락은 방물장수 조직이 맡아줬다.

윤영현도 이들과 연락을 취하고 있어 그들이 어디서 어떻게 지내고 있는지의 대강은 알고 있었다. 윤영현은 자신을 찾아온 김희도의 부탁을 받고 즉각 행동으로 옮겼다.

가장 먼저 정여립의 잔존 세력에게 연락을 취했다. 얼마 후 방물장수들을 통해 연락이 왔다. 다행히 홍순욱의 집에 석관 노인이 살고 있다는 소식을 접하고 곧바로 김희도에게 전달해 주었다.

홍순욱이 오늘 밤 자택에 머문다는 점을 확인한 김희도는 뒷문 가까이의 돌담 틈에 미리 흰 종이쪽지를 끼워 놨다. 일부러 찾아보지 않는 한 겉으로는 전혀 흔적을 알 수 없는 장소였다.

흰 종이가 있으면 석관 노인이 뒷산으로 이어지는 쪽문을 나와 그 종이에 홍순욱이 잠자는 방을 표시해 다시 꽂아 놓는 것이다. 김희도가 늦은 밤 담 틈에 손가락을 집어넣자 종이의 매끄러운 감각이 손가락을 타고 전해 왔다.

김희도는 길가로 나와 종이를 펼쳐보았다. 대문 근처의 사랑채였다. 본채가 아니라 사랑채라면 오늘은 마누라 아닌 다른 여인과 잠자리에 드는 것이다. 김희도는 사랑채의 위치와 주변 특징들을 떠올리며 쓴웃음을 지었다. 석관 노인 덕분에 이미 집 안의 위치도는 머릿속에 완벽히 자리 잡고 있었다.

원래 군대는 아침에 기력이 왕성하고 오후에 해이해지며 저녁에는 오로지 돌아가고 싶은 마음에 나태함이 지배하게 마련이다. 전투에 능한 자는 적의 예리함을 피하고 정신이 나태해지기를 기다린다. 도둑질이라고 다를 게 뭐 있겠는가. 김희도는 숲속으로 들어가 침착하게 자정이 지나가기를 기다렸다.

수하의 인간들이 경계심을 늦추고 늦잠에 빠져들 때가 됐다고 생각한 김희도는 조용히 쪽문 옆 담벼락을 타고 넘었다. 칼자루는 한쪽으로 들어 올렸지만 가슴을 가로질러 매달려 있는 활 끝이 담벼락에 걸려 달그락거렸다. 그래도 남의 잠을 깨울 정도는 아니었다.

구석에 있는 장독대를 지나 본채를 넘어 앞으로 달려갔다. 발소리는 들리지 않았다. 오랜 야전 생활의 경험에서 온 익숙한 발걸음이었다. 석관 노인의 설명대로 사랑채가 보였다. 아니 사랑채라고 스스로 말하고 있었다.

눈에 익은 흰 종잇조각이 아무 일도 없다는 듯이 사랑채 툇마루의 디딤돌 위에 놓여 있고 그 위를 신발이 지그시 누르고 있었다. 석관 노인의 치밀한 안내 표시였다. 그가 평소 아무 글도 써 놓지 않은 종이까지 간직하고 있었음을 말해 주는 대목이다.

석관 노인이 가르쳐 준 대로 사랑채에서 조금 떨어진 담벼락 밑에 건장한 호위 무사 두 명이 자그마한 나무 의자들 위에 걸쳐 앉아 있었다. 각자 허리춤에 칼을 차고 있는 데다 한 명은 자리 옆에 자그마한 꽹과리를 놓고 있었다. 여차하면 집 안의 하인이나 홍순욱의 부하들을 깨우는 역할을 할 것이 분명했다.

그렇다면 두 명 다 조용히 해치워야 한다. 만에 하나 소리가 나기라도 하면 오늘의 거사는 완전히 실패로 끝나고, 마지막 복수의 길도 영원히 닫힐 수가 있다.

김희도는 조용히 빈틈을 기다렸다. 둘 중 어느 누구라도 소피를 보기 위해 자리를 뜰 때 해치우면 된다고 생각했다. 석관 노인에 따르면 홍순욱은 마당에 소피 냄새가 나는 것을 질색해 사랑채 주변에서 소피보는 짓을 엄금하고 있다는 것이다.

아니나 다를까, 조용히 환담을 나누던 한 명이 다른 한 명에게 뭐라고 하더니 일어섰다. 그가 일어서서 김희도가 들어왔던 방향으로 걸어갔다. 소피를 보려는 것이 분명했다. 김희도는 소리를 내지 않고 뒤를 따라갔다. 꽤나 긴 거리였다. 젊은이가 잠시 멈추더니 허리춤을 내리고 소피를 보기 시작했다.

김희도가 화살을 사용할까 잠시 망설였지만 이내 포기하기로 했다. 만에 하나라도 경호원이 쓰러지다 소리를 내기라도 한다면 큰일이다.

활 솜씨라면 김희도 스스로도 자랑스러워할 정도다. 어릴 때부터 두만강 건너 여진족 친구들과 말을 달리며 활쏘기 내기를 자랑해 온 터다. 게다가 건원보 시절부터 고금도 본영까지 긴 세월 틈만 나면 이순신과 함께 활 솜씨를 가다듬어 왔다. 그래도 지금은 활을 쓸 때가 아니다. 김희도는 쓴웃음을 지으며 품에서 내리던 활을 다시 거두었다.

김희도는 소리 없는 걸음걸이로 경호원의 뒤로 다가갔다. 거의 다 다가가는 찰나 바스락 소리와 함께 경호원이 손을 앞으로 모은 채 고개를 뒤로 돌렸다.

김희도가 그의 등 뒤에서 왼손을 앞으로 뻗어 그자의 턱을 움켜쥔 뒤 왼쪽으로 당김과 동시에 그의 관자놀이를 돌려 잡고 있는 오른손을 힘껏 끌어당겼다. '뚝' 하는 소리가 났다. 목뼈가 부러지는 느낌을 두 손이 동시에 느끼고 있었다. 경호원이 조용히 주저앉았다.

김희도는 그의 겉옷을 벗겨 걸쳐 입은 다음 다시 조용한 발걸음으로 남아 있는 자를 향했다. 졸고 있는 듯 고개를 숙이고 있었다. 가까이 다가오는 발소리에 고개를 든 경호원이 김희도 쪽을 힐끗거렸다. 낯익은 옷차림새인지 다시 고개를 숙이려던 그가 번쩍 고개를 쳐들어 김희도를 쳐다보았다.

어두운 밤임에도 경호원의 당황한 표정이 역력했다. 그가 의자 밑에 놓여 있는 꽹과리를 찾기 위해 오른손을 더듬는 순간 김희도가 빠른 걸음으로 그에게 다가갔다.

김희도의 손에 들린 활이 호위 무사의 얼굴을 정면으로 겨냥하고 있었다. 경호원의 얼굴이 공포로 일그러지는 순간 김희도의 오른손에서 애기살이 발사됐다.

경호원이 오른쪽 눈에 깊이 꽂힌 화살을 두 손으로 움켜쥔 채 옆으로 쓰러졌다. 신음소리조차 들리지 않았다. 김희도가 잠시 죽은 경호원을 내려다보며 아까도 활을 이용했다면 더 소리 없이 처리했으리라는 생각을 했다.

김희도가 서서히 돌아서면서 사랑채 쪽을 향했다. 사랑채 주변은 여전히 적막했다. 바람 때문인지 나뭇잎들이 서로 부딪치는 소리만 들려왔다.

김희도가 사랑채의 대청마루에 올라서 가로닫이문의 창호지에 귀를 갖다 대자 큰 소리는 아니지만 코 고는 소리가 전해져 왔다. 아마도 육체의 피로가 홍순욱을 깊은 잠에 빠뜨려 놓았을 것이다. 사람들이 많이 있는 본채가 아니길 천만다행이다.

김희도는 깊이 숨을 내리 쉰 뒤 문을 열었다. 잠시 들썩이던 문이 조용히 한쪽으로 미끄러져 갔다. 방 한구석 이불 바깥으로 두 개의 머리가 나란히 드러났다. 김희도가 남자 머리 쪽으로 다가가 칼끝으로 이불을 걷어 올렸다.

상반신이 노출됐다. 오른손으로 이불을 다시 가져가려던 남자가 눈을 번쩍 떴다. 그가 고개를 흔들었다. 김희도와 눈이 마주쳤다.

"누구냐?"

"일어나라."

"누구냐고?"

옆에서 자고 있던 여인이 옆을 돌아보더니 이방인을 눈치챘는지 황급히 이불을 제 몸 쪽으로 당겼다.

"내 오로지 네 목을 따기 위해 여태껏 죽은 육체를 끌고 다녔다. 오늘 마침내 내가 죽을 자리를 찾은 것 같구나. 일어나라."

"김…희도?"

"그렇다."

홍순욱이 서서히 몸을 일으켰다. 왼손을 내밀어 천천히 움직이며 김희도를 설득하려는 몸짓을 보였다.

"네가 가슴속에 무엇을 품고 있는지는 나도 충분히 이해한다. 하지만 지나간 것은 이미 지나간 것이다. 흐르는 물은 되돌릴 수 없는 법이 아닌가. 자네도 잘 생각해 봐라. 내 자네와 같이 남은 인생을…."

홍순욱이 번개 같은 동작으로 몸을 옆으로 튕겼다. 오른손은 이미 칼자루를 쥐고 있었다. 왼손으로 칼집을 빼는 동시에 견제의 칼날이 김희도를 향해 번쩍였다.

김희도가 미동도 하지 않으면서 희미하게 미소를 지었다.

"이미 늦은 줄을 모르는구나."

홍순욱이 칼을 휘두르며 소리쳤다.

"게 아무도 없느냐. 애들아!"

김희도의 칼이 쑥 앞으로 나가자 홍순도가 이를 막기 위해 김희도의 칼날을 치는 바람에 왼쪽 상반신에 허점이 드러났다. 김희도가 다시 찌르기로 들어가 홍순욱의 옆구리를 공격했다. 칼날이 옷자락을 스치는 감각이 느껴졌다.

어 하고 짧은 신음소리를 내며 홍순욱이 몸을 옆으로 기울였다. 홍순욱이 다시 칼을 휘두르며 공격해 왔다.

그때였다. 문밖이 시끄러워지면서 "대감님"을 외치는 수하들의 소리가 들려 왔다.

하지만 그들이 끼어들 여지는 없었다. 김희도의 칼은 이미 홍순욱의 칼을 내리친 후 그의 목에 칼끝을 대고 있었다.

김희도가 칼끝을 비틀자 홍순욱이 당황한 듯 외쳤다.

"들어오지 마라!"

홍순욱이 서서히 무릎을 꿇었다. 여인이 언제 뛰쳐나갔는지 방 안에는 오직 둘 뿐이었다. 홍순욱이 김희도를 올려보며 말했다.

"네가 선택하라. 무의미한 짓을 해 봐야 이미 소용없는 짓 아닌가. 너와 남은 일생을 같이할 생각이 있음은 지금도 변함이 없다. 제발 칼만은 치워라."

김희도가 홍순욱을 정면으로 주시하면서 미소를 떠올렸다.

"네가 갈 길과 내가 갈 길은 다르다. 그것이 운명이다. 그리고 내가 네 목을 따는 것도 이미 정해진 운명이다."

김희도가 말을 끝내는 동시에 칼끝에 힘을 주었다. 칼날이 홍순욱의 머리 위를 한 바퀴 돌더니 '휙' 하고 목을 갈랐다. 목이 반쯤 꺾이는 바람에 순간적이나마 선홍빛 속살이 훤히 드러났다. 바로 그곳에서 검붉은 피가 뿜어져 나왔다. 덜렁거리는 홍순욱의 목이 옆으로 기울어졌다. 방바닥은 순식간에 핏빛으로 물들었다.

김희도는 칼을 빼면서 생각했다. 그렇다, 이제 내 할 일은 마쳤다. 여진 땅에서 처음으로 그분을 만났고 그리고 그분과 함께 새로운 세상을 만들 수 있다는 생각도 한때는 해 봤지만 이제 모든 것은 끝났다.

더 이상 이 몸을 지탱할 의미는 사라졌다. 충절도 반역도 허락되지 않는 땅에서 잘못 태어나 힘겹게 끌어온 이생의 고통스런 무게가 사라지면서 해방감이 밀려왔다. 온몸이 홀가분해졌다. 통제사를 알았을 때의 흥분과는 또 다른 흥분이 스스로를 가볍고 편안하게 만들고 있다는 느낌이 들었다.

김희도는 마당을 향한 미닫이문을 열어젖혔다. 밖에서는 수많은 사람들의 손에 쥐어진 칼과 조총이 일제히 방문을 향하고 있었다.

정체를 알 수 없는 육체적 쾌감이 김희도를 감쌌다. 그의 머릿속에 많은 사건들이 주마등처럼 스쳐 지나갔다.

여진족 친구들과 만주 땅을 달리던 모습도, 이순신과 녹둔도에서 함께 지내던 모습도, 한산도와 고금도의 꿈같았던 시간도, 그리고 이제 홍순욱을 징계하던 순간도 모두가 과거로 사라져가고 있었다.

　김희도가 오른손에 든 칼을 하늘로 향한 채 툇마루 밖으로 튀어 나갔다. 마치 양 옆구리에 날개가 달린 듯 붕 떠오르는 느낌이었다. 조총의 총구에서 일제히 불길이 터졌다.

　류성룡은 아침에 잠에서 깰 때마다 이불 위에 앉아 팔을 좌우로 흔들며 아침 운동을 거르지 않았다. 삭풍이 부는 한겨울에도 마찬가지였다. 방의 창문을 열면 훅 하고 찬바람이 방 안으로 물 밀 듯 처들어왔다. 그런 찬 기운에 육체를 맡기면 오히려 기분이 좋아졌다.

　류성룡은 양손을 깍지 낀 채 머리 위로 들어 올리면서 문득 한양을 떠나던 날을 떠올렸다.

　고향으로 돌아가는 길은 정확히 따지자면 천 리 길이었다. 하지만 마음속에서는 말 그대로 삼천 리쯤으로 느껴졌다. 그만큼 회한이 남는 한양 생활이었다.

　젊었을 적 선비로서 다짐했던 마음가짐은 그대로였던가, 아니면 나도 남들처럼 굽이치고 부딪치며 그래서 회절되지 않으면 안 되었던가. 온갖 상념이 머릿속을 가득 채웠다.

　잠시 생각에 잠겨 있는 동안 말은 어느덧 양평의 용진을 건너 도미천에 이르고 있었다. 말 위에서 몸을 뒤로 돌렸다. 이제 내 인생에서 한양을 바라보는 것도 마지막이라고 다짐했다. 그렇다 대나무처럼 반듯하든, 아니면 덩굴 칡처럼 얽히고설켰든, 그것은 이제 다 흘러간 과거일 뿐이다. 지금 나에게는 그저 건너야 할 한강이 앞을 가로막고 있을 뿐이다.

류성룡은 조용히 읊었다.

"전원으로 돌아가는 삼천 리 / 벼슬살이 깊은 은혜 사십 년 / 도미천에 발 멈추고 돌아보네 남산을 / 그 남산 옛 모습 그대로일세."

류성룡은 고향 하회마을에 도착하자마자 집 주변에 마련한 옥연정사에서 징비록을 써 나갔다. 지난 십년을 돌아보면서 선조와 그리고 조정의 여러 신하들, 특히 이순신과의 인연이 새롭게 뇌리를 감쌌다. 특히나 그의 죽음을 묘사하자니 만감이 교차했다. 붓이 저절로 멈추는 기분이었다.

옥연정사까지 찾아온 이순신의 조카 완의 말이 떠올랐다. 완은 전라좌수사에서 삼도수군통제사 그리고 노량해전의 마지막까지 이순신의 바로 옆에서 전쟁터를 누볐으니 누구보다 장군의 마지막 장면을 잘 알고 있을 것이다. 완이 여전히 억울한 표정을 지으며 말을 이었다.

"탄환이 통제사의 옆구리를 뚫고 들어갔습니다. 거의 수평에서 쏜 직격탄이었습니다."

그렇다, 지휘선인 판옥선은 적의 배보다 선체가 높다. 어떻게 적이 쏜 총탄이 수평으로 뚫고 나갈 수 있단 말인가. 이순신의 마지막을 묘사하면서 십여 년간 속으로만 감춰 왔던 조정과 선조에 대한 증오감이 폭발하는 듯했다. 참으로 오랫동안 참고 참으며 안으로 눌러 왔던, 그러나 도저히 어찌할 도리가 없는 분노였다. 과연 이순신의 적, 그리고 만백성의 공적은 누구였던가.

집필하는 동안 많은 사람들이 옥연정사를 찾아왔다. 수시로 정계 복귀를 요청하기도 하고 옛 동지들을 내몰려는 정적들에 대해 복수해 줄 것을 종용하기도 했다. 류성룡은 그들에게 차를 따라 주면서 말없이 미소만 지었다. 미소는 온화했다. 그것은 달관의 또 다른 표현이었다.

그 누구보다 류성룡을 끈질기게 찾은 사람은 뜻밖에도 선조였다. 선조는 전쟁이 끝나고 얼마 지나지 않아 그를 호성공신으로 책봉하기까지 했다. 하지만 류성룡은 책봉 자체를 거부했다.

선조는 화공을 류성룡의 고향 집으로 보내 공신으로서의 영정을 그리도록 조치했다. 임금이 내려보낸 화공이라면 그것은 임금을 섬긴 신하로서 일생일대의 영광이다.

그 화공은 며칠씩 머물며 류성룡의 허락이 떨어지기를 기다렸지만 류성룡은 끝내 화공을 한양으로 돌려보냈다. 화공은 떠나면서 절레절레 머리를 흔들었다. 자신의 화공 생활 중 영정 그리기를 거절한 사람은 류성룡이 처음이었다.

자신을 찾은 옛 동료에게서 홍순욱이 이름 모를 자객에게 살해당했다는 소식을 들은 것도 그때쯤이었다. 조정에서는 홍순욱이 너무 탐욕을 부리다 욕을 당했다는 그럴싸한 해석이 떠돌았다. 세상은 이렇듯 거짓과 왜곡된 조작으로 역사를 장식하는가 하는 데 생각이 미치자 헛웃음만 나왔다.

징비록을 탈고하고 그는 아들 류진에게 원고를 맡겼다. 류성룡은 며칠 뒤 하회마을보다 더 깊은 산골인 학사산 중턱 서미동으로 거처를 옮겼다. 소박한 초가 움막이었다. 류성룡은 여기서 삶이라는 고통의 무게를 내려놓았다.

임진왜란이 끝나고 몇 년의 세월이 흐르자 나라도 여기저기 과거의 한가로운 모습을 되찾아 갔다. 충북 제천의 장마당도 이젠 완연히 활기를 되찾은 모습이다.

 단오가 겹쳐서인지 장터는 다른 때보다 더 시끌벅적했다. 마을 중심을 약간 비켜 언덕배기를 내려와 널찍한 공터에 자리 잡은 장터에는 여기저기 곡식과 야채를 파는 좌판이 널려 있다. 길 건너 쪽으로는 강원도 정선이나 영월, 평창 등에서 채취된 온갖 약재를 늘어놓고 약재상들이 거래에 열중하고 있다.

 낫과 삽, 곡괭이 등을 잔뜩 내건 대장간 두 곳에서는 시뻘건 쇳덩이를 두들기는 망치 소리가 요란하다. 망치를 휘두를 때마다 벌거벗다시피 한 대장장이들의 가슴과 팔의 근육이 땀에 젖은 채 씰룩거렸다. 가게 앞을 지나치던 처녀나 아낙네들이 마치 못 볼 것을 본 듯 화들짝 놀라 시선을 애써 다른 쪽으로 돌린다.

 대장간 근처에는 온갖 음식을 파는 좌판들이 연이어 있어 시장을 찾은 남정네들이 삼삼오오 둘러앉아 막걸리를 마시고 있었다. 메밀전병을 굽거나 국밥을 들고 분주히 오가는 아낙네들이 그들과 농담을 주고받는다.

 "엄 서방은 오늘 장보러 안 왔수?"
 "넌 엄 서방만 찾냐? 나도 좀 찾아봐라."
 "참 나, 내가 언제? 장날마다 우리 집에 들리더니 오늘은 여태껏 나타나지 않으니 그런 거지. 근데 올해 밭작물은 어떻소? 작년에 수수 농사를 망쳤다고 하더니."

 막걸리 잔을 내려놓은 한 중늙은이가 전병으로 젓가락을 갔다대며 푸념하듯 대답했다.

 "아이고, 비가 안 와 큰일이요. 작물들이 물을 머금지 못해 축 늘어져

가는 게, 원. 빨리빨리 비가 와야 하는데."

다른 쪽 구석에서는 술이 얼간이 돌았는지 일부 남정네들이 멀리서 들려오는 풍물놀이 악기소리에 맞춰 막걸리 잔을 손에 쥔 채 어깨를 들썩였다. 같이 있는 상대방도 연신 "좋다"를 연발하며 풍물놀이 소리가 들리는 쪽으로 시선을 돌렸다.

여기저기서 아낙네와 어린아이들이 하나둘 풍물놀이 난장으로 향해 가는 모습이다. 장터에서 머지않은 구석에는 이미 질펀한 풍물놀이 판이 벌어지고 있었다. 놀이판 주변에는 이미 구경하는 사람들로 가득 찼다. 아낙네 넷이 놀이마당 안쪽으로 고개를 내민 채 서로 밀치고 밀며 장난을 쳤다. 비교적 통통한 모양의 아낙네가 손가락으로 가리켰다.

"사당패 아닌가? 저기 저 꽹과리 치는 사람이 꼭두쇠 아녀?"

옆에서 팔짱을 끼고 있던 아낙네가 자신의 팔꿈치를 통통한 여인에게 찔러 댔다.

"꼭두쇠? 놀이패 대장을 꼭두쇠라고 하는 거여?"

뚱뚱한 여인이 말을 받았다.

"그것도 모르고 사당패 놀이를 보러 왔냐? 무식하기는. 내가 잘 가르쳐 주지. 저기 봐라. 빨간 띠를 허리에 매서 삼색 띠가 허리 아래에 길게 걸쳐진 복장을 한 것은 다른 놀이패 사람들하고 똑같지? 하지만 저 꼭두쇠의 벙거지 앞에 달려 있는 거 보이지? 그게 부포라는 거여."

"부포? 어디, 어디, 부포가 뭐여?"

"아니 이런 모지리 같으니, 아니 저거, 그 왜 둥그런 민들레 씨에서 윗부분 절반이 바람에 날아가고 밑에 반만 남은 것 같은 거 말여. 저것이 꼭두쇠가 쓰는 상모라는 거여."

작은 키와 동그란 형의 얼굴에 웃음기 띤 입술의 여인이 그제야 고개를 끄덕였다.

"그런감? 근데 저 꼭두쇠라는 남자 미끈하게 생기기는 했네, 그려."

"아니, 이 여편네가 사당패 구경 와서 구경은 안하고 사내 냄새나 맡고 지랄인가, 말하는 품새하고는…. 킥킥킥."

"호호."

다른 두 명의 여인네도 웃음소리로 맞장구를 쳤다. 유난히 얼굴이 희고 마른 몸매의 여인이 왼손으로 자기의 치맛자락을 집어 올리며 고개를 끄덕였다.

"잘생긴 건 맞네. 저만하면 쓸 만하겠네, 안 그려?"

"이년 보게, 어디에 쓸 건데?"

"얼라? 지랄, 진짜 몰라서 묻는거? 큰 소리로 말해 줄까?"

그 말에 나머지 여인 세 명이 기겁하듯 주변을 둘러본다. 그리고는 자기네들끼리 웃음을 참느라고 일제히 고개를 숙였다.

개갱 갱갱, 개갱 갱갱~

꼭두쇠가 놀이판 한가운데로 나가면서 꽹과리를 높이 들고 채를 요란하게 쳐 댄다.

꼭두쇠의 꽹과리 소리에 맞춰 각각 장구와 북, 징, 소고 그리고 태평소 등을 연주하는 뜬쇠들이 꼭두쇠의 주변을 빙 둘러선 채 조용히 박자를 맞추고 있다.

꼭두쇠가 한 바퀴 돌면서 구경꾼들을 둘러본다. 그가 북채를 요란하게 흔들며 소리를 놓기 시작한다.

"아헤~ 헤에~ 에헤~ / 오늘은 가다가 여기서 놀고 / 내일은 가다가 거기서 놀고 / 얼싸~ 절싸~ / 놀러나 가세 놀러나 가요 / 월산리 땅으로 놀러나 가세 / 얼싸~ 절싸~"

뜬쇠들의 박자가 점차 빨라지면서 관객들도 "얼쑤 좋다~"며 맞장을 친다.

꼭두쇠가 다시 소리를 내지른다.

"여보시오, 동지들~!"

뜬쇠들이 일제히 응답한다.

"예이~"

"하, 오늘같이 좋은 날에 갠지라 갱깽 움매라 갱깽, 매구만 칠 것이 아니고 저 하늘에 올라가서 별도 따고 님도 보고 우리 허튼 굿이나 치고 놀아 보세~"

"거 좋지!"

관중들 속에서도 장난기 있는 목소리가 따라 나온다.

"거 좋지!"

잠시 후 놀이판 한가운데는 채상모와 긴상모가 머리를 흔들면서 상모놀이에 한창이다. 채상모가 머리를 흔들 때마다 짧은 상모가 전후좌우로 날면서 관객이 저절로 탄성을 터뜨린다.

채상모가 자리를 비키자 긴상모가 중앙으로 나와 머리를 흔들어 상모가 큰 원을 돌기 시작한다. 상모돌기가 절정에 다다르자 주변의 구경꾼들 곳곳에서 "이야! 좋다!"는 함성이 터져 나온다.

긴상모가 한바탕 재주를 펴고 물러나면서 동시에 꼭두쇠가 다시 꽹과리를 요란하게 치며 가운데로 들어선다.

꽹과리 소리가 졸졸졸 시냇물이 흐르는 물소리와도 같았다가 성난 굽이를 만나 사납게 울부짖기도 하고 고요히 흘러가다가 문득 멈추기도 하는 신기함을 보여 준다. 그것은 천시받고 홀대받는 백성에게서 뿜어져 나오는 저항의 소리나 반역의 몸짓이 승화된 흥겨움이기도 했다.

"갱갱 갱개갱 갱개갱개갱개갱! 갱갱 갱개갱 갱개갱개갱개갱!"

꼭두쇠가 하늘로 시선을 돌리듯 하며 소리를 낸다.

"하늘 보고 별을 따고 땅을 보고 농사짓고!"

갱갱 갱개갱 갱개갱개갱개갱!

"올해도 대풍이요 내년에도 풍년일세!"

갱갱 갱개갱 갱개갱개갱개갱!

"달아달아 밝은 달아 대낮같이 밝은 달아!"

갱갱 갱개갱 갱개갱개갱개갱!

"어둠 속에 불빛이 우리네를 비춰 주네!"

하늘로 향해 있던 꼭두쇠의 시선이 갑자기 관객들을 향한다. 그리고 노려본다.

"자~ 우리 한번 진짜 별 따러 가 볼까나~"

여기저기서 합창이 터지듯 한다.

"좋다! 놀아 보자!"

"까짓 거! 좋다!"

꼭두쇠가 시선을 채상모와 긴상모가 물러간 쪽의 한구석으로 돌린다. 그리고 다시 외친다.

"우리 사당패 귀염둥이 뜬쇠가 나가신다. 길을 비켜라~"

그러자 한구석에서 흰 바지저고리에 빨간색, 노란색, 초록색으로 된

삼색 띠를 두른 작은 키의 남자아이가 나온다. 벙거지에는 활짝 펴서 자기 머리보다 더 큰 흰색 꽃상모가 달려 있다.

"어어?"라는 놀란 소리와 함께 "와아!" 하는 외침이 동시에 관객석을 둘러싼다.

꽃상모만큼이나 하얀 얼굴에 그윽하고 청초한 눈빛, 붉은 입술이 사내아이인지 아니면 정말로 예쁜 계집아이인지 분간하기 어려울 만큼 모두의 시선을 잡아끈다.

꽃상모가 조용히 전후좌우로 흔들리면서 아이의 시선은 보일 듯 말 듯 관객을 향한다.

작은 키에 육감적인 몸매의 여인의 오른손이 자기 옆의 퉁퉁한 여인의 팔목을 꽉 쥔다. 퉁퉁한 여인은 손을 잡힌 채 옆에 있는 흰 얼굴의 여인을 쳐다보며 말한다.

"오매! 진짜여, 진짜. 아니 어쩜 저렇게 잘생긴 아이가 있담."

"아이고, 잘생겼네. 몇 살쯤 됐을라나, 열 살? 아니면 열한 살?"

흰 얼굴의 여인이 한숨을 내뱉듯 속삭인다.

"아이고, 그냥 꽉 껴안고 입이라도 맞춰 보고 싶네."

"이년 또 지랄이네, 으응, 근데 정말로 그렇긴 하네. 흐흐."

꽃상모가 천천히 그리고 점점 더 속도를 내며 앞뒤로 흔들리면서 어린 뜬쇠의 얼굴을 가릴 듯 말 듯 한다. 아이의 시선도 보일 듯 말 듯 관객을 훑어보고 있다. 그리고는 입가에 자그마한 미소가 지나간다.

퉁퉁한 모양새의 여인이 옆에 서 있는 여인을 툭 치면서 손가락으로 아이를 가리킨다.

"저 아이 말이야. 혹시 여자애 아녀?"

"에이, 사당패에 무슨 여자아이가 있어?"

"아니, 그럼 이상하잖여. 저기 저 아이 허리춤에 은장도가 달려 있는디?"

"어머! 정말이네. 은장도야, 은장도."

꽃상모가 앞뒤로 흔들리며 나비처럼 춤을 출 때마다 아이의 허리도 같이 흔들리면서 허리춤에 끼어 있는 은장도가 흔들거린다. 자그마해서 잘 보이지 않지만 분명히 은장도다.

은장도가 흔들리면서 아이의 시선이 다시 관객석의 한쪽으로 향한다. 거기에는 한 늙은이가 말없이 아이의 상모놀이를 지켜보고 있다. 아이의 시선이 늙은이의 얼굴에 꽂히자 다시 아이의 입술이 자그맣게 미소를 짓는다. 그 모습을 말없이 지켜보는 늙은이가 소리 없이 고개를 끄덕이며 박자를 맞춘다.

꼭두쇠가 다시 꽹과리 소리를 높인다.

개갱개갱 갱개갱.

동시에 다른 뜬쇠들의 악기들이 일제히 박자를 맞춘다. 박자가 빨라지면서 관객석에서 "우우~" 하는 탄성이 흘러나온다. 무대 한가운데서 춤추는 꽃상모와 함께 은장도도 같이 춤을 추고 있다.

[끝]

칼은 총을 품고
총은 역을 쏜다

ⓒ 이신우, 2025

초판 1쇄 발행 2025년 8월 22일

지은이	이신우
펴낸이	이기봉
편집	좋은땅 편집팀
펴낸곳	도서출판 좋은땅
주소	서울특별시 마포구 양화로12길 26 지월드빌딩 (서교동 395-7)
전화	02)374-8616~7
팩스	02)374-8614
이메일	gworldbook@naver.com
홈페이지	www.g-world.co.kr

ISBN 979-11-388-4623-3 (03810)

- 가격은 뒤표지에 있습니다.
- 이 책은 저작권법에 의하여 보호를 받는 저작물이므로 무단 전재와 복제를 금합니다.
- 파본은 구입하신 서점에서 교환해 드립니다.